GOLDMANN

Buch

Auch für Martin, den hauptberuflichen Tamponvertreter, ist es eines Tages soweit: Er kauft sich einen Computer. Schnell freundet er sich mit der geheimnisvollen Welt der Technik an. Als er dann auch noch seinen Nachbarn im Düsseldorfer Hochhaus, den Computerfreak Matthias Kuchenbrett, näher kennenlernt, ist er plötzlich mittendrin in der Mailboxszene. Per Modem kommuniziert Martin mit den durchgeknalltesten Typen, und es kommt, wie es kommen muß – er verliebt sich dabei. »Mausi« ist der Username der Angebeteten, die ein Treffen mit Martin zunächst hartnäckig ablehnt. Klar, daß Martin nicht locker läßt. Doch bevor es am Ende ein glückliches Paar gibt, passieren noch Dinge, die sich kein Mensch hätte träumen lassen. Inklusive schwarzer Löcher in der Hochhauswand, Tamponterror und Hackerwahnsinn ... von der sprechenden Waschmaschine ganz zu schweigen.

Lange Leitung – der Roman zur Mailbox, den man auch ohne lesen kann. Komisch, elektronisch und garantiert keine Science fiction.

Autorin

Fredrika Gers ist 34 Jahre alt und lebt als freie Werbetexterin in München. 1987 kaufte sie ihren ersten Computer und tauchte kurze Zeit später in die Mailboxszene ein. Seitdem läßt sie die elektronische Kommunikation nicht mehr los: Selbst ihre letzten drei Männer hat sie bei nächtlichen Mailboxstreifzügen kennengelernt. *Lange Leitung* ist ihr erster Roman.

FREDRIKA GERS

Lange Leitung

ROMAN

GOLDMANN VERLAG

Für die User

Umwelthinweis:
Alle bedruckten Materialien dieses Taschenbuches
sind chlorfrei und umweltschonend.
Das Papier enthält Recycling-Anteile.

Der Goldmann Verlag
ist ein Unternehmen der Verlagsgruppe Bertelsmann

Originalausgabe 1/95

Umschlaggestaltung: Design Team München
Umschlagfoto: Elke Hesser, Paris
Satz: Uhl+Massopust, Aalen
Druck: Elsnerdruck, Berlin
Verlagsnummer: 42845
SN · Redaktion: Anne Rademacher
Herstellung: Stefan Hansen
Made in Germany
ISBN 3-442-42845-9

3 5 7 9 10 8 6 4 2

I
Techniken

»Ja gut, Montag.«

Pfeifend wirft Martin den Hörer auf die Gabel. Zu dumm, daß heute erst Freitag ist. Ein ganzes langes Wochenende muß er noch auf seinen Computer warten. Und das ganze Wochenende fühlt er sich wie Herr Meier kurz vor der Auslieferung seines neuen S-Wagens. Dabei weiß er noch nicht einmal, was er mit diesem Rechenknecht überhaupt will. Sein alter Taschenrechner bietet bereits mehr Rechenleistung, als Martin jemals in seinem Leben brauchen wird.

Martin braucht keinen Computer, er hat nur einfach beschlossen, daß es langsam Zeit für ein neues Hobby wird. Das passiert so ungefähr alle fünf Jahre. Angefangen hat es mit den Hobbies Schlafen und Faulenzen. Als er die dann ausreichend beherrschte, hat er angefangen zu malen. Erstaunlicherweise kann Martin das inzwischen sogar ganz gut, und darum ist es Zeit für eine neue Herausforderung. Also hat er sich gefragt, wovon er am allerwenigsten Ahnung hat. Die Antwort war klar: Computer.

Auch beruflich braucht Martin keinen Computer. Er ist Vertreter für Tampons, und darin ist er selbst ohne elektronische Unterstützung richtig gut. Es macht ihm Spaß, herumzureisen und die Einkäufer großer Supermarktketten von seinem Produkt zu überzeugen. Er hat da eine todsichere Masche: Wenn ein Einkäufer seine A.-B.-Tampons partout nicht listen will, dann erzählt er ihm einfach in allen Einzelheiten von den Vorteilen dieser Marke. Er geht immer weiter ins anatomische und klinische Detail, bis der Einkäufer endlich aufgibt. Sicherheitshalber wendet Martin diesen Trick nur bei Männern an, aber die Einkäufer sind sowieso fast alle männlich.

Wenn Martin nicht so faul wäre, könnte er ziemlich gut verdienen. Aber oft läßt er einfach Tampons Tampons sein und widmet sich ganz seinen Hobbies. Zum Glück sind die Computerpreise in letzter Zeit dermaßen gepurzelt, daß man wahrscheinlich demnächst noch Geld rauskriegt, wenn man einen PC kauft. Darauf will er denn doch nicht warten.

Endlich ist es soweit. Am Montagmorgen fährt Martin los, um seinen neuen Hausgenossen abzuholen. Als er in dem karg, aber geschmacklos eingerichteten Computerdiscountladen ankommt, ist das Prachtstück natürlich noch nicht da. Aber der Wagen ist angeblich schon vor 45 Minuten vom Lager in Aachen losgefahren. Martin hat zum Glück nichts weiter vor, deshalb macht er es sich auf einem der Drehstühle vor den Vorführcomputern bequem.

Am sogenannten Beratungstresen steht eine Menschenschlange. Von Beratung kann da allerdings keine Rede sein. Wie Martin schnell mitkriegt, haben 95 Prozent der Wartenden eine Reklamation. Sie wollen Computer tauschen, Computer repariert haben, ihr Geld zurück oder den Geschäftsführer lynchen. Martin versucht, sich nichts dabei zu denken. Den Dienst an diesem Tresen muß bestimmt immer der rangniedrigste Verkäufer übernehmen. Oder der, der im letzten Monat am wenigsten verkauft hat.

Erstaunlicherweise gibt es trotzdem noch Leute, die etwas kaufen wollen. Meistens treten sie in Dreiergrüppchen auf, zwei Eltern und ein ungefähr acht Jahre alter Sohn. Die Verkaufsgespräche laufen dann so:

Vater: »Guten Tag, wir möchten den Hochschirm-Professional für unseren Sohn.«

Sohn: »Ja, und Joysticks.«

Vater: »Joysticks?«

Verkäufer: »Ja, die brauchen Sie schon, sonst kann man ja die meisten Spiele gar nicht spielen. Und dann sollten Sie auch noch eine Soundkarte nehmen. Und ein CD-ROM-Laufwerk für die tollen neuen Spiele auf CD. Und natürlich einen hochauflösenden Farbmonitor. Das ist das gesündeste.«

Mutter: »Machen die anderen denn krank?«

Verkäufer, einen herablassenden Blick auf die besorgte Mutter abschließend: »Ja, haben Sie das noch nie bemerkt? Wenn Sie abends vor dem Fernseher sitzen, dann ist doch das ganze Zimmer blau. Das sind die Röntgenstrahlen. Wenn Sie wie beim Fernsehen drei, vier Meter weg sitzen, ist das nicht so schlimm. Aber wenn Ihr Sohn einen halben Meter davor sitzt, dann ist das auf die Dauer nicht gut, und genauso ist es bei den billigen Monitoren.«

Vater: »Und welcher strahlt nicht?«

Verkäufer: »Dieser hier, siebzehn Zoll, fünfundzwanziger Lochmaske, Black Trinitron. Das Beste vom Besten.«

Vater: »Und was kostet der?«

Verkäufer: »1498 Mark der günstigste. Wenn Sie allerdings einen Multiscan wollen, der garantiert mit jedem Programm funktioniert . . .«

Mutter: »Multiwas?«

Vater: »Wie, der andere geht nicht mit allen Programmen?«

Verkäufer: »Nun, jedenfalls nicht garantiert.«

Sohn: »Wieviel RAM hat der Hochschirm-Professional überhaupt?«

Verkäufer: »Ein MB fürs erste. Aber wir haben hier preiswerte Speichererweiterungen...«

Vater: »Also das eine, äh, Dings, das reicht uns. Wieviel macht das zusammen?«

Verkäufer: »Das wäre dann also der Hochschirm-Professional, der Monitor...«

Sohn: »Und die Joysticks.«

Vater: »Einen Joystick sehe ich ja noch ein, aber wozu brauchst du gleich zwei?«

Sohn: »Na, wenn ich mit Daniel zusammen Autorennen spiele, dann brauchen wir beide einen.«

Verkäufer: »...und die Joysticks. 2547 Mark zusammen.«

Der Vater zahlt, der Sohn trägt stolz seinen Schatz, die Mutter blickt besorgt und hält die Tür auf. Der Verkäufer zählt das Geld.

Über diesen Beobachtungen vergeht die Zeit, und schließlich kommt der ersehnte Transporter mit Martins Computer. Der stolze Besitzer zahlt, schleppt die riesigen Pakete einzeln zu seinem Wagen und kann es kaum erwarten, nach Hause zu kommen.

Auspacken, einschalten – geht nicht. Ganz toll.

Innerhalb der nächsten drei Wochen tauscht Martin den Rechner viermal um und den Monitor zweimal. Mal geht der eine nicht und mal der andere. Und wenn beide einzeln funktionieren, dann verstehen sie sich gegenseitig nicht. Martin kann die Lynchwünsche der anderen Kunden bald nachvollziehen und denkt sich jeden Abend vor dem Einschlafen ausgefallene Foltermethoden für die Verkäufer aus.

Doch schließlich erwischt er einen Monitor und einen Rechner, die nicht beim ersten Einschalten den Geist aufgeben und deren Innereien sich auch irgendwie miteinander verständigen können. Beide Teile scheinen gewillt zu sein, auf Dauer in Martins Dienste zu treten.

Weitere drei Wochen und einige hundert Mark später hat sich Martin mit seinem neuen Spielgefährten einigermaßen angefreundet. Wobei man nicht sagen kann, daß dieser ihm großartig entgegengekommen wäre. Inzwischen kennt er die wichtigsten DOS-Befehle und kann sich damit seinem Puter, wie er ihn kindischerweise nennt, in gewissen Grenzen verständlich machen. Auch seine Tippfähigkeiten sind in den drei Wochen erstaunlich gewachsen. Nie waren die Finger so beweglich wie heute. Denn statt ein bißchen mitzudenken, sagt das blöde Ding nur »Unbekannter Befehl«, wenn er zum Beispiel statt »cd ..« »cd..« tippt.

Martins Bücherregal ziert jetzt eine mittelprächtige PC-Fachbibliothek, und auf seiner Festplatte befinden sich je ein Programm zum Schreiben, Rechnen und Malen sowie vierzehn Computerspiele. Außerdem nennt er ein Sowieso-Syndrom am Handgelenk sein eigen. Das kommt vom stundenlangen hastigen Bewegen der Maus bei diesen Ballerspielen, wo man möglichst schnell möglichst viele Aliens abschießen muß, bevor sie einen zermalmen. Diese Spiele sind auch der Grund dafür, warum der »Baum auf der

Müllhalde«, ein düsteres, endzeitangehauchtes Ölbild, seit drei Wochen unvollendet auf der Staffelei in Martins Schlafzimmer steht. Zum Glück ist Martin in den letzten Jahren zum eingefleischten Einzelgänger geworden, denn für Freunde und Bekannte hätte er in diesen drei Wochen nicht viel Zeit gehabt.

Richtig enge Freunde hat Martin überhaupt nicht. Er kennt die anderen Tamponvertreter vom Sehen und von Seminaren, die Kellner diverser Düsseldorfer Frühstückskneipen vom Bestellen und Servieren und seine Kunden vom Überreden und Verkaufen. In der Düsseldorfer Altstadt kommt es zwar schnell zu oberflächlichen Kneipengesprächen, aber mehr auch nicht. Vielleicht wäre es anders, wenn er einen Bürojob hätte, wo man tagein tagaus dieselben Leute sieht. Aber in seinem Job ergeben sich irgendwie keine Berufsbekanntschaften. Und wo soll man die Leute sonst hernehmen, wenn man sich weder für die Karnickelzüchterei noch fürs Briefmarkensammeln interessiert und überhaupt ein totaler Vereinsmuffel ist? Auch mit Frauen läuft nichts mehr, seit seine letzte Freundin Gesine damals ausgezogen ist.

Martin hat also jede Menge Zeit für sein neues Hobby. Seine neueste Erwerbung ist ein sogenanntes Modem. »Nur für den Export« stand auf der Packung. Laut Werbung kann jeder Computer mit Hilfe eines Modems und der entsprechenden Software mit anderen Computern »kommunizieren«. Es gibt Leute, die nennen das Fortschritt. Die Telekom nennt das auch Fortschritt, aber nur, wenn man ein von der Telekom zugelassenes Modem nimmt. Diese Postmodems können fast genausoviel wie die anderen, dafür sind sie auch nur unwesentlich teurer.

Modems ohne Poststempel sind im Prinzip richtig verboten und illegal. Trotzdem nehmen die PC-Zeitschriften sie regelmäßig in ihre Produkttests auf. Und logischerweise schneiden sie meistens besser ab als ihre Artgenossen mit Posthorn. Klar, daß Martin sich den Testsieger gekauft hat.

Martin hat sein Modem gerade angeschlossen, da klingelt das Telefon. Er hebt ab, und sofort läßt ihn ein infernalisches Pfeifen vom Stuhl hochspringen. Die Stimme aus dem Hörer kann er hinter dem Pfeifen überhaupt nicht verstehen. Doch der Anrufer scheint überhaupt nicht verwirrt zu sein und wiederholt seine Worte einfach einige Phonstärken lauter: »Ich sagte: Schalten Sie mal lieber Ihr Modem ab!«

Martin weiß immer noch nicht, wer am Telefon ist, aber er ist dankbar für den Tip. Herrlich, diese Stille!

»Schütt«, sagt er in den Hörer. Doch da überfällt ihn schon wieder ein neuer Schreck: Ob das vielleicht die Post ist? Vielleicht haben Sie ihn von dem Laden, wo er das Modem gekauft hat, bis nach Hause verfolgt. Vielleicht stehen sie unten und wollen ihn verhaften. (Darf die Post Leute verhaften?) Die Stimme meldet sich wieder. Sie klingt tief und voll und vertrauenerweckend: »Guten Tag, hier ist Kuchenbrett. Ich habe im Aufzug einen Brief an Sie gefunden.«

Martin wohnt in einer Zweizimmerwohnung im 16. Stock eines riesigen Hochhauses. In den ersten sechs Stockwerken sind ausschließlich Büros untergebracht. Doch auch im übrigen Haus finden sich die merkwürdigsten Firmen, von der Zentralverwaltung seines Tamponherstellers über mehrere Werbeagenturen bis hin zum Generalkonsulat eines obskuren

Zwergstaates, dessen Namen kein Mensch behalten kann. Außerdem gibt es jede Menge Japaner.

»Wie? Was? Aufzug?«

Martin liest seine Post immer im Aufzug. Das verkürzt die Fahrt. Gut möglich, daß ihm dabei ein Brief heruntergefallen ist.

»Ja, und ich habe mir gedacht, bevor ich da unten zwischen den zweihundert Briefkästen Ihren Namen suche, rufe ich Sie lieber an.«

Stimmt, der Briefträger braucht jeden Tag eine halbe Stunde, um unten am Hauseingang die Briefe in die Kästen zu sortieren. Wenn man ihn dabei stört und ihn fragt, ob vielleicht was für Schütt dabei ist, simuliert er einen Herzinfarkt.

»Oh, vielen Dank, da komme ich am besten gleich vorbei und hole ihn ab. Ich hoffe, es ist keine Rechnung.«

»Nein, scheint was Privates zu sein. Zwölfter Stock, rechts. Mein Name ist Kuchenbrett, wie das Kuchenbrett.«

»Gut, bis gleich.« Martin zieht sich schnell eine Hose an – zu Hause läuft er im Sommer meist in Unterhose herum – und geht zum Aufzug. Er hat keine Ahnung, von wem der Brief sein könnte, und es interessiert ihn auch nicht besonders. Wahrscheinlich ist er von seiner Mutter, die ihm mal wieder ein paar Zeitungsausschnitte über berühmte Maler schickt. Sie hat es aufgegeben, ihren Sohn in einen ordentlichen Beruf zu drängen. Jetzt will sie, daß er es als Maler zu etwas bringt. Sie möchte ihren Sohn gern in einem großen Atelier sehen, mit Nordlicht und schrägen Fenstern. Doch Martins Atelier ist eher klein und dient zusätzlich auch noch als Schlafzimmer. Und seine Malerei ist nicht Beruf, sondern Hobby, ohne jede Aussicht auf Ruhm, geschweige denn Rentabilität.

Als er schon an der Tür »Kuchenbrett« klingelt, fällt ihm ein: Woher wußte der Typ eigentlich, was bei mir piept?

Ein ziemlich großer, rundlicher Mann öffnet die Tür: »Tag, Herr Schütt, kommen Sie doch kurz rein.«

Martin wollte sich eigentlich nicht lange aufhalten, aber nach dem ersten Blick ins Innere tritt er fasziniert ein. Die Wohnung ist genauso groß wie seine, aber gegen das Chaos hier ist sein Atelier reif für »Schöner Wohnen«. Am Fenster im Wohnzimmer stehen zwei Tapeziertische. Die sieht man aber kaum, weil sich auf ihnen dicht an dicht zahlreiche Computer drängen, die Hälfte ohne Deckel und mit herausquellenden Eingeweiden. Unzählige Kabel hängen von den Tischen herunter, fast wie ein Tischtuch. Auf dem Boden stehen noch mehr Computer, dazwischen liegen Chips, Steckkarten und Coladosen. In der Ecke stehen zwei Drucker, auf einem Regal an der Wand zwei Telefone. Ein Modem kann Martin im Moment nicht entdecken, aber bestimmt ist irgendwo eins. Mindestens.

Ebenso barfüßig wie virtuos stakst Kuchenbrett durch das Schlachtfeld. Martin wundert sich, daß sein Hausnachbar noch kein EPROM im Fuß hat. Er weiß zwar nicht ganz genau, was ein EPROM ist, aber er nimmt an, daß es sich dabei um kleine Teile mit spitzen Beinchen handelt. Und davon liegen hier wirklich reichlich herum. Viele scheinen nur darauf zu lauern, sich von unten genüßlich in eine wehrlose Fußsohle zu graben.

Kuchenbrett gibt ihm den Brief: »So. Ich hoffe, Sie

haben das Autoanswer jetzt abgeschaltet. Übrigens, ich heiße Matthias. Und du?«

»Martin«, sagt Martin und fragt sich, was »Autoanswer« ist. In der Gebrauchsanweisung für sein Modem ist er nämlich schon bei »AT-Kommandoset« hängengeblieben. »Ich weiß nicht, ich habe nur das Modem ausgeschaltet. Ich kenn' mich noch nicht so aus. Hab's erst ganz neu. Sie machen das wohl beruflich?«

Bei »das« schwenken Martins Augen einmal quer durchs Zimmer, damit klar wird, was er meint.

Matthias zögert kurz, bevor er antwortet: »Jaja, ich bau' den Leuten die PCs nach ihren Wünschen zusammen. Und ich reparier' sie auch. Oder bau' Erweiterungen ein. Aber eigentlich bin ich Programmierer. Manchmal baue ich auch Roboter.«

»Also das ganze Programm.«

»Kann man sagen«, grinst Kuchenbrett.

Martin fühlt sich wie ein Sanyassin, der in Poona zum erstenmal seinem Guru gegenübersteht. »Da-dadarf ich Sie, äh, dich vielleicht ab und an mal was fragen, wenn ich mit meinem Computer und so nicht weiterkomme?«

Matthias Kuchenbrett grinst noch breiter. »Aber klar doch. Ich bin Kummer gewöhnt. Gibt noch viel zu wenig Leute, die sich mit so was auskennen. Und viel zu wenig Leute, mit denen man sich drüber unterhalten kann. Bin gern missionarisch tätig.«

»Also dann, vielen Dank und Tschö erst mal.«

»Tschüß, kannst mich jederzeit anrufen.«

Martin steht wieder draußen auf dem Flur und wirft zum erstenmal einen Blick auf den Brief. Die Schrift kennt er, den Absender auch. Tatsächlich, der Brief ist von Gesine.

Gesine. Vor zwei Jahren hat er sie zum letztenmal gesehen. Damals waren sie schon nicht mehr zusammen, aber sie hatte in der Nacht vor ihrem Umzug nach Hamburg unbedingt bei ihm schlafen wollen. Genauer gesagt, hatte sie natürlich mit ihm schlafen wollen, aber er war standhaft (oder eben nicht) geblieben. Vor acht Jahren hatte er sie zum erstenmal gesehen. In einer Disco, wie das eben so geht. Sie war dreiundzwanzig gewesen und er einundzwanzig. Sie hatte ihm damals gleich gefallen, aber es hatte einige Wochen gedauert, bis er sie auch von sich überzeugen konnte. Es war ihm ernst gewesen, und er war damals noch der Meinung, daß man mit den richtig netten Mädchen nicht gleich schlafen sollte. Mein Gott, was für ein unschuldiger Junge war er damals noch gewesen. Als sie nach einer Party das erstemal bei ihm übernachtete, war er allen Ernstes mit Jeans zu ihr ins Bett gekrochen. Das hatte sie überhaupt nicht verstanden. Auf ihre Aufforderung hin hatte er die Jeans dann schnell ausgezogen. Im Bett hatten sie sich auch die nächsten fünf Jahre immer am besten verstanden. Das war der einzige Grund, warum die Beziehung überhaupt solange gehalten hatte.

Martin merkte damals schnell, daß Gesine ihm in mancherlei Hinsicht überlegen war. Sie hatte einen scharfen Verstand und konnte sich gut ausdrücken. Auch ihre berufliche Laufbahn – nach dem Abitur Volontariat bei einer Zeitung und dann schon bald die ersten Sporen als Journalistin verdient – konnte Martin nur bewundern. Er war damals noch in der Lehre zum Groß- und Außenhandelskaufmann. Gesine dachte auch gar nicht daran, ihr Licht unter den

Scheffel zu stellen. Im Gegenteil, sie konnte richtig demütigend sein. Und dann ihre Macken. Sie bildete sich ein, unbedingt neun Stunden Schlaf am Tag zu brauchen. Und wenn sie um sieben aufstehen mußte, ging sie um zehn ins Bett, egal, was anlag. Und er durfte dann nicht mal mehr fernsehen, weil sie sonst im Nebenzimmer nicht schlafen konnte. Sie konnte auch nicht schlafen, wenn jemand neben ihr lag. Was in der Konsequenz bedeutete, daß Martin nach dem Bumsen immer auf das schmale Bett im halben Zimmer ihrer Zweieinhalbzimmerwohnung auswandern mußte, während sie im immerhin einsvierzig breiten Bett im Schlafzimmer residierte.

Als Gesine damals ausgezogen war, hatte er sich als erstes ein Riesendoppelbett gekauft, mit Papageien überall und Roßhaarmatratzen. Danach hatten sie sich dann für eine Weile wieder zusammengerauft, und in dem Papageienbett konnte Gesine sogar neben ihm schlafen. Wahrscheinlich, weil sie es nicht mußte. Vielleicht hätten sie das Papageienbett aber auch schon viel früher anschaffen sollen.

In diese Gedanken versunken, reißt Martin den Brief auf. Gesine will ihn besuchen. Sie hat eine Reportage in Düsseldorf, pipapo, und ob sie nicht bei ihm übernachten kann. Als ob ihre Zeitung ihr kein Hotel bezahlen würde. Komisch, daß sie nicht einfach angerufen hat. Sie hat sich ja auch sonst sporadisch mal gemeldet, schließlich hatten sie ja keinen Riesenkrach oder so was. Sie haben nur irgendwann festgestellt, daß sie einfach nicht zusammenpassen. Klar kann sie kommen. Schließlich hat sie diese Wohnung, in der er immer noch wohnt, damals über ihren Vater besorgt. Und es gibt auch keine andere Frau, die daran Anstoß nehmen könnte.

Wieder in seiner Bude angekommen, beschließt Martin, das Modem bis morgen in Ruhe zu lassen und sich erst mal was zwischen die Kiemen zu zaubern.

Nach dem Abendbrot, das wie meistens aus einer Tiefkühlpizza »Schinken« besteht, macht er noch einen kurzen Spaziergang. Es ist ungefähr zehn Uhr. Die Büroetagen des Hochhauses sind dunkel, bis auf einen Abschnitt im vierten Stock, wo die Werbeagentur Schürzer & Kohlhaas residiert.

Bei Schürzer & Kohlhaas wird immer viel gearbeitet, aber im Moment sind die Kreativen besonders im Streß. Es gilt einen neuen Etat zu gewinnen, den Fremdenverkehrsetat genau jenes obskuren Zwergstaates, dessen deutsche Vertretung ebenfalls im Hochhaus residiert. Konsul Eyer, seines Zeichens offizieller Zwergstaatvertreter, ist Kundenberater Schleckmann einmal im Fahrstuhl auf die Füße getreten. Und Schleckmann, Meister aller Klassen im Aufreißen neuer Kunden auf dem Golfplatz und anderswo, gelang es, die momentane Verlegenheit seines Kontrahenten auszunutzen. Er suggerierte dem Konsul, daß er jetzt geradezu verpflichtet sei, die Agentur Schürzer & Kohlhaas zur Präsentation einer Werbekampagne aufzufordern.

Jetzt muß die Agentur nur noch eine überzeugende Kampagne entwickeln. Die Kampagneros sitzen im Besprechungsraum zusammen, und drei Ideen liegen auf dem Tisch. Eine mit viel Kultur, eine mit viel Erholung und eine mit nackten Frauen am Strand. Es geht darum, ob man überhaupt mehrere Kampagnen vorstellen soll, und wenn nur eine, dann welche. Die Meinungen sind geteilt.

»Heutzutage verreist man nicht mehr nur, um braun zu werden«, meint Texter Christian Melchior, »was die Leute wollen, sind geistige Anregungen.« Er ist für die Kulturkampagne, weil er hofft, an Ort und Stelle Kulturinformationen einholen zu dürfen. Sonst dürfen immer nur die Art Directoren verreisen.

»Blödsinn«, behauptet Art Directorin Christine Baumann, »Erholung, relaxen, faulenzen, das ist es, was die Leute im Urlaub wollen. Wer Anregung braucht, trinkt 'nen Schnaps.« Die Art Directorin ist für die Erholungskampagne, weil die das erholsamste Foto-Shooting garantiert.

»Ihr habt doch keine Ahnung. Bumsen wollen die Leute, sonst nichts«, erklärt Creativdirector Christoph Bertram. Er ist vor einem Monat vierzig geworden.

Obwohl Christoph ihr Chef ist, sind Christian und Christine weit davon entfernt, kampflos auf die Bumstheorie einzuschwenken. Schließlich geht es für beide um einen bezahlen Ausflug ins schöne und ferne Katangi. Christine ist ziemlich klar, daß jedes Shooting, das mit nackten Frauen zu tun hat, nicht von ihr, sondern von Christoph persönlich überwacht werden würde. Und Christian sieht seine Bildungsreise ins Wasser fallen. Er verteidigt enthusiastisch die Kulturkampagne. Leider sind die Informationen über Katangis Kultur, die ihnen Honorarkonsul Eyer gegeben hat, äußerst dürftig. Und so gipfeln Christians Bemühungen in dem ebenso schwammigen wie holprigen Slogan »Brauchst Du Kultur, mach die Katangi-Kur«.

Am Ende beschließt man, dem Konsul alle drei Kampagnen vorzustellen. Das macht dann wenigstens einen kreativen Eindruck. Natürlich wird Bertram in seinem Präsentationsbooklet die Kampagne mit den nackten Frauen empfehlen. Aber das braucht er seinen beiden Mitstreitern ja jetzt noch nicht auf die Nase zu binden.

Als Martin von seinem Abendspaziergang zurückkommt, sieht er, wie im vierten Stock die letzten Lichter verlöschen. Aus dem Fahrstuhl treten drei unbekannte und teuer – aber für seinen Geschmack geschmacklos – gekleidete Leute. Das sind natürlich Christian, Christine und Christoph, in der Agentur auch »die Christenheit« genannt.

Während er im Fahrstuhl nach oben fährt, liest Martin auf einem mit Tesafilm an der Wand befestigten Zettel, daß am nächsten Samstag japanisches Feuerwerk ist. Und daß die Betreiber der Sauna im obersten Stock alle Hausbewohner zum Anschauen auf die Dachterrasse einladen. Heute ist Donnerstag. Martin fällt ein, daß am Samstag auch Gesine kommen will. Das paßt ja gut. So ein romantisches Feuerwerk an seiner Seite, wer weiß, was da für alte Gefühle wach werden könnten ...

Er geht ins Bett und träumt von einem riesigen, pfeifenden Monster, das von zwei Briefträgern in Zivil verfolgt wird.

II

Kommunikation

Der Freitag fängt gemütlich an. Martin geht zum Frühstücken ins Kaffee König, wo immer die Altpopper herumhängen. Leider ist da das Frühstück ziemlich gut, und die Bedienung ist ungefähr um den Faktor zehn schneller als die Bedienung in der Zicke. Dann beschließt er schweren Herzens, heute mal wieder was für seine Brötchen zu tun und ein paar Tampons an den Mann zu bringen. Ein paar ist natürlich untertrieben, bei seinen Abschlüssen geht es meist um Jahresabnahmemengen von mehreren Euro-Paletten.

Nach dem Frühstück fährt er zurück nach Hause und wirft sich in seinen kleinen Kundenanzug. Dann geht er am Briefkasten vorbei, um nach der Post zu gucken. Leider ist der Briefträger noch mit Sortieren beschäftigt, und wie jeder Hochhausbewohner weiß, darf man ihn dabei nicht ansprechen.

Martin fährt in Richtung holländische Grenze, wo er letzte Woche den Termin beim Schluckermarkt hat sausen lassen. Die Musik in seinem miesen Stereo-Cassetten-Empfangsteil, das ihm nie ein Autoknakker klauen wird, dreht er voll auf. Dann singt er auch noch aus vollem Halse mit.

Martins Auto ist ein Thema für sich. Der kleine Japaner ist erst ein Jahr alt, aber er sieht aus wie fünf. Das liegt an dem einsamen Spitzentalent seines

Fahrers, jede Schramme mitzunehmen, die sich am Wegesrand bietet. Martin hat auch gar nichts gegen Schrammen am Auto. Er findet, daß sie Ausdruck von Individualität sind. Die vertrockneten Apfelreste und das Eispapier auf dem Boden des Wagens sind auch Ausdruck von Individualität. Doch als Konzession an Gesine, die er am Samstag mit eben diesem Wagen vom Bahnhof abholen will, werden sie heute entfernt.

Nach einer mehr oder weniger erfolgreichen Tour ist Martin am frühen Abend wieder zu Hause. Kaum in seiner Wohnung angekommen, stürzt er sich auf den Computer, um endlich das Modem auszuprobieren.

Aus einem Artikel in einer PC-Zeitschrift weiß Martin, daß eine Mailbox so etwas wie ein elektronischer Briefkasten ist. Außerdem gibt's da meist noch zahlreiche Programme, die sich zum eigenen Gebrauch »herunterladen« lassen. Das heißt also, daß man mit diesem Modem irgendwie Sachen aus einem fremden Computer auf den eigenen kriegt. Aber wie? Das Ganze klang ziemlich verwirrend, so daß Martin sich noch ein ganzes Buch über »Datenfernübertragung« gekauft hat. Da steht drin, daß es neben der privaten elektronischen Post in den meisten Mailboxen auch öffentliche Mitteilungen gibt, die alle Teilnehmer lesen können. Zum Beispiel »Vogelkäfig billig zu verleasen« oder »Wie man den Computer des KGB knackt« und ähnlich wissenswerte Dinge. Einloggen ist, wenn man anruft und sich der Mailbox zu erkennen gibt. Das heißt, man gibt den Namen ein, unter dem man bei der Box angemeldet ist, und dann in der Regel noch ein geheimes Paßwort. Wer die Box zum erstenmal anruft, kommt meist mit dem Namen

»Gast« oder »Guest« oder »gast« oder »guest« oder »GAST« oder »GUEST« weiter. Das alles hat Martin in seinen schlauen Büchern gelesen. Aber so richtig vorstellen kann er sich das nicht. Zum Glück standen auch einige Telefonnummern von Mailboxen drin. Die will er jetzt ausprobieren.

Er sucht sich eine Mailbox im Düsseldorfer Raum raus, schließlich will er nicht die Provision für tausend Packungen A.B.-Tampons auf einmal vertelefonieren. Also: Computer einschalten, Modem einschalten, *Procomm* eingeben. Das ist der Name des Datenfernübertragungsprogramms, das Martin benutzt. Man kann auch Dfü-Programm sagen. Oder Terminalprogramm. Oder man sagt gar nichts.

Er gibt die Telefonnummer ein und hört zu, wie sein Modem wählt. Aha, besetzt. Zwanzig Minuten lang startet er einen Wählversuch nach dem andern – immer besetzt. Martin hält das für ein gutes Zeichen, die Mailbox scheint beliebt zu sein. Schließlich wird seine Mühe durch das Geräusch des Klingelzeichens belohnt, und dann verkündet der Rechner mit lautem Gepiepse *Verbindung hergestellt.* Doch schon folgt die nächste Hürde, denn auf dem Schirm erscheinen nur unverständliche Zeichen wie zum Beispiel *Å$°*.

Nachdem Martin diese Prozedur drei Stunden lang mit gleichbleibendem Erfolg durchgespielt hat, beschließt er, Kuchenbrett zu fragen. Das ist der einzige, der ihm helfen kann. Er sucht sich die Nummer aus dem Telefonbuch, aber da ist besetzt. Es ist stundenlang besetzt.

Frustriert schaltet Martin den Fernseher ein und schaut Werbung, die ab und an von Spielfilmpartikeln unterbrochen wird. Schließlich hält er es nicht mehr aus und geht runter in den zwölften Stock. Kuchenbrett läßt ihn freundlich rein und holt ihm einen Stuhl aus dem anderen Zimmer. Kein Wunder, daß er ihn nicht erreichen konnte, Kuchenbrett hängt mit seinem Computer am Telefon.

»Entschuldige, ich hab' nicht dran gedacht, dir meine Voice-Nummer zu geben.«

»Deine was?«

»Na ja, ich habe zwei Telefonleitungen, eine für Voice und eine für Daten. Die Nummer, die du angerufen hast, ist meine Datenleitung. Da hängt die meiste Zeit das Modem dran. Sinnigerweise steht genau diese Nummer im Telefonbuch.«

»Und warum hängst du dann nicht einfach das Modem an die Leitung, die im Telefonbuch steht?«

»Ganz einfach, weil ich es andersrum auf meinem Geschäftspapier stehen habe. Außerdem bist du garantiert der erste, der meine Nummer im Telefonbuch gesucht hat.«

»Verstehe. Eigentlich bin ich gekommen, um dich was zu fragen. Aber ich will nicht stören.«

»Kein Problem, ich bin gleich fertig.«

»Und was machst du da gerade?«

»Guck einfach zu.«

Martin verfolgt die Zeilen, die über den Bildschirm rollen: Da unterhalten sich offensichtlich zwei Leute. Der eine heißt *Slave of Women*, und der andere heißt schlicht und ergreifend *Hamster*. Martin braucht zwei Minuten, um herauszufinden, daß Matthias Kuchenbrett hier unter *Slave of Women* firmiert. Worum es bei der ganzen Sache geht, kriegt er allerdings nicht mit. Zu viele Computerwörter, die er noch nie gehört hat.

Schließlich tippt Kuchenbrett *»cu asap, bibi«* und veranlaßt sein Modem zum Aufhängen. Martin fragt, was denn die letzten Buchstaben bedeutet hätten. »Ist doch klar, ›cu‹, englisch ausgesprochen, heißt ›ich seh dich‹, ›asap‹ ist die Abkürzung für ›as soon as possible‹ und ›bibi‹ ist ›bye bye‹. Also mit anderen Worten: ›Wir seh'n uns sobald wie möglich, tschüß.‹«

»Und worum ging es überhaupt?«

»Ach, der Typ, dieser Hamster, sitzt in Wisconsin und studiert Deutsch. Er sucht eine bestimmte deutsche Software. Hat mich gefragt, ob ich ihm das Teil besorgen kann. Das kriege ich schon hin.«

»Und diese Unterhaltung da eben, wie ist die denn überhaupt zustande gekommen, hat der bei dir angerufen?«

Kuchenbrett lacht: »Nein, wie stellst du dir das vor, wir kennen uns doch gar nicht. Wir haben uns rein zufällig getroffen, und zwar in der größten Mailbox der Welt, CompuServe in Ohio. Die haben User in der ganzen Welt, so um die zwei Millionen. Und jeden Monat kommen 50 000 dazu, ein paar Tausend allein in Deutschland. Tja, und da kann man unter anderem auch online mit Leuten reden, entweder im Dialog, wie wir eben, oder mit vielen Leuten gleichzeitig, in einer sogenannten elektronischen Konferenz. Das ist zwar auch recht teuer, aber immer noch Klassen günstiger als ein Überseegespräch.«

»Ist ja irre. Kann ich das auch?«

»Klar, aber vielleicht solltest du besser mit einer deutschen Chatbox anfangen. Ich geb' dir die Nummer von der B.O.X. in München. Hier. Da rufst du an und füllst online den Userantrag aus. Es dauert allerdings ein paar Tage, bis du vollen Zugriff hast. Die prüfen erst deine Adresse, damit du nicht allzuviel Unsinn anstellen kannst. So lange kannst du nur lesen und nicht schreiben. Und in die Konferenz kannst du auch noch nicht. Wenn du dann den Account hast, kannst du alles machen.«

Kuchenbrett schreibt Martin die Telefonnummer der Mailbox namens B.O.X. auf.

»Wofür steht denn das B.O.X.?«

»Na ja, das haben sie natürlich hauptsächlich deshalb genommen, weil es sich ›Box‹ wie ›Mailbox‹ spricht. Aber irgend jemand hat sich auch die Mühe gemacht, die passenden Wörter aus dem Lexikon zu suchen. Soweit ich weiß, steht B.O.X. für ›Best Online Xenogamy‹.«

»Und was, zum Geier, ist Xenogamy?«

»Na ›Fremdbestäubung‹, weiß doch jeder«, Kuchenbrett lacht, »hier wirst du halt mit Daten bestäubt.«

»Klar, das erscheint äußerst logisch und zwingend.«

Dann erzählt Martin von dem Problem, das ihn eigentlich hergetrieben hat. Und – wie nicht anders zu erwarten – weiß Kuchenbrett Rat.

»Vielleicht hat die Mailbox ’ne fest eingestellte Übertragungsgeschwindigkeit. Das wäre zwar ziemlich schwach, kann aber sein, wenn’s ’ne kleine Amateurbox ist. Schalte dein Modem einfach mal von 9600 Bps auf 2400 Bps runter. Das sind übrigens Bit pro Sekunde. Wenn das nicht hilft, kann’s noch an der Parität liegen. Oder am Protokoll. Aber das kriegen wir in der nächsten Stunde. Wenn’s mit der langsameren Geschwindigkeit nicht klappt, komme ich rauf und sehe mir die Sache mal an.«

»Vielen Dank, werde ich machen. Ach ja, noch eine Frage: Warum nennst du dich eigentlich *Slave of Women*?«

»Ach«, meint Kuchenbrett, »das ist 'ne lange Geschichte. Weil ich keine habe, wahrscheinlich.« Und dabei guckt er, als gefiele ihm das gar nicht besonders.

Oben in seiner Bude gelingt es Martin jetzt tatsächlich, die Verbindung zu der Düsseldorfer Mailbox herzustellen. Er guckt sich einige Mitteilungsbretter an. Da werden Computer zum Verkauf angeboten, da steht Aktuelles zum Datenschutz, da gibt's Artikel aus der Datenschleuder, der Fachzeitschrift für den lebensbejahenden Dfü-Benutzer, und jede Menge Unmutsbekundungen über die Post, über andere Teilnehmer und über das Leben als solches. Aber so irrsinnig interessant findet Martin das alles nicht. Wahrscheinlich deswegen nicht, weil er gerade bei Kuchenbrett gesehen hat, wie man am Computer richtig mit anderen Leuten reden kann.

Er holt den Zettel mit der Nummer der Münchner B.O.X. hervor und tippt sie in das elektronische Telefonbuch seines Terminalprogramms. Dann noch *d* wie »wählen« und...

»Pieppieppiep-piepiepiep«, *Verbindung hergestellt*. Schon erscheint die Begrüßungsseite mit Angaben über die B.O.X. und mit der Frage nach Martins Namen. Die Mailbox will wissen, wer da Einlaß begehrt. Also gut, *gast*. Wunderbar. Jetzt kommt ein Auswahlmenü, anscheinend speziell für Gäste. Der erste Menüpunkt lautet *Account beantragen*. Hier kann er sich also als zahlender Benutzer anmelden. Die B.O.X. informiert ihn darüber, daß der Spaß 15 Mark im

Monat kostet. Darauf kommt es jetzt auch nicht mehr an. Die B.O.X. fragt ihn nach Namen, Adresse, Telefonnummer und Username. Username? Seinen Namen hat er doch schon eingegeben! Martin will noch mal »Martin Schütt« hinschreiben, da fällt ihm die Sache mit *Slave of Women* ein. Anscheinend braucht er ab sofort noch einen elektronischen Spezialnamen.

Darüber hat er noch gar nicht nachgedacht. Aber er hat auch keine Lust, erst mal wieder auszuschalten, um über dieses Problem zu meditieren. Und online meditieren ist reichlich teuer. Immerhin zahlt er im Moment die vollen Ferngesprächsgebühren für ein Gespräch Düsseldorf/München. Also schnell, wie könnte er heißen? Was paßt zu ihm, ist unverfänglich und möglicherweise auch noch witzig? Blitzschnell überfliegt Martin seine hervorstechenden Eigenschaften. Bei den Eßgewohnheiten stoppt er. Das ist es: Fastfood! Also Username: *Fastfood.* Prima. Das klingt gut. Die B.O.X. bedankt sich und versichert, daß er sein persönliches Paßwort für den Account Fastfood baldmöglichst per Einschreiben erhalten wird. Dann erscheint wieder das Gastmenü. Sonst tut sich nichts. Auch Martin tut nichts. Er würde sich ja gern schon mal ein bißchen in der B.O.X. umsehen. Aber wie?

Plötzlich erscheint auf seinem Schirm:

*** *Dialoganforderung von Mausi.*
Beginnen mit <dia Mausi> ***

Martin wird ganz aufgeregt. Da will jemand mit ihm sprechen! Aber Kuchenbrett hat doch gesagt, daß das erst geht, wenn er ein vollwertiger User geworden ist? Na egal, einfach ausprobieren. Also *dia Mausi.* Und schon steht da was auf Martins Schirm:

Mausi: hallo gast. woher kommst du?

Stimmt, Martin hatte sich ja als »gast« eingeloggt. Martin tippt: »Aus Frankfurt, und du?« Und auf dem Schirm erscheint:

Gast: Aus Frankfurt, und du?

Und schon geht's weiter:

Mausi: aus muenchen. wie alt bist du?
Gast: 26. Und du?
Mausi: 28. wie siehst du aus?

Die geht ja ganz schön ran, denkt Martin und gibt eine Kurzbeschreibung von sich:

Gast: Braune Haare, blaue Augen, 178 cm lang.
Mausi: klingt toll. wie kommt es, daß ich dich hier
Mausi: noch nie gesehen habe?

Gesehen ist gut, denkt Martin. Aber wie soll man das auch sonst nennen.

Gast: Ich habe eben erst einen Userantrag gestellt.
Gast: Ich dachte, solange ich noch keinen Account
Gast: habe, kann ich noch gar nicht mit anderen
Gast: Leuten reden.

Er ist ganz stolz, daß er schon weiß, daß es »Account« heißt. Mausi kennt sich aus:

Mausi: doch, dia geht. also dialog, zu zweit. nur in
Mausi: die konferenz kannst du noch nicht rein.

Also ist das auch geklärt.

Gast: Ach, so ist das. Aber jetzt möchte ich auch
Gast: wissen, wie du aussiehst.

Mausi: 1,72; blonde lange haare. aber die umlaute
Mausi: solltest du weglassen. sie kommen bei
Mausi: anderen usern als muell an, wenn sie nicht
Mausi: den gleichen zeichensatz benutzen wie du.
Mausi: deutscher sondermuell sozusagen. die
Mausi: koennen dann manchmal recht stinkig
Mausi: werden.

Nicht schlecht, wenn das Aussehen stimmt.

Gast: Ok, keine Umlaute. Wie kommt es, daß du
Gast: dich fuer Computer interessierst?

Martin dachte bisher, daß Frauen grundsätzlich nichts mit Computern am Hut haben.

Mausi: ach, computer sind mir eigentlich ziemlich
Mausi: wurst, ich find's nur toll, hier mit den
Mausi: leuten zu chatten.

Bitte wie? Ach so, »chat« gleich »Geplauder«. Die vielen englischen Ausdrücke können einen wirklich ins Schleudern bringen.
Da, schon wieder so was Unverständliches:

Mausi: kommst du ueber pattex?

Was ist das denn schon wieder? Pattex? Mit so was klebt Martin normalerweise lose Schuhsohlen an.

Gast: Pattex?????
Mausi: na, datex-p halt.

Aber damit kann Martin genausowenig anfangen.

Gast: kenn ich nicht.
Mausi: waaaas???? du weißt nicht, was datex-p ist?
Mausi: gibt's so was heutzutage ueberhaupt noch?

Gast: Erklaer es mir bitte.

So wenig Ahnung scheint die Dame ja nun doch wieder nicht zu haben.

Mausi: also gut: datex-p ist ein paketvermittelndes
Mausi: datenuebertragungsnetz der post. ueber
Mausi: datex-p kannst du wesentlich billiger daten
Mausi: uebertragen als per telefon. jedenfalls,
Mausi: wenn's nicht zu viele sind. die kosten sind
Mausi: naemlich abhaengig von der datenmenge.
Mausi: fuer chat isses guenstiger. aber du brauchst
Mausi: dazu 'ne nui, eine nutzeridentifikation. die
Mausi: kriegst du von der post bzw. telekom. die
Mausi: grundgebuehren sind 15 mark im monat.
Mausi: dazu kommen dann verschiedene
Mausi: gebuehren fuer die uebertragene
Mausi: datenmenge, fuer die nutzungsdauer usw.
Mausi: abends ab 22 uhr isses am billigsten. mit
Mausi: anderen worten, wenn Du hier oefters
Mausi: online sein willst, solltest du schnellstens
Mausi: eine nui beantragen, weil du sonst noch
Mausi: schneller arm wirst als so schon.

Martin versteht wenig bis nichts.

Gast: Wie komme ich denn mit dieser nui in das
Gast: datex-p? Und wieso hast du zuerst Pattex
Gast: dazu gesagt?
Mausi: ins pattex-netz kommst du ueber die
Mausi: normale telefonleitung. du waehlst das
Mausi: PAD in deiner Stadt an. das ist so eine art
Mausi: netzeingang. da mußt du dann deine nui
Mausi: angeben, und schon bist du im pattex. und
Mausi: pattex heißt es, weil es halt oft nicht richtig

Mausi: funktioniert. wie alles oeffentlich-
Mausi: rechtliche. dann kleben die daten im netz
Mausi: wie an pattex halt. und du kriegst nur
Mausi: muell auf den schirm.

Martin macht sich im Kopf eine Notiz, daß er Kuchenbrett nach dieser Pattex-Sache fragen will. Er tippt:

Gast: OK, vielen Dank fuer die vielen Auskuenfte.
Gast: Ich glaub, ich geh dann erst mal wieder.
Gast: Bevor es zu teuer wird.
Mausi: ok, war nett mit dir zu plaudern. ich hoffe,
Mausi: wir sehen uns mal wieder.

Ja, und wenn's geht, richtig von Angesicht zu Angesicht, denkt Martin.

Gast: Ja, hoffe ich auch. Bis bald also.

Dann loggt er sich vorschriftsmäßig aus. Also nicht einfach das Modem abschalten, sondern in der Box *logoff* wählen.

Anschließend verbringt Martin zwei Stunden damit, seinen Computer rund neunzehnmal zum Absturz zu bringen, indem er genau das tut, was im Handbuch seines Terminalprogramms unter »Exit Procomm« beschrieben ist. Also mit anderen Worten, das Programm zu verlassen, um irgendwas anderes zu machen. Das soll man tun, indem man zwei bestimmte Tasten gleichzeitig drückt. Aber immer, wenn Martin das macht, bleibt alles stehen. Und der Computer ist nicht einmal mehr mit *»Ctrl-Alt-Del«* dazu zu bewegen, aus seiner Paralyse zu erwachen. Martin muß ihn jedesmal ganz ausschalten und dann wieder ein-

ihn jedesmal ganz ausschalten und dann wieder einschalten. Er könnte den Computer natürlich einfach ausgeschaltet lassen. Was anderes will er ja sowieso nicht. Aber es geht ihm total auf die Nerven, daß etwas, das funktionieren sollte, einfach nicht funktioniert. Martin hat noch viel zu lernen über Computer. Schließlich gibt er auf und wendet sich für den Rest des Abends dem »Baum auf der Müllhalde« zu.

III

Bahnhof

Als Martin am anderen Morgen um elf aufwacht, fällt ihm siedendheiß ein, daß erstens heute Gesine kommt und zweitens nichts im Kühlschrank ist. Also rein in die Klamotten und raus zum Supermarkt.

Da ist natürlich – wie jeden Samstag – Terror angesagt. Schon beim Parken hat Martin Schwierigkeiten. In der Garage des Hiwi-Marktes muß er bis ganz unters Dach fahren, um einen Platz zu finden. Dann merkt er, daß er den Einkaufszettel vergessen hat. Und ohne Zettel ist er erfahrungsgemäß ziemlich aufgeschmissen. Aber jetzt zurückfahren ist nicht drin. Also auf in den Kampf. Drei militante Hausfrauen schnappen ihm nacheinander drei Einkaufswagen weg, die wild in der Garage herumstehen. Dort, wo sie eigentlich nach dem Umladen ins Auto geparkt werden sollten, steht kein einziger.

Schließlich ergattert Martin einen Wagen und stürzt sich in den riesigen Laden. Beim Reingehen sieht er die langen Schlangen an den Kassen. Das kann ja heiter werden. Auf der Suche nach Beute streift er durch den Markt. »Intuitives einkaufen« nennt er das. Die einzige Methode für ihn, auch ohne Einkaufsbummel so einigermaßen die benötigten Sachen zusammen zu kriegen. Er fährt einfach durch alle Abteilungen und guckt, was ihm fehlt. Auf diese Weise häufen sich nach und nach im Einkaufswagen:

Joghurt, Bananen, Butter, Tiefkühlpizza, Miracoli, verschiedene Tiefkühlgerichte, Müsli, Wurst, Käse, Rotwein, eine Packung Kerzen (stimmungsvolle Beleuchtung für heute abend), braune Schuhcreme, ein Deostift sowie eine bespielte Cassette »California Dreaming«.

Die Schlangen an den Kassen sind inzwischen auch nicht kürzer geworden. Doch wer steht da an der Nachbarkasse? Kuchenbrett. Das verkürzt die Wartezeit natürlich ungemein. Martin fragt ihn nach Pattex. Kuchenbrett sagt ihm, daß er wirklich unbedingt eine Nui beantragen sollte, wenn er vorhat, öfters auswärtige Mailboxen zu besuchen. »Am billigsten ist natürlich 'ne Leih-Nui«, sagt Kuchenbrett noch, bevor er bezahlt und entschwindet. Martin bleibt mit der Frage zurück, was das nun schon wieder sein soll.

Zum Glück ist er jetzt auch dran mit Bezahlen. Doch es stellt sich heraus, daß er genau zwei Mark zu wenig dabei hat. Martin will eine der Tiefkühlpizzas zurücklassen, aber »Wie stellen Sie sich das denn vor?« keift die Kassiererin. »Die schmilzt doch hier an der Kasse. Meinen Sie, ich habe jetzt Zeit, Ihre Pizza wieder in die Kühltruhe zu tragen?« Irgendwie hat sie recht, und Martin trennt sich statt dessen von den Bananen. Bananen stopfen sowieso.

Eigentlich wollte er noch Brot kaufen, so ein Mist. Martin rast mit seiner Tüte ins Parkhaus, in der Hoffnung, Kuchenbrett noch abzufangen. Der kann doch noch nicht weit gekommen sein. Tatsächlich, da hinten packt er gerade die letzte Klorolle in den Kofferraum. Klar, daß er Martin zwanzig Mark leiht. So kann er am Brotstand noch schnell ein Baguette und ein Vital-Brot holen und am Blumenstand einen sogenannten »Tagesstrauß« erstehen. Der heißt wahrscheinlich so, weil heute der letzte Tag ist, an dem man ihn noch verkaufen kann. Martin weiß gar nicht mehr, wann er das letztemal Blumen gekauft hat. Wahrscheinlich damals mit dreizehn, als er Tante Hilde im Krankenhaus besuchte, die den Versuch, bei etwas zu weit entfernten Nachbarn zu spannen, mit einem klassischen Fenstersturz bezahlen mußte.

Der Düsseldorfer Bahnhof ist genauso wie alles andere in Düsseldorf: ziemlich neu, ziemlich prätentiös und absolut gesichtslos. Martin guckt nach, wo der Zug einlaufen wird, und steigt die Treppe zum Bahnsteig hoch. Der Zug ist pünktlich. Die Türen öffnen sich. Eine Menge Leute strömen heraus. Wo ist Gesine? Martin guckt wild um sich. Zum Glück gibt's hier nur zwei dicht beieinander liegende Bahnsteigtreppen. Martin kann beide gut überblicken. Aber wo ist sie denn nun?

Da spricht sie ihn aus zwei Metern Entfernung an: »Hallo, Martin.«

Er hat sie glatt übersehen, so hat sie sich verändert. Kurze Haare, Jeans, Herrenhemd, Fransenweste. Sie sieht aus wie ihr Bruder. Dabei hat sie gar keinen.

»Da bist du ja«, bringt er heraus und hält ihr die Blumen unter die Nase.

»Vielen Dank«, sagt sie abwesend. Die Blumen kann sie gar nicht nehmen, weil sie in jeder Hand eine Tasche hat. Martin nimmt ihr eine Tasche ab und behält die Blumen trotzdem.

»Neue Frisur?« fragt er überflüssigerweise.

»Schon seit fast zwei Jahren.«

Sie gehen zum Auto. Martin hält ihr nicht die Tür auf. Auf der Fahrt zum Hochhaus fragt er, ob sie Hunger hat. Hat sie nicht. Es ist alles sehr merkwürdig. Martin kommt sich irgendwie komisch vor. Das hat er sich wirklich anders vorgestellt.

Sie fahren in die Tiefgarage des Hochhauses. Martin liebt die Tiefgarage, weil sie so schön unheimlich ist. Ob er Angst hätte, wenn er eine Frau wäre?

Er fragt Gesine: »Hättest du hier nachts Angst?«

»Wieso Angst?«

»Na ja, man hört doch immer so Sachen, was alles in Tiefgaragen passiert. Hier werden auch dauernd Autos aufgebrochen. Zum Glück hab ich nur ein ganz billiges Radio. Das wollen sie nicht. Aber wenn du als Frau hier nachts durch müßtest? Hättest du da keine Angst?«

»Ich bin nicht der Typ, der in Tiefgaragen vergewaltigt wird«, meint Gesine, »dazu müßte der Vergewaltiger ja erst mal mitkriegen, daß ich 'ne Frau bin. Und so dunkel, wie das hier ist...«

Da hat sie recht. So, wie sie im Moment rumläuft, ist es ja bei Tage schon kaum zu erkennen.

Martin holt noch schnell seine Post – der Briefträger scheint gerade weg zu sein –, und sie fahren im Fahrstuhl nach oben.

»Hat sich ja nicht viel verändert«, meint Gesine zu seiner Wohnung, »wo soll ich schlafen?«

Huch? Martin war ehrlich gesagt davon ausgegangen, daß sie wie früher bei ihm im Bett schläft. Egal, ob nun mit oder ohne Gebumse. Aber auf einmal mag er das gar nicht mehr so sagen. Also improvisiert er: »Also, ich hab' mir gedacht, ich schlaf' hier auf dem Sofa, und du schläfst im Bett. Das Sofa ist lang genug, da hat auch schon mal mein Bruder drauf geschlafen. Und die Rückenkissen kann man runternehmen, dann ist es auch breit genug.«

»Ich schlafe auf dem Sofa«, erklärt Gesine, »ich kann dich doch nicht aus deinem eigenen Bett vertreiben.«

»Na gut«, ist ihm auch recht. »Hast du jetzt Hunger?«

»Ja, ich könnte schon was essen. Was hast du denn da? Oder sollen wir essen gehen?«

Martin zählt seinen Nahrungsmittelbestand auf. Daraufhin würde Gesine gern essen gehen. Es ist mittlerweile halb vier, also nicht gerade die klassische Essenszeit. Martin überlegt, wo man jetzt noch was kriegt. Mittlerweile kann man in Düsseldorf in vielen Kneipen ganz gut essen, aber nicht gerade nachmittags um halb vier. Martin fällt wieder nur das Café König ein, der alte Schickitreff. Dann müßten sie mit dem Auto wieder zurückfahren, genau dahin, wo sie gerade hergekommen sind. Martin hat keine Lust, aber dafür eine Erleuchtung. Es gibt doch jetzt diesen Sushi-Bringdienst, den er schon immer mal ausprobieren wollte.

»Hast du Lust auf Sushi?« fragt er Gesine.

»Ja«, meint sie, »wenn nicht zuviel Knoblauch drauf ist. Davon kriege ich Sodbrennen.«

»Hä?«

»Kleiner Scherz. Nein, ich hätte schon Lust auf Sushi. Das wäre auch die richtige Einstimmung für meine Reportage. Du weißt doch, daß ich mich in letzter Zeit auf Kultur spezialisiert habe. Also nicht Konzertkritiken oder so was, sondern Sonderformen der Kultur in Deutschland, vom Adel bis zu Skinheads. Und jetzt sind halt die sechstausend Japaner dran, die hier in Düsseldorf so eine Art Klein-Japan aufgebaut haben. Die größte japanische Kolonie Europas.«

»Ah ja.«

Martin kramt den Prospekt von dem Sushidienst raus, den er neulich im Briefkasten hatte. Er läßt Gesine aussuchen und entscheidet sich selbst für ein Menü mit Sashimi, Sushi und einer extra Portion extra fettem Thunfisch. Er ruft an und bestellt, und eine halbe Stunde später steht das feine Freßchen vor der Tür. Macht hundert Mark, aber schmeckt wirklich besser als Tiefkühlpizza.

Beim Essen erzählt er Gesine von dem Feuerwerk, das am Abend stattfinden soll. Sie scheint ganz angetan zu sein und sich trotz ihres zur Zeit etwas martialischen Aussehens einen Sinn für Romantik bewahrt zu haben. Martin freut sich über Gesines Zustimmung, obwohl er sich die Illusionen über den weiteren Fortgang des Abends – nach dem Feuerwerk, in seiner Wohnung – inzwischen abgeschminkt hat. Er erkundigt sich, wie sie denn das Material für ihre Reportage zusammenbekommen will und wie lange sie zu bleiben gedenkt.

»Genug Material zu kriegen ist im Prinzip kein Problem. Es gibt eine japanische Schule, ein japanisches Einkaufszentrum und ein japanisches Hotel. Die Leute sind alle sehr kooperativ, ich habe schon jede Menge Interviewtermine.«

»Nicht zu vergessen die japanischen Restaurants. Wer in Düsseldorf nicht mit Stäbchen essen kann, wird früher oder später am ausgestreckten Arm verhungern.«

»Stimmt, die japanische Küche gehört natürlich auch dazu.«

»Dann ist es wahrscheinlich auch kein Zufall, daß du ausgerechnet zum Feuerwerk hier auftauchst?«

Gesine grinst: »Was glaubst du, ich habe natürlich schon ein bißchen recherchiert. Klar weiß ich, daß die Japaner alljährlich dieses Kirschblütenfeuerwerk veranstalten, als Dank an ihre Düsseldorfer Mitmenschen und überhaupt. Mitmenschen, das ist übrigens genau der Punkt, an dem ich noch zu knacken habe. Im privaten Bereich halten sich die Japaner ja sehr zurück. Sie haben kaum private Kontakte mit Deutschen. Die Deutschen verstehen das meist nicht so recht und machen oft plumpe Annäherungsversuche, die dann regelmäßig an der Mißachtung einer der vielen subtilen japanischen Benimmregeln scheitern. Deutsche sind halt Barbaren, denkt man sich dann japanischerseits und zieht sich zurück. Es ist so ähnlich wie mit zwei Tierarten, deren Körpersprache nicht übereinstimmt. Bei dem einen Tier bedeutet zum Beispiel die erhobene Pfote ›Guten Tag, wie geht's‹, bei dem anderen Tier bedeutet sie ›Bleib mir bloß vom Hals‹. So entstehen fundamentale Mißverständnisse. Und am liebsten würde ich genau darüber schreiben.«

»Hm, schwierig.«

»Interessant ist auch noch ein anderer Punkt, nämlich daß trotz Fremdenhaß kein Mensch auf die Japaner schimpft.«

»Ich nehme an, weil die Geld haben.«

»Stimmt genau, die Japaner werden nicht als Gastarbeiter angesehen und auch nicht als Konkurrenz um Arbeitsplätze. Schließlich bringen sie ihre eigenen Firmen mit. Mitsubishi, Toshiba, Toyota und wie sie alle heißen.«

Nach dem Sushi genießt Gesine den Ausblick von Martins großem Balkon. »Das ist das einzige, was ich an meiner jetzigen Wohnung vermisse«, meint sie.

Der Balkon ist genauso breit wie die ganze Wohnung. Die beiden Zimmer liegen nebeneinander und haben zusammen eine durchgehende Fensterfront, davor liegt der Balkon. Das Ganze geht zwar nach Nordosten raus, aber dafür hat man eben den Blick über die Rheinauen, den Rhein und halb Düsseldorf. Schade nur, daß man aufstehen muß, um den Blick zu genießen. Das Balkongeländer ist ziemlich hoch und aus Beton.

Nach dem Essen will Martin Gesine noch stolz seinen Computer zeigen, aber sie hat überhaupt kein Interesse. Sie möchte lieber noch ein bißchen raus an die frische Luft, und so geschieht es. Die beiden stapfen durch die Neubausiedlung mit den postmodern verschnörkelten Managerhütten zum Deich. Der Rhein führt Hochwasser, eine eklige, trübe Brühe.

»Das muß ein Urinstinkt sein, immer zieht es die Leute zum Wasser«, überlegt Martin.

»Klar«, Gesine grinst, »sogar die Kö hat ja ein Gewässer.«

»Na ja, die trübe Brühe. Früher hatte der Kanal wohl einen Zugang von der Düssel, aber jetzt wird er nur noch aus einem ziemlich häßlichen Brunnen gespeist.«

»Düssel ist ein komischer Name für einen Fluß«, findet Gesine.

Das Wetter ist norddeutsch. Windig, so um die 15 Grad, viele Wolken mit etwas Sonne dazwischen.

Sie laufen am Freibad vorbei, das jetzt im April natürlich nicht geöffnet ist. Aber Radfahrer sind schon fast so viele unterwegs wie im Sommer. Sie laufen schweigend. Was soll man auch sagen? Martin fällt nichts ein. Er könnte sie fragen, ob sie einen Freund hat. Ob sie glücklich ist. Aber fragt man das? Und schließlich braucht ihn das auch gar nicht zu interessieren.

Wieder in der Wohnung, will Gesine sich ein bißchen hinlegen. Martin gibt ihr eine Decke, und sie legt sich angezogen aufs Sofa. Martin geht malen. »Der Baum auf der Müllhalde« ist fast fertig. Gegen zehn, nach einem Abendessen aus Martins Beständen, gehen sie rauf aufs Dach.

IV

Feuerwerke

Gesine hat eine schwarze Knautschlackweste an und darunter einen dicken Pullover von Kenzo. Sie sieht aus wie ein schwuler Werbetexter, denkt Martin, der allerdings keinen einzigen Werbetexter – schwul oder nicht schwul – zu seinen Bekannten zählt.

Die große Terrasse vor der Sauna ist schon halb voll. Viele Leute drängen sich um die extra aufgebaute Bar. Die Getränke sind zwar nicht umsonst, aber sehr preiswert, vermutlich Selbstkostenpreis. Gerade drängt eine laute Schar durch die enge Tür hinaus auf die Terrasse, unter ihnen die seltsamen Leute von gestern aus dem Fahrstuhl, der harte Kern der Werbeagentur Schürzer & Kohlhaas. Der alte Kohlhaas ist natürlich nicht dabei, der sitzt ja die meiste Zeit in seinem Chalet irgendwo in den Schweizer Bergen. Und Schürzer ist auch nicht mitgekommen. Die Zeiten sind vorbei, wo sich in den Werbeagenturen die Bosse mit ihrer Crew gemein machten, nur um sie bei Laune zu halten. Die Christenheit schiebt sich gleich durch zur Bar. Dreimal Mumm, drunter tun sie's nicht.

Es ist viertel nach zehn. Um halb elf soll das Feuerwerk losgehen. Noch immer kommen jede Menge Leute. Da ist die hagere Hausverwalterin, Frau Fritz. Martin hat sie im Verdacht, systematisch, vom Erdgeschoß bis zum 17. Stock, jeden ledigen Mann ins

Visier zu nehmen. Im Moment scheint sie gerade beim zehnten Stock zu sein. Dort ist sie in letzter Zeit öfters aus dem Fahrstuhl ausgestiegen, obwohl sie im sechsten Stock wohnt. Manchmal fährt sie auch mit irgendwelchen Männern im Fahrstuhl. Und wenn dann sie oder der Mann aussteigen, heißt es regelmäßig »Bis nachher!« oder »Ich hole dich ab!« Aber wenn man sie mal braucht, weil der Einbauherd nicht funktioniert, dann ist sie garantiert unauffindbar.

Am Geländer steht Kuchenbrett mit einem großen Bier und schaut auf den Rhein. Martin kämpft sich mit Gesine im Schlepptau zu ihm durch und tippt ihn von hinten auf die Schulter.

Kuchenbrett dreht sich um: »Hallo, Martin, endlich ein Mensch.«

»Sind die anderen hier keine?« fragt Martin.

»Ach, weißt du«, meint Matthias Kuchenbrett vage und deutet mit seinem Bier auf die lärmende Schürzer-Truppe.

Martin besinnt sich seiner guten Manieren und stellt Gesine vor: »Das ist Matthias Kuchenbrett, das ist Gesine.« Praktisch eine Nullinformation. Oder genauer gesagt zwei.

»Hallo, Gesine«, sagt Kuchenbrett.

»Hallo, Matthias«, sagt Gesine.

Dann sagen alle drei eine Weile nichts. Martin registriert, daß Kuchenbrett Gesine etwas länger anguckt, als man normalerweise völlig fremde Leute anguckt. Sie stehen in einer Reihe an der Brüstung, Gesine in der Mitte. Und weil es gar so still ist, sagt Martin sicherheitshalber irgend etwas: »Weißt du, Gesine und ich haben uns ewig nicht gesehen. Wir waren früher mal zusammen, aber jetzt sehen wir uns nur noch selten.«

»Aha.«

Na ja, man muß sich ja nicht immer angeregt unterhalten. Zum Glück kommt da auch schon der Eröffnungskanonenschlag. Sie drehen sich um und schauen hinunter auf die Stadt. Die ersten Raketen gehen hoch, bunte Sterne breiten sich über den Himmel aus, es ist wirklich sehr schön. Aus der Sauna klingt Händels Feuerwerksmusik. Ohs und Ahs dringen gedämpft an Martins Ohr. Er wirft einen Blick zur Seite. Zwischen ihm und Gesine ist ungefähr ein halber Meter Platz, zwischen ihr und Kuchenbrett höchstens fünf Zentimeter, Tendenz fallend. Kontinentaldrift im 17. Stock? Sehr merkwürdig.

Folgendes geht in Kuchenbretts Kopf vor: Die sieht ja aus wie ein Mann! Äh, ich meine, wie sieht die denn aus, äh, ich meine, also die finde ich aber mal sehr interessant. Hat die was mit Martin? Wohl nicht, hat er ja gesagt, ist vorbei. Vielleicht hat sie was mit Frauen. Hm, das wäre aber blöd. Auf jeden Fall, also wirklich, sehr interessant. Und gar keine Matsche im Gesicht.

Und Gesine denkt folgendes: Wie sieht der denn aus, kariertes Hemd, gestreifte Jacke und dann noch diese grünen Turnschuhe an den riesigen Füßen. Scheint aber nett zu sein. Wer so geistesabwesend gucken kann, tut keiner Fliege was zuleide. Aber vielleicht ist er tödlich langweilig. Na ja, das läßt sich rausfinden. Also, ich finde ihn jedenfalls erst mal nett.

Komisch, was man manchmal alles denkt, wenn man einen wildfremden Menschen trifft.

Das Spektakel dauert fast eine Dreiviertelstunde. Dann kommt das große Finale. Der ganze Himmel ist rot, grün und gelb gesprenkelt. Dann die obligatorischen drei Kanonenschläge, und Schluß ist mit Feuerwerk. Viele Leute verlassen gleich anschließend die Terrasse. Martin, Kuchenbrett und Gesine gehen zur Bar, die immer noch von der lauten Werbertruppe umlagert wird.

»Na, läuft der AT noch?« fragt Matthias Kuchenbrett den Texter Christian Melchior.

»Klar«, sagt Christian, »ich hab' noch keinen neuen Kaffee reingeschüttet.« Dann dreht er sich wieder zu seiner Gang um.

»Was, du kennst diese Typen?« fragt Martin.

»Na ja, ich hab' ihnen mal mit ihrem Computer geholfen«, antwortet Matthias fast entschuldigend, »ich fuhr gerade mit dem Aufzug vorbei, als ich im vierten Stock einen markerschütternden Schrei hörte. Da bin ich schnell raus und hab' nachgeguckt. Na ja, und da tobte dann dieser Christian auf dem Flur rum. Weißt du, das ist 'ne Werbeagentur. Und Christian ist Texter. Er hatte gerade einen ziemlich langen Text geschrieben und dann Kaffee in den AT geschüttet. Gab 'nen sauberen Kurzschluß, und da hat's den Plattencontroller zerrissen. Der AT hat seinen schönen Text also nicht mehr rausgerückt.«

»Und was hast du gemacht?« fragt Martin, ahnend, daß er die Antwort sowieso nicht verstehen wird.

Matthias faßt sich kurz: »Na ja, ich hab 'nen anderen Controller drangehängt und dann gerettet, was noch zu retten war. Seitdem grüßen wir uns im Fahrstuhl. Und manchmal rufen sie halt an, wenn sie 'n Problem haben.«

Martin will jetzt auch ein Bier. Gesine trinkt Weißwein. Früher hat sie davon immer Sodbrennen bekommen. Kuchenbrett ist nach dem einen Bier auf Mineralwasser umgestiegen. Martin wundert sich. Rein von der Statur her ist er doch ein typischer Biertrinker. Wie man sich täuschen kann.

»Auf Diät?« fragt Martin und deutet auf das Wasser.

»Diät?« Kuchenbrett fragt zurück, als ob er überhaupt nicht wüßte, was das ist. »Wegen dem Wasser? Ach so, nee, aber ich hab' heute noch einiges vor.«

»Wo willst du denn noch hin?« Martin hätte nicht gedacht, daß Matthias sich nachts viel rumtreibt.

»Nach Taiwan«, antwortet Kuchenbrett mit todernstem Gesicht.

Martin weiß nicht, ob jetzt Lachen angesagt ist. Absurder Witz paßt auch nicht zu Kuchenbrett. »Taiwan?« fragt er also erst mal.

Gesine guckt in ihren Weißwein.

»Ja, ich bin da mit jemand verabredet.«

Martin gibt es auf.

Sie gucken noch ein bißchen in die Nachtluft, aber es wird jetzt schnell kühl. Darum verlassen sie die Terrasse und gehen zum Fahrstuhl. Im 16. Stock verabschieden sich Martin und Gesine von Matthias und gehen schlafen. Die Verteilung der Schlafgelegenheiten bleibt wie besprochen: Martin im Bett und Gesine auf dem Sofa.

Und während im 16. Stock schon geratzt wird, schiebt ein gewisser Matthias Kuchenbrett im zwölften seinen Kleiderschrank beiseite. Dann holt er aus einer großen Werkzeugkiste Hammer und Meißel, umwickelt den Hammer mit einem Lappen und beginnt, vorsichtig die Wand aufzustemmen. Er hätte sowieso noch nicht schlafen können.

Martin und Gesine schlafen lange. Gegen elf stehen sie auf. Martin macht Frühstück, seine Vorräte reichen noch für ein relativ anständiges Mahl. Das Telefon klingelt, seine Mutter ist dran: »Junge, geht es dir gut? Wann kommst du uns mal wieder besuchen?«

Das Übliche.

Gesine macht sich auf den Weg zu irgendeiner Veranstaltung im japanischen Konsulat: »Ich komme vielleicht so gegen Mittag zurück.«

Schon wieder klingelt das Telefon: »Hier ist Matthias, äh.«

»Hallo, du klingst ja etwas merkwürdig. Spricht dein Computer nicht mehr mit dir?«

»Doch, äh, ich meine, ich hab' da 'ne Frage. Wegen Gesine.«

Martin beschließt, sich über nichts zu wundern und so zu tun, als ob es die natürlichste Sache der Welt sei, von einem ziemlich fremden Menschen am Sonntagvormittag wegen der eigenen Exfreundin angerufen zu werden. Vielleicht ist es das ja auch, zumindest jedenfalls, wenn am Abend vorher eine Kontinentalverschiebung im 17. Stock stattgefunden hat.

»Worum geht es denn«, fragt er also wie sein Kundenberater bei der Bank.

»Tja, also, äh, ich finde sie eigentlich ziemlich, also ich meine, hast du, äh, oder könnte ich, äh, äh . . .«

Der gute Kuchenbrett scheint nicht so ganz in seinem Element zu sein. Aber Martin hat genialerweise den Kern der Frage verstanden: »Du meinst, du willst sie mal zum Essen einladen oder sowas?«

»O ja, das würde ich gern«, tönt es dankbar durch den Draht. So, als wäre Kuchenbrett von selbst niemals auf diese bahnbrechende Idee gekommen.

»Du könntest ja auch mitkommen«, fällt ihm noch ein, »ich meine, es wäre ja vielleicht ein bißchen komisch oder?«

Martin beschließt, daß er was anderes zu tun hat, als bei Matthias und Gesine Anstandsdame zu spielen. »Ach Quatsch, macht das mal lieber unter euch ab. Ruf doch so gegen zwei noch mal an, dann wollte sie wieder da sein. Und dann verabredest du dich mit ihr. Ok?«

»Na gut, ja, mach' ich, alles klar.«

»Also bis dann. Tschüß, Matthias.«

»Tschüß, Martin. Vielen Dank.«

Martin kommt sich vor wie eine Briefkastentante. Dabei ist Matthias doch mindestens, also wenn nicht noch älter.

So ein Mist, daß sein Account noch nicht da ist. Sonst könnte er jetzt chatten. Aber es gibt ja noch mehr Möglichkeiten, sich per Computer die Zeit zu vertreiben. Er packt das neue Adventure-Spiel aus, das er letzte Woche gekauft hat.

Der Commander einer Raumflotte erscheint auf dem Bildschirm und erklärt Martin in Sprechblasen die Situation: »Du bist der letzte Arsch auf dem Raumschiff Skyhawk. Seit Tagen kreist ihr nun schon um diesen kleinen braunen Planeten. Du bist mal wieder zum Deckschrubben eingeteilt. Einer der Passagiere, ein schleimiger grüner Typ vom Planeten Tofu, hat dich letztens mächtig angemacht. Nur, weil du nicht wußtest, daß sein Rüsselgewedel ›Aus dem Weg, ich hab's eilig!‹ heißt. Kein Wunder, daß der grüne Widerling dir das ganze Deck vollgeschleimt hat. Während du noch über dein Schicksal nachdenkst, erschüttert eine Explosion das Schiff.«

Das Ziel des Spielers ist es, solange wie möglich am Leben zu bleiben. Außerdem soll er natürlich einen Schatz erobern, eine Prinzessin befreien und den Schurken zur Strecke bringen. Oder war es umgekehrt?

Während Martin noch nachdenkt, was jetzt zu tun ist, erscheint auf dem Bildschirm schon die Mitteilung: »Erst handeln, dann denken. Du bist tot. Willst du noch mal?«

Er muß wieder am Anfang beginnen, der Einstiegstext erscheint. Martin versucht's mit Rennen. Hektisch bewegt er die Maus, um der Explosion irgendwie zu entkommen. Doch das nützt ihm gar nichts, weil schließlich das ganze Schiff zerstört wird. Nach weiteren vergeblichen Versuchen entdeckt er in einem Seitengang eine Rettungskapsel, mit der er sich tatsächlich rechtzeitig in Sicherheit bringen kann.

Doch zur Ruhe kommt er natürlich nicht: ein riesiger Früchtejoghurt schwebt auf ihn zu und bittet um Verständnis sowie einen Regenschirm. Martin beschließt, sich mit dem Joghurt zu verbünden und kommt damit auch ganz gut weiter. Gemeinsam klauen sie dem Schleimtyp vom Planeten Tofu seinen Regenschirm, und es stellt sich heraus, daß es sich um einen speziellen Zeitsprungschirm handelt. Damit landet Martin kurze Zeit später – bzw. einige tausend Jahre früher – in einer riesigen Schokoladentorte, die mit 20 000 Sachen durch das All rast. Der Autor dieses Spiels hat offensichtlich beim Programmieren permanent ans Essen gedacht.

Leider sinkt Martin in der Schokoladentorte ein und erstickt, aber da hat er immerhin schon fünfzig von tausend Punkten. Und da er dran gedacht hat, vor dem Zeitsprung den aktuellen Spielstand abzuspeichern, kann er nach seiner Wiederauferstehung direkt an dieser Stelle weiterspielen. Er beschließt, sich den Regenschirm unter den Hintern zu legen, um so sein Gewicht auf der Schokoladentorte besser zu verteilen.

Da klingelt es an der Tür. Gesine ist wieder da.

»Na, wie war's bei deinen Japanern?«

»Öde. Es war so eine Händeschüttelorgie mit Häppchen. Nichts, was ich verwenden könnte.«

»Hm, schlecht.«

Dann erzählt Martin ihr, daß Kuchenbrett angerufen hat. Er erwähnt allerdings nicht, daß der ausgewachsene Computerexperte ihm vorkam wie ein verklemmter Fünfzehnjähriger, der das Gefühl hat, etwas Verbotenes zu tun. Gesine wird auf einmal ganz aufgeregt.

»Meinst du, ich soll ihn zurückrufen?«

Schon wieder hat Martin dieses Briefkastentanten-Feeling. Können diese beiden Kasper das nicht unter sich ausmachen, ohne ihn dauernd um Rat zu fragen? Erst Kuchenbrett, der ihn am liebsten beim Rendezvous dabeigehabt hätte, und jetzt Gesine, die er so kleinmädchenhaft aufgeregt auch schon lange nicht mehr erlebt hat. Tjaja, lang, lang ist's her ...

»Das mußt du selber wissen«, spricht er äußerst hilfreich.

Und schon darf er die Nummer von Kuchenbrett raussuchen. Während Gesine telefoniert, geht er sicherheitshalber ins andere Zimmer und legt sich aufs

Bett. Nicht, daß er eifersüchtig wäre. Die Gesine von heute hat schließlich mit der Gesine aus seinen Erinnerungen nicht mehr viel zu tun. Wenn er nur erst seinen Account hätte!

Offensichtlich schaffen es Gesine und Kuchenbrett, sich noch für denselben Abend zu verabreden. Gesine erzählt, daß Kuchenbrett sie um acht abholen will. Als wenn es nicht viel praktischer wäre, wenn sie die vier Etagen zu ihm runtergehen würde. Liegt doch auf dem Weg. Na ja, was geht's ihn an. Die zwei wollen japanisch essen gehen. Wie originell. Da wird er den Abend wohl vor der Glotze verbringen. Oder auf einer Schokoladentorte, die mit 20 000 Sachen durch das All rast.

Es ist sieben Uhr, und Kuchenbrett steht vor seinem Kleiderschrank. Er denkt daran, daß er fünfunddreißig Jahre alt ist. Aber das hilft ihm bei der Suche nach einer Gesine-adäquaten Ausgehuniform auch nicht weiter. Er denkt daran, daß er zuletzt vor drei Jahren unter ähnlichen Voraussetzungen vor dem Kleiderschrank gestanden hat. Das war ein Hotelkleiderschrank in Hannover. Damals hatte er sich auf der Cebit, der großen Computermesse, in eine Hostess vom IBM-Stand verliebt. Abends ging er mit ihr aus. Und dann nahm sie ihn mit in ihr Hotel. Und dann betete sie ihm ihre Preisliste herunter. Die für ihre Computer wohlgemerkt. Worauf er flüchtete und beschloß, sich nie wieder zu verlieben. Auf die Cebit geht er aber immer noch jedes Jahr.

Schlanker geworden ist er auch nicht gerade. Sport hat ihm noch nie Spaß gemacht. Im Gegenteil, er sitzt täglich so um die zwölf Stunden vor seinen Computern und ernährt sich hauptsächlich von Chips und Cola. In letzter Zeit ist er auf Cola light umgestiegen, aber es hat noch nicht viel genutzt. Das einzige, was er ab und an für seine Gesundheit tut, ist ein Besuch in der Sauna im 17. Stock.

Und jetzt steht er hier und will mit dieser Gesine ausgehen. Wahrscheinlich hat er sich mal wieder unsterblich blamiert. Oder er ist drauf und dran. Martin hat am Telefon so komisch geklungen. Gesine hat auch komisch geklungen, aber anders komisch. Na ja, was soll's, auf in den Kampf. Bloß in welchem Kampfanzug?

Matthias denkt noch weiter zurück. An die Zeit, als er noch jung und schön war. Damals war er noch Radio- und Fernsehtechniker. Und er hatte eine Frau und einen Sohn. Den Sohn hat er natürlich immer noch. Und zahlt sogar Alimente für ihn. Aber er sieht ihn fast nie. Nach der Scheidung ist seine Frau mit dem Kleinen nach Berlin gezogen, weil sie dort die meisten Bekannten hat. In Berlin hatten sie sich auch kennengelernt, Matthias studierte zu der Zeit an der TH. Bis er keine Lust mehr hatte und wegen des Sohnes sowieso Geld verdienen mußte. Dann waren sie nach Düsseldorf gegangen, wo Matthias herkam und wo er einen besseren Job kriegen konnte.

Tja, und dann entdeckte er seine Liebe für Computer. Und dann dauerte es nicht mehr lange, bis seine Frau aufgab. Er kann es ihr auch kaum verdenken. Schließlich mußte sie nächtelang allein im Bett liegen, während er vor dem Bildschirm saß und sich von irgendwelchen vertrackten Problemen einfach nicht losreißen konnte. Er kennt mehrere solche Fälle in seinem Bekanntenkreis. Mittlerweile hat er fast nur noch Umgang mit Computerfreaks.

Natürlich gibt es auch die andern. Die, die Computer zwar als interessantes Hobby sehen, aber ihnen nicht mit Leib und Seele verfallen sind. Und wahrscheinlich ist das sogar die fruchtbarere Einstellung. Schließlich sind Computer immer nur Mittel zum Zweck. Computer sollen Probleme lösen. Dazu muß man sie natürlich programmieren. Wenn aber das Programmieren zum Selbstzweck wird, wenn man es nur tut, um sich zu beweisen, daß man es kann, dann ist irgendwas faul. Aber was soll man tun, wenn es einen erwischt? Man überlegt sich, welche logischen Schritte erforderlich sind, um ein bestimmtes Ergebnis zu erhalten. Dann setzt man diese logischen Schritte in Computersprache um. Man programmiert. Und wenn der Computer am Ende genau das tut, was man will, dann weiß man, daß man richtig gedacht hat. Wo sonst bekommt man diese Bestätigung?

Natürlich passiert es praktisch nie, daß man gleich beim erstenmal alles richtig macht und das Programm perfekt läuft. Wenn man zum Beispiel den ganzen Tag an einem Programmodul herumprogrammiert hat und es dann abends so gegen sieben in den ersten Probelauf schickt, stellt man oft fest, daß überhaupt nichts geht. Ganz im Gegenteil. Bugs über Bugs. Bugs, auf englisch eigentlich Wanzen, sind Programmfehler. Diese Bugs gilt es zu finden und auszumerzen. Das kann schon mal eine ganze Nacht dauern, und vorher kann man einfach nicht ins Bett gehen, denn dann würde man ja als Versager ins Bett gehen. Die Herausforderung gilt. Erst wenn der Sieg errungen ist, wird der Computer abgeschaltet. Meistens geht dann draußen gerade die Sonne auf.

Natürlich werden mit steigender Erfahrung die Bugs weniger. Aber vor vergessenen Kommas oder simplen Tippfehlern beim Programmieren ist niemand sicher, auch Kuchenbrett nicht. Außerdem: Wenn man tatsächlich einen Teil des Programms fehlerfrei hingekriegt hat, dann denkt man natürlich, daß man den nächsten auch so gut hinkriegt. Und man will doch sehen, ob die beiden Teile wirklich so perfekt zusammenarbeiten, wie man sich das vorgestellt hat. Schon sitzt man wieder vor dem Terminal und...

Sicher, es erwischt nicht alle. Es gibt auch freie Programmierer, die sich mühelos von ihrem Computer losreißen können, um beispielsweise am hellichten Tag einen Spaziergang zu machen. Die beglücken abends pünktlich ihre Frau, und verdienen tun sie auch nicht weniger. Oder angestellte Programmierer, die in irgendeiner Firma von neun bis sechs programmieren und dann den Griffel fallenlassen, um sich zu Hause ihren Zierfischen zu widmen. Die verdienen ziemlich viel weniger.

Jetzt aber Schluß mit der Grübelei, es ist halb acht, und er weiß immer noch nicht, was er anziehen soll. Matthias entscheidet sich schließlich für die Jeans, die sich am besten gehalten hat, und ein gestreiftes Hemd. Die Füße steckt er in das Paar Turnschuhe, das noch am weißesten aussieht. Noch kurz trocken rasieren. Naja, wird zwar nicht babypopozart, geht aber schnell. Er will schon fast aus der Tür gehen, da fällt ihm ein, daß er eine Unterhose mit einem total ausgeleierten Gummiband anhat. Also nochmal Hose aus, andere Unterhose an. Wer weiß, wozu es gut ist.

Punkt acht Uhr klingelt er an Martins Tür im 16. Stock. Gesine öffnet. Sie ist fertig. Sie hat sich leicht geschminkt und trägt eine todschicke schwarze Lederhose. Kein glattes Leder, sondern Veloursleder. Dazu eine bunte Seidenbluse, die ihr fabelhaft steht.

»Hallo, Matthias. Sollen wir gleich gehen?«

»Ja, gehen wir.«

Sie fahren im Fahrstuhl nach unten und stehen mit einem gewissen Sicherheitsabstand nebeneinander. Ihre Blicke begegnen sich. Sie sehen sich kurz an und sehen wieder weg. Matthias hat sein Auto genau wie Martin in der Tiefgarage. Sie fahren los.

Der Japaner liegt nicht in der Altstadt, sondern im Geschäftsviertel am Hauptbahnhof. Christian Melchior hat Matthias mal hierher eingeladen, nach dem Kaffee-Desaster. Von ihm weiß Kuchenbrett auch, daß sich auf der anderen Straßenseite früher der Hintereingang einer großen Werbeagentur befand, die in den Siebzigern als deutsche Kreativschmiede galt. Alle anderen Agenturen orientierten sich am Output der japanisch ernährten Kampagneros. Inwieweit die japanische Ernährung Einfluß auf den Output hatte, ist laut Christian nie erforscht worden, aber er vertrat die Meinung, daß die dekorative Darreichungsweise der japanischen Speisen Einfluß auf die Gestaltung vieler Anzeigen, ja auf eine ganze Werberichtung gehabt hatte. Denn hier wurde die geniale Idee geboren, weniger auf eine Seite zu schreiben und dafür mehr zu kassieren. Das Problem bestand nur darin, die Sache dem Kunden zu verkaufen. Dies geschah in den goldenen Zeiten mittels magischer Beschwörungsformeln, die in sogenannten »Büchlein« niedergelegt wurden. Diese Büchlein wurden meist des nachts mit dem Herzblut des Creativdirektors geschrieben.

Wie dem auch sei, abends hat der bewußte Japaner eine größere und teurere Karte als mittags, so daß man da schon problemlos seine Liebste hinführen kann. Matthias hofft inbrünstig, daß irgend jemand, egal, ob Shintogott oder Sakegeist, ihm ein paar sinnvolle Sätze eingeben wird, damit die Angebetete sich nicht in eine Angeödete verwandelt. Genauer gesagt, er weiß eigentlich noch gar nicht, ob Gesine seine Angebetete ist. Seine Sensoren haben dem Prozessor in Gesines Gegenwart bisher nur ein allgemeines, undefinierbares Kribbeln gemeldet. Matthias muß dieses Gefühl erst noch durch eine Prüfschleife schikken.

Sie bestellen sich ein großes Menü mit Sushi, Sashimi, Misosuppe, Tempura und gekochtem Rindfleisch. Sashimi ist das gleiche wie Sushi, bloß ohne Reis. Die Suppe wird ohne Löffel direkt aus dem Schälchen geschlürft. Schlürfen darf man bei den Japanern, Nase putzen darf man nicht. Das Tempura besteht in diesem Fall aus fritierten Gambas und Gemüsescheiben. Gekochtes Rindfleisch ist gekochtes Rindfleisch.

Die Unterhaltung will nicht so recht in Gang kommen. Schließlich fragt Matthias, was Gesine denn eigentlich so macht, und sie erzählt aus ihrem Journalistenleben. Sie arbeitet frei, also für verschiedene Magazine. Meist macht sie zuerst den Text, und ein Fotograf stellt dann die beschriebenen Vorgänge mit den handelnden Personen oder noch öfter mit ganz anderen Personen nach. Kein Wunder, daß Elend in den Zeitschriften oft so ungeheuer malerisch daherkommt. Ganz schlimm ist es bei den sogenannten Zeitgeistmagazinen.

Zum Essen trinken sie japanisches Kirin Bier, das gar nicht so schlecht schmeckt. Hinterher noch einen Sake. Matthias hat keine Ahnung, was er jetzt noch bieten könnte. Das Nachtleben von Düsseldorf ist ihm ein Buch mit sieben Siegeln. Kein Wunder, nachts hat er ja was anderes zu tun.

Gesine hat inzwischen einen leichten Schwips.

»Was machen wir jetzt?« fragt sie leicht herausfordernd.

Matthias überhört den Unterton, wahrscheinlich aus Mangel an Übung.

Gesine ist sauer auf die Männer. Hauptsächlich, weil sie selbst keiner ist. Gesine ist auch sauer auf die Frauen. Hauptsächlich, weil sie selbst eine ist. Nach Martin, als die Welt noch in Ordnung war, hat sie sich mit ein paar schicken Szenelovern eingelassen, mehr so zur Dekoration als fürs Herz oder fürs Bett. In diesem Möbelstück waren die besagten Szenentypen meist nicht halb so gut, wie ihr Gehabe vorher vermuten ließ. So nach dem Motto: »Baby, ich bin ein Geschenk Gottes, sieh es ein und vergiß die zwei Milliarden anderen Jungs.«

Emanzen fand Gesine früher immer blöd. Sie war der Meinung, daß die das Thema Gleichberechtigung falsch angingen. Immer schrien sie nur, was sie alles wollten, anstatt es sich einfach zu nehmen. Gesine war früher davon überzeugt, daß man nur gute Arbeit leisten mußte, um anerkannt zu werden. Dann kam der Tag, an dem ein Chefredakteur es von einem kleinen freundschaftlichen Bums abhängig machte, ob ein Beitrag von ihr ins Blatt kam oder nicht. Und als sie dankend ablehnte, erzählte er überall rum, er hätte mit ihr gepennt und sie sei total frigide. Da ist ihre schöne gleichberechtigte Welt ziemlich ins Wanken geraten. Wochenlang konnte sie nicht arbeiten, bekam sogar ein Magengeschwür. Zum Glück konnte der besagte Chefredakteur mit seiner primitiven Rache nicht viel ausrichten. Erstens, weil Gesines Ruf als gewissenhaft recherchierende und flott schreibende Journalistin schon recht gefestigt war, und zweitens, weil besagter Chefredakteur einige Wochen später über eine dicke Ente stolperte und in der Versenkung verschwand.

Trotzdem hat sich seit damals bei Gesine etwas verändert. Sie hat erkannt, daß Frauen eben doch noch benachteiligt werden. Sie hat sich mit dem Thema beschäftigt, sogar eine Reportage darüber geschrieben. Sie hat die unterschiedlichen Gehälter von Männern und Frauen in den verschiedensten Berufen recherchiert, hat nachgefragt, wer wen unter welchen Bedingungen einstellen würde und welche Kriterien beim Bewerbungsgespräch eine Rolle spielen. Dabei haben sich mehr Unterschiede zwischen Männlein und Weiblein ergeben, als sie jemals für möglich gehalten hätte.

Vor dieser Erkenntnis hatte sie sich den meisten Männern kraft Intelligenz und Durchsetzungsvermögen überlegen gefühlt. Doch damals ist ihr klargeworden, daß ein dümmerer, ungeschickterer Mann durchaus in der Lage sein konnte, sie beruflich aus dem Weg zu boxen. Seit dieser Zeit ist sie Männern auch privat aus dem Weg gegangen, weil sie nicht ständig durch deren Anwesenheit an diese Ungerechtigkeit erinnert werden wollte. Ganz besonders unangenehm sind ihr die hübschen Yuppies mit den leeren Aktenköfferchen und den leeren Hirnen. Jetzt weiß sie, daß diese Luschen mit dem erigierten Selbstbewußtsein in den meisten Berufen ein besseres Anfangsgehalt kriegen als eine wesentlich qualifiziertere Frau.

Gesine fühlte sich hilflos und haderte mit dem Schicksal. Das Ende vom Liede war, daß sie nur noch in Hosen herumlief, sich nicht mehr schminkte und sich überhaupt wie ein Kerl gab. Das hatte hauptsächlich den Erfolg, daß alte Freundinnen sich von ihr zurückzogen, weil sie dachten, sie sei plötzlich lesbisch geworden und würde als nächstes anfangen, Frauen zu vergewaltigen. Die Leute, die sie durch den Beruf kennengelernt hatte, sahen das lockerer und fanden ihr seltsames Benehmen sogar in gewisser Weise schick. Gesine wurde für sie eine Art Vorzeige-Ausgeflippte.

Das war der Stand der Dinge, bis gestern abend bei diesem Feuerwerk der tapsige Matthias auftauchte. Zweifellos ist er keine Illustriertenschönheit. Aber dafür hat er auch keinerlei Macho-Gehabe an sich, keine besitzergreifenden Gesten, keine losen Sprüche, nicht die antrainierte Lässigkeit der Großstadtcowboys. Und er hat riesige dunkle Teddybär-Augen. Dann ist da noch so eine Aura von Einsamkeit um ihn, eine Art Verletzlichkeit, die Gesine ihre alte Stärke fühlen läßt.

Und deshalb sitzt Gesine jetzt hier mit diesem Teddybär bei Stäbchen und Kerzenschein und legt sich ganz bewußt einen Schwips zu.

Da Matthias nicht raucht, weiß er schließlich mit seinen Fingern nichts anderes mehr anzufangen als zu schnippen und die Rechnung zu bestellen. Aber was jetzt? Es ist noch früh.

»Sollen wir noch ein bißchen spazierengehen?« fragt er schließlich. Und so wandeln sie die Kö hinunter, vorbei an der spießig-teuren Mode, die in Düsseldorf so gern gekauft wird. Vorbei an der Kö-Galerie, wo man tagsüber Hummer im Stehen essen und anderen Leuten beim Hummer-im-Stehen-essen zuschauen kann. Keine Ahnung, wie viele Krustentiere hier tagtäglich den Weg allen Fleisches gehen. Als sie wieder beim Auto angekommen sind, torkeln zwei betrunkene Art Directoren vorbei und lallen irgendwas von einer Kampagne, die nun absolut geklaut sei und trotzdem hat sie Gold gekriegt, das ist ja wohl das letzte, aber der Konstantin macht es auch nicht mehr lange, hat schon zehn Kilo abgenommen.

Ohne weitere Zwischenfälle gelangen Gesine und Matthias wieder in die Tiefgarage. Schweigend steigen sie aus, jeder in den Gedanken vertieft, was und, wenn ja, wie er es sagen könnte. Schließlich rafft Matthias sich auf und fragt: »Magst du dir vielleicht noch meine Computer angucken?«

Er hat keine Ahnung, wie psychologisch diese Frage ist. Jeder, der weder Informatiker noch Masochist noch Computerfreak ist und dennoch diese Frage mitten in der Nacht mit »ja« beantwortet, muß einfach verliebt sein.

Das »Ja« von Gesine kommt wie aus der Pistole geschossen. Beide steigen im zwölften Stock aus, und kurz vor der Haustür erinnert sich Matthias an das Chaos in seiner Wohnung. Genauer gesagt, er erinnert sich daran, daß es bei ihm so aussieht, wie es bei ihm eben so aussieht. Augen zu und durch. In einer einzigen Bewegung reißt er die Wohnungstür auf, schubst die ausgeleierte Unterhose vom Stuhl, kickt sie zusammen mit ein paar Chips unter den Schreibtisch und tippt je einmal auf vier verschiedene Tastaturen, worauf vier Monitore aufleuchten. Er hat die Rechner vor dem Weggehen nicht etwa abgeschaltet, sondern mit der Compilierung einiger längerer und undurchschaubarer Programme betraut. Nur die Monitore wurden vom Bildschirmschoner automatisch nach einigen Minuten dunkel geschaltet und mußten durch den Tastendruck wieder aufgeweckt werden.

Fasziniert ist Gesine Matthias in seine Höhle gefolgt. Die flimmernden Monitore und dieses Chaos – so eine Wohnung hat sie noch nie gesehen. Plötzlich schreit sie laut auf, greift sich ans Bein und schlägt der Länge nach auf den Teppich. Ganz auf die Monitore fixiert, hat sie nicht darauf geachtet, wo sie hintritt, und ist auf einem auseinandergenommenen Modem ausgeglitten. Sie hat sich fürchterlich den Fuß verstaucht. Es tut wirklich sehr weh.

Kuchenbrett hat sich bei dem Schrei erschrocken umgedreht. Er sieht Gesine auf dem Teppich liegen und stürzt zu ihr. Ohne nachzudenken hebt er sie hoch und trägt sie aufs Bett. Er zieht ihr den Schuh aus und besieht sich den Fuß. Gesines Gesicht ist schmerzverzerrt.

»Bleib ruhig liegen, ich hab' eine ganz gute Salbe dafür.«

Er läuft ins Badezimmer und kommt gleich darauf mit Mobilat und einem Pappkarton wieder. Auf dem Karton steht »Cebit 1992«, aber jetzt enthält er keine

Messekataloge mehr, sondern das, was von Kuchenbretts altem Autoverbandskasten übriggeblieben ist.

Sehr behutsam verbindet er Gesines Fuß. Trotz der Schmerzen registriert sie, wie geschickt und zart dieser scheinbar tollpatschige Mensch seine Finger benutzen kann. Irgendwie schafft er es, mit der einen Hand einen Verband zu halten, mit der anderen den Klebestreifen daraufzudrücken und mit der dritten zu verhindern, daß das Ganze herunterrutscht. Kein Wunder, wer täglich winzige Drähte auf engbestückte Platinen lötet, entwickelt eine Menge Fingerspitzengefühl.

Entspannt sinkt Gesine zurück. »Du machst das gut«, murmelt sie, »hast du schon mal geübt?«

»Nö, eigentlich nicht. Willst du vielleicht was trinken, auf den Schreck?«

»O ja, gerne«, stimmt Gesine zu und will aufstehen. Doch Matthias drückt sie sachte auf das Bett zurück.

»Bleib ruhig liegen, die Getränke werden am Pool serviert.«

Sie lächelt und schließt die Augen. Einige Minuten später erscheint Matthias mit zwei Campari Soda. Er setzt sich auf die Bettkante und gibt Gesine den größeren in die Hand. Sie stößt mit ihm an. Eine ganze Weile sitzen bzw. liegen sie so da. Gesines Fuß geht vom scharfen langsam zum dumpfen Schmerz über. Außerdem wird er dick. Aber so im Liegen läßt es sich einigermaßen aushalten. Sie wird langsam schläfrig, kein Wunder bei dieser Sake-Campari-Diät. Dann ist sie eingeschlafen. Matthias versucht, ihr vorsichtig das leere Glas aus der Hand zu nehmen, ohne sie zu wecken. Halb im Traum schlingt sie die Arme um seinen Hals und murmelt: »Na du, jetzt ist dein Bett besetzt.«

Matthias läuft es warm über den Rücken. Gesine macht die Augen wieder auf und küßt ihn. Und plötzlich ist alles klar. Er zieht ihr noch den anderen Schuh aus, und den Rest erledigt sie selbst. In diesem Moment ist Matthias unheimlich froh, daß er vorhin noch daran gedacht hat, eine einigermaßen vorzeigbare Unterhose anzuziehen.

Sein Bett ist ziemlich groß, aber wenn er mit seinen Listings und Fachzeitschriften darin liegt, dann ist es voll. Doch nachdem sie noch zwei spitze, piekende EPROMs und ein EEPROM rausgeworfen haben, ist auf jeden Fall reichlich Platz, und sie nutzen ihn auch weidlich aus, natürlich immer unter Berücksichtigung von Gesines rechtem Fuß. Gegen vier schlafen sie schließlich ein. Und auch Matthias' Highspeed-Modem, das sich um sechs Uhr früh automatisch in eine Mailbox einloggt, um irgendwelche News zu pollen, weckt die beiden nicht auf.

V

Werbung

Der Montag hat beschlossen, ein strahlender Tag zu werden. Morgens um neun erscheint eine enthusiasmierte Drossel auf Kuchenbretts Balkon und macht ein solches Theater, daß Matthias und Gesine aufwachen. Zum Aufstehen können sie sich allerdings noch lange nicht entschließen. Im Bett ist es warm und gemütlich, und es ist so schön, wenn man einen warmen Körper nach Herzenslust knuddeln, kitzeln und beknabbern kann. Matthias ist sehr kitzelig, das hat Gesine gleich herausgefunden.

Um zwölf klingeln in der Zweizimmerwohnung drei Telefone, nämlich die, die an der Voiceleitung hängen: eins in der Wohnzimmer-Werkstatt, eins im Bad und eins im Schlafzimmer. Solange hat Martin gebraucht, um sich zu dem Anruf durchzuringen. Um sich vorzustellen, warum Gesine die ganze Nacht nicht nach Hause gekommen ist, hat er allerdings nicht solange gebraucht.

»Hallo, habt ihr schon gefrühstückt?«

»Äh nein, wir sind noch im, äh, Bett.«

Solche Auskünfte hat Matthias schon lange nicht mehr gegeben. Noch dazu dem Exfreund des anderen Teils von »wir«.

»Ich hab' frische Brötchen geholt, wollt ihr welche haben, oder sollen wir zusammen frühstücken?«

»Äh, Moment.«

Matthias dreht sich zu Gesine um: »Sollen wir mit Martin frühstücken und wenn ja, bei ihm oder bei mir?«

»Hm, ich hab' mein Waschzeug oben.«

»Dann gehst du vielleicht in meinem Bademantel nach oben und kommst dann später mit ihm zusammen wieder runter. Ich mach' inzwischen Kaffee.«

»Ja gut, wenn die Nachbarn das aushalten.«

Gesine wirft sich in Matthias' riesigen Bademantel und bringt auf dem Weg in den 16. Stock drei bis vier Japaner leicht aus der Fassung. Sie duscht mit dem Herren-Duschgel, das sie immer benutzt, und zieht Jeans und T-Shirt an. Währenddessen denkt sie über die vergangenen eineinhalb Tage nach. Wie gut kann man einen Menschen nach 36 Stunden kennen? Gesine hält nichts von weiblicher Intuition, aber sie würde schwören, daß Matthias keiner Fliege etwas zuleide tun kann. Und das ist irgendwie wichtig bei Männern. Außerdem ist er lieb und hat sowas bärenhaft Beruhigendes. Genau: er ist kein Beschützer, sondern ein Beruhiger. Und Humor hat er auch.

Der Gedanke an die nackte Frau unter seiner Dusche löst bei Martin eine Assoziationskette aus, die unmittelbar dazu führt, daß er sich an seinen Computer setzt und sich in die B.O.X. einloggt. Vielleicht ist Mausi ja da! Aber in der Mailbox herrscht so früh am Tag natürlich gähnende Leere. Am Wochenende ist vor zwei Uhr mittags nicht mit Hackern zu rechnen. Auch Mausi schläft bestimmt noch.

Zehn Minuten später erscheint Gesine, frisch gewaschen und gekämmt. Mit zehn Brötchen und allerhand leckeren Sachen bewaffnet machen sie sich auf den Weg nach unten, zu Kuchenbrett.

Bei Schürzer & Kohlhaas ist an diesem Montag schon um halb neun Betrieb. Für eine Werbeagentur ist das äußerst ungewöhnlich, aber es ist der Tag der großen Katangi-Präsentation. Die ganze Christenheit plus Kundenberater Schleckmann hat sich schon versammelt. Christine schlürft hektisch Kaffee, Christian sortiert die Pappen zum drittenmal, Schleckmann versucht panisch, einen Fettfleck von seiner Krawatte zu entfernen, und Christoph geht das Booklet nochmal durch, in dem die Argumente für die verschiedenen Kampagnen zusammengetragen sind. Die Kampagne mit den Nackten will er als letzte behandeln, als Knalleffekt sozusagen.

Alle haben sich in ihr kreativstes Outfit geworfen, und eigentlich wollte sogar der alte Schürzer persönlich mit zur Präsentation kommen. Aber leider plagt ihn das Zipperlein. Dem Creativdirector ist das nur recht, da der alte Schürzer sich garantiert nicht so für die Kampagne mit den Nackten ins Zeug legen würde wie er. Schleckmann ist kein ernsthafter Gegner, der würde sich nie trauen, vor dem Kunden einen Streit vom Zaun zu brechen.

Um zehn vor neun zieht die Truppe ab, bewaffnet mit farbigen Layots, die auf riesige schwarze Pappen aufgezogen sind, mit einer garantiert ausreichenden Menge Booklets, mit Dias und Projektor. Ab geht es per Fahrstuhl in den siebten Stock. Schleckmann klingelt, wie er es gelernt hat. Dezent, aber bestimmt, nicht zu lange und nicht zu kurz. Das Erfolgserlebnis bleibt nicht aus, die Tür geht auf.

»Wir sind mit Konsul Eyer verabredet«, verkündet Schleckmann, und die anderen bemühen sich, möglichst werberisch und kreativ zu wirken.

»Einen Moment bitte«, schnarrt das Wesen, das hier den Job des Türöffners bekleidet. Es handelt sich um eine große, hagere, elegant gekleidete Dame mit Halstuch. Ihre Stimme ist auffällig tief, ihre Hände sind auffällig groß. Christoph, als Mann von Schickimickiwelt, vermutet sofort einen Transvestiten. Und als die/der Sekretär/in hinter einer Tür verschwindet und die vier Werbehelden einfach im Flur stehenläßt, teilt er den anderen seine brillante Schlußfolgerung mit. Gemeinsam entwerfen sie spontan eine neue Kampagne für Katangi: eine Hermaphroditenkampagne, wo alle Leute sowohl Busen als auch Penis haben und glücklich am Strand herumtollen.

Anschließend versuchen sie, im Stehen möglichst lässige Posen einzunehmen, und betrachten die exotischen Bilder – von Katangi natürlich – an den Wänden des schmalen Empfangsbereichs. Außer dem Wesen scheinen hier keine weiteren Angestellten zu arbeiten. Aber Katangi ist ja auch ein kleines Land. Nicht mal auf der Landkarte haben sie es finden können.

Das Empfangsmensch erscheint wieder. »Konsul Eyer läßt Sie bitten, Platz zu nehmen.«

Man setzt sich, man starrt die Wände an, die Zeit vergeht. Bald bzw. nach einer halben Stunde, ist eine halbe Stunde um. Wie immer, wenn er aufgeregt ist, fühlt Christian seine Blase. Er geht den Flur entlang, in der Hoffnung, ohne Hilfe die richtige Tür zu finden. Schon sieht er Männlein und Weiblein in weißem Kunststoff auf einer Tür versammelt.

Hoffnungsfroh tritt er ein und – steht vor einem riesigen Berg Tampons. So was kann selbst einen hartgesottenen Werber verblüffen. Wozu, fragt er sich, braucht ein Transvestit wohl Tampons? Und noch dazu in diesen Mengen! Der Konsul wird beim Verbrauch wohl kaum helfen. In dem Vorraum mit dem Waschbecken steht ungefähr eine halbe Europalette, das sind über den Daumen zweihundert Pakete. Kopfschüttelnd verrichtet der Werbetexter sein Geschäft.

Eine knappe Viertelstunde später entsteht plötzlich Unruhe hinter der Tür, hinter der man den Konsul vermutet. Er scheint zu telefonieren und mit seinem Gesprächspartner einen heftigen Streit auszutragen. Dann geht die Tür auf, und Konsul Eyer stürmt an ihnen vorbei. Ohne auf irgendeinen Gruß zu reagieren, reißt er seinen Mantel vom Haken und fetzt wie ein Tornado aus dem Büro, Richtung Fahrstuhl. Die Christenheit ist fassungslos. Nicht einmal Schleckmann hat während seiner Ausbildung in internationalen Werbeagenturen gelernt, was in einer solchen Situation professionellerweise zu tun ist. Dem potentiellen Kunden einfach ein Bein zu stellen, um ihn an der Flucht zu hindern, scheint nicht der richtige Weg zu sein.

Hilfesuchend blicken acht Werberaugen auf das Empfangswesen.

»Wann kommt er wieder?«

Er/sie/es macht klar, daß sie erstens nun zum Friseur muß und zweitens keine Ahnung hat und drittens nicht gewillt ist, wildfremde Werber allein im Konsulat zu lassen. Ihnen bleibt nichts anderes übrig, als den Rückzug anzutreten. Draußen auf dem Flur sehen sie gerade noch, wie der Konsul in den Fahrstuhl hechtet und dabei einen Tampon aus der Manteltasche verliert. Gedankenverloren hebt Christian das weiße Corpus delicti auf und steckt es in seine Aktenmappe. Den Blick, den ihm das Empfangswesen daraufhin zuwirft, deutet er allerdings völlig falsch.

Mittags geht oft fast die ganze Agentur gemeinsam essen. Nur die Telefonzentrale bleibt natürlich immer besetzt. Die Firma Schürzer schätzt sich glücklich, eine besonders schöne Telefonstimme zu beschäftigen. Natalina spricht mit dunkler, erotischer Stimme, so daß sich die Worte »Schürzer & Kohlhaas Werbeagentur, guten Tag« fast so anhören wie »Gehen wir zu mir oder zu dir?« Diesen Mittag ist sie mal wieder ganz allein in der Agentur, als plötzlich dieses Wesen auftaucht.

»Ich möchte zu Herrn Melchior«, schnarrt es ohne weitere Einleitung. Natalina ist nicht so leicht einzuschüchtern. Seelenruhig erkundigt sie sich, worum es sich handelt. Dabei mustert sie die Erscheinung gründlich und kommt zu dem gleichen Schluß wie vor ihr Christoph Bertram.

»Ich, äh, komme von Konsul Eyer, es handelt sich um die Präsentation. Ich muß dringend zu Herrn Melchior.«

»Die ganze Christenheit ist zum Mittagessen. Wollen Sie warten?« Natalina ist sich darüber im klaren, daß die Warterei ganz schön lange dauern kann, denn die Mittagspausen in Werbeagenturen sind oft gar nicht mal so kurz, besonders nach so einem miserablen Vormittag. Natalina hat natürlich schon von der geplatzten Präsentation gehört. Wenn diese Leute den von ihr insgeheim angehimmelten Christian völlig umsonst warten lassen, denkt sie sich, dann kann diese Schnepfe hier ruhig auch mal ein bis zwei Stunden absitzen.

»Gern, dann warte ich im Zimmer von Herrn Melchior.«

So geht's nun nicht, jedenfalls nicht in einer Werbeagentur, wo im Zweifelsfalle sogar der Papierkorb geheim ist. Er könnte ja wertvolle, unveröffentlichte Ideen enthalten. Natalina hat strenge Anweisung, niemals Gäste allein in der Agentur herumturnen zu lassen.

»Das geht leider nicht, Sie müßten bitte hier am Empfang warten.«

Zornesrot wird da die schnarrende Schnepfe. Sie überlegt einen Moment und fragt dann nach der Toilette. Die kann man ihr nicht verweigern, aber sie ist auch gleich um die Ecke. Die Schnepfe geht ab. Natalina wird durch einen Anruf abgelenkt, und als ihr die Besucherin wieder einfällt, kommt diese/r eilig aus den Tiefen der Büros angestöckelt. Die Schnepfe schwenkt ihre überdimensionale Handtasche und schnarrt: »Ich kann jetzt doch nicht mehr warten, auf Wiedersehen.«

Weg ist sie.

Als Christian vom Mittagessen zurückkommt, unterrichtet Natalina ihn über den seltsamen Besuch. Wieder an seinem Arbeitsplatz angelangt, stellt er als erstes fest, daß seine Aktenmappe durchwühlt wurde. Es fehlt nichts – bis auf den Tampon. Das gibt's doch nicht. Und nun? Soll er vielleicht die Polizei anrufen und melden, daß ihm ein Tampon gestohlen wurde? Oder soll er Konsul Eyer anrufen und ihn fragen, warum der Tampon, der ihm beim Fahrstuhl aus der Manteltasche fiel, so wichtig ist, daß seine Sekretärin ihn zurückgeklaut hat? Christian erkennt völlig richtig, daß dies nicht die richtige Methode ist, um potentielle Kunden freundlich zu stimmen. Außerdem wird ihm klar, daß Tampons grundsätzlich ein schwieriges Thema sind.

Was allerdings Martin nicht bestätigen würde.

Der beendet gerade zusammen mit Gesine und Matthias sein Frühstück. Sie haben den Eßtisch auf den Balkon rausgetragen und die Kerne vom frischgepreßten Orangensaft einfach über die Brüstung gespuckt. Martin erklärt, daß er am Abend eine Verabredung mit seinem Computer hat.

»Ich habe meinen Account bei dieser Münchner Mailbox gekriegt, bei der B.O.X. Den will ich ausprobieren. Mein Username ist übrigens Fastfood.«

»Na, dann viel Spaß«, meint Kuchenbrett und grinst. Er muß dringend was arbeiten, und es ist ihm ganz recht, daß Gesine noch einen Interviewtermin hat. Sie geht mit Martin nach oben, zieht sich reportermäßig an und bestellt ein Taxi nach Meerbusch. Martin, endlich allein, hält es natürlich nicht bis zum Abend aus und loggt sich in die B.O.X. ein. Am hellichten Tag zahlt er dafür an Telefongebühren gut fünfundzwanzig Mark in der Stunde, aber was soll's.

Tatsächlich schafft er es, sich jetzt mit seinem Usernamen *Fastfood* und dem Paßwort, das ihm die Mailboxbetreiber mitgeteilt haben, einzuloggen. Für alle anderen, die außer ihm gerade online sind, ist er jetzt als *Fastfood* im System zu sehen. Als erstes muß er sein Paßwort ändern. Das Initialpaßwort ist nur für den ersten Login da. Das Paßwort, das er sich aussucht, soll laut Mailbox aus mindestens sechs Buchstaben bestehen, von denen mindestens einer ein Sonderzeichen oder eine Ziffer sein muß. Damit soll verhindert werden, daß die Leute zu einfache Paßwörter wählen, die leicht geknackt werden können. Das Paßwort ist der einzige Schutz vor dem Mißbrauch des eigenen Accounts. Martin weiß inzwischen, daß es sträflicher Leichtsinn wäre, wenn er z. B. *»Martin1«* als Paßwort wählen würde. Er überlegt, ob er *»Mc9Donalds«* nehmen soll, beschließt aber, daß das auch zu naheliegend ist. Also nimmt er folgerichtig *»isuamO«*.

Er gibt *»wer«* ein, um zu sehen, wer außer ihm sonst noch gerade in der Mailbox online ist. Vier Leute sind in der Konferenz, die anderen sind mit dem Herauf- oder Herunterladen von Software beschäftigt oder lesen gerade die verschiedenen schwarzen Bretter durch.

Martin tippt *»chat«* und auf geht's:

**** Konferenzteilnehmer: ****
Wizard
Barney
Katastro
Michael
Fastfood
****

»Hallo«, tippt Martin, und auf dem Bildschirm erscheint:

Fastfood: Hallo
Wizard: hi Fastfood, neu hier?
Barney: hi fasti
**** Mausi betritt die Konferenz ****

Mausi: hi all

Ganz schön viel auf einmal. Martin muß sich erstmal daran gewöhnen, daß hier alle durcheinander reden oder besser tippen. Aber Mausi, die kennt er schon, die hat letztens so nett mit ihm »gediat«, daß er es kaum erwarten konnte, sie »wiederzutreffen«. Also gleich mal was Freundliches tippen:

Fastfood: hallo, Mausi, wir hatten schon letzte
Fastfood: Woche das Vergnuegen.
Wizard: fast: mach sie nur an, grin
Mausi: fast: wirklich? wann denn?
Barney: fast: hey mann, lass uns auch noch was
Barney: uebrig.

Aha, man setzt also immer die ersten Buchstaben des angesprochenen Users an den Anfang der Zeile, damit der weiß, daß er gemeint ist. Aber was geht das die andern an, was er mit Mausi redet? Die sind ja ganz schön frech. Er würde viel lieber wieder mit Mausi in einen Privat-Dialog gehen. Aber jetzt muß er erst mal ihre Frage beantworten.

Fastfood: Mausi: Ich war letzte Woche als Gast
Fastfood: online, du hast mir erklaert, was pattex
Fastfood: ist.
**** Missy betritt die Konferenz ****
Mausi: fast: ach ja, der frankfurter
Missy: hi all
Barney: :-)

Ein Glück, daß Martin mal einen Schreibmaschinenkurs gemacht hat. Sonst würde er bei dieser Unterhaltung hoffnungslos ins Hintertreffen geraten.

Fastfood: wiz: Warum werden die Umlaute
Fastfood: noch mal nicht dargestellt?
Wizard: fast: sie gehoeren halt nicht zu den
Wizard: standardzeichen und die B.O.X. wandelt
Wizard: sie nicht automatisch um
Barney: suess, diese dummuser :-)

Na ja, wieder was gelernt, deutsch ist anscheinend keine Computer-kompatible Sprache. Außerdem fällt Martin jetzt auf, daß hier alle die extreme Kleinschreibung benutzen. Wahrscheinlich, weil's schneller geht. Na ja, wenn das Flirten so auch schneller geht, soll's ihm recht sein.

Fastfood: Mausi: koennen wir nicht wieder allein
Fastfood: reden?
Barney: groehl :-)
Missy: all: wer kommt zum usertreffen?
Katastro: mis: wann isses denn?
Michael: am 23., ist 'n freitach
Wizard: hehe, ich geh wieder gamen, cu
**** Wizard verlaesst die Konferenz ****

Aha, dieser Wizard ist jetzt weggegangen. Anscheinend, um irgendein Online-Spiel zu spielen. Die Mailbox bietet auch Spiele an, aber Martin hat sie sich noch nicht angeguckt. Er kann sich auch gar nicht vorstellen, was man da spielen können soll, was zu Hause auf dem eigenen Computer nicht geht.

Fastfood: Barney: was ist das, :-)?
Missy: wer kommt nun zum usertreffen?
Mausi: fast: leg mal den kopf um 90 grad nach
Mausi: links.

Martin tut's und begreift. So kann man also ganz einfach Gemütslagen am Bildschirm ausdrücken.

Fastfood: ah toll, aber wenn ich nicht mit dir allein
Fastfood: reden kann, dann bin ich ganz :-)
Mausi: hihi
Barney: ;-)
Mausi: also gut, ich mach ne private konf mit
Mausi: passwort auf.
(Mausi: konfname suesser, paßwort smack)

Martin fragt, was daran privat sein soll, wenn jetzt jeder das Paßwort weiß.

Mausi: ist der blitz angekommen?
Fastfood: was meinst du mit blitz?
Mausi: ich hab dir eine fluestermeldung geschickt,
Mausi: die in klammern.

Aha, das konnten die andern dann wohl nicht mitlesen.

Fastfood: wie blitzt man?
Mausi: mit: ∗username blabla

Martin tippt: »:∗ Mausi ist es so richtig?«
Auf seinem Bildschirm erscheint:

Fastfood: ∗Mausi ist es so richtig?
Mausi: ja genau
Fastfood: und das konnten die andern jetzt nicht
Fastfood: lesen?
Missy: was konnten wir nicht lesen? hast du sie
Missy: angemacht?
Mausi: fast: nein
Fastfood: Missy: klar :-)

Missy: mau/fas: ihr seid doof
Barney: fast: he, was hast du ihr jetzt geblitzt, du
Barney: luestling?
Mausi: fast: also, kommst du?
**** Mausi verlaesst die Konferenz ****

So was, an diesen Umgangston muß sich Martin erst gewöhnen. Normalerweise wird man nicht von wildfremden Leuten Lüstling genannt. Aber jetzt nichts wie hinterher, hinter dieser Mausi! Wie kommt man aus der Konferenz noch gleich wieder raus? Ach ja.

Fastfood: :x

Martin findet sich in einem Menü wieder, aus dem er unter anderem die Konferenz *»suesser«* auswählen kann. Da er auch das Paßwort weiß, gelangt er ohne Schwierigkeiten in die private Konferenz, in der Mausi ihn schon erwartet.

Mausi: rehi, smack

Holla, sie hat ihn geküßt! Martin fühlt den Smack, als hätte er ihn leibhaftig erhalten.

Fastfood: war das gerade ernstgemeint?
Mausi: na ja <erroet>, ich finde dich eben nett

Schon wieder was neues, in spitzen Klammern werden optische Eindrücke vermittelt. Martin ist klar, daß hier dem Schummeln Tür und Tor geöffnet sind. Aber er findet die Vorstellung einer errötenden Mausi reizend, und er findet es süß, daß sie so tut, als würde sie erröten. Und sie findet ihn nett!

Fastfood: ich finde dich auch nett

Mausi: erzählst du mir was von dir?

Ehe Martin sich's versieht, hat er Mausi sein ganzes Herz ausgeschüttet.

Fastfood: die meisten frauen sind für mich ein buch
Fastfood: mit sieben siegeln. ich verstehe nicht, was
Fastfood: sie wollen. mal soll man ihnen die tuer
Fastfood: aufhalten, und dann wieder wollen sie
Fastfood: alles selber machen. meine exfreundin
Fastfood: war sehr emanzipiert, aber am anfang
Fastfood: bin ich gut mit ihr zurechtgekommen.
Fastfood: jetzt ist sie ganz veraendert. aber von mir
Fastfood: will sie sowieso nichts mehr wissen. na ja,
Fastfood: ich von ihr eigentlich auch nicht.
Fastfood: jedenfalls nicht so. manchmal glaube ich,
Fastfood: dass es die richtige frau fuer mich gar
Fastfood: nicht gibt
Mausi: vielleicht bin ich ja die richtige frau fuer
Mausi: dich

Martin erzählt von seinem Beruf als Tamponvertreter, von seiner Faulheit, seinem Hang zu Dosenfutter. Er erzählt, daß er in Wirklichkeit nicht aus Frankfurt, sondern aus Düsseldorf ist, und schließlich erzählt er so einiges, was er noch nie jemandem erzählt hat. Er tippt und tippt und hat das Gefühl, daß Mausi ihn versteht.

Auch Mausi erzählt einiges von sich. Daß sie in München als Redakteurin bei einer Computerzeitschrift arbeitet und daß ihr das viel Spaß macht. Daß sie gern in München lebt, obwohl sie eigentlich aus der Gegend von Bonn kommt, daß sie sich oft einsam fühlt und daß ihr die meisten Männer zu gefühllos sind. Außerdem ist sie aus der katholischen Kirche ausgetreten, weil sie die Haltung des Papstes zur Empfängnisverhütung unmöglich findet.

In Martin reift der Gedanke, daß er unbedingt so bald wie möglich einen Abstecher nach München machen muß.

Fastfood: darf ich dich mal in muenchen besuchen?
Mausi: hm, ich weiss nicht

Martin wundert sich ein bißchen über ihr Zögern, aber naja, schließlich hat sie ihn noch nie gesehen, sie kann nicht wissen, ob das, was er über sich erzählt, auch wirklich wahr ist.

Fastfood: wir koennen uns ja auf ganz neutralem
Fastfood: Boden treffen, in einem cafe
Mausi: hm, mal sehen, ich weiss nicht.

Komisch, erst hat sie ihn abgebusselt, und jetzt ist sie plötzlich so schüchtern. Versteh einer die Frauen. Besonders welche, die man noch nie gesehen hat. Schließlich verabschieden sie sich und verabreden sich für den nächsten Abend »Acht Uhr im Chat«.

Geschlagene vier Stunden hat Martin verchattet. Trotzdem ist es noch gar nicht spät, erst acht Uhr. Er guckt sich die Nachrichten an, wieder nur Mord und Totschlag. Dann versinkt er in tiefes Grübeln. Er denkt über dieses unglaubliche Kommunikationsmedium nach. Und über die Frau, die er woanders nie kennengelernt hätte. Wie sie wohl wirklich ist? Er weiß schon soviel von ihr, und irgendwie ist er davon überzeugt, daß alles, was sie ihm über ihr Leben und ihre Gefühle erzählt hat, der Wahrheit entspricht. In einer Kneipe in der Düsseldorfer Altstadt hätte er sowas nie erlebt. Dort schütten Fremde nach dem achten Altbier wohl auch schon mal ihr Herz aus, aber man redet doch aneinander vorbei. Bei Mausi hat Martin das Gefühl, daß er sie heute abend wirklich kennengelernt hat. Jeder von ihnen war bemüht, sich dem anderen so verständlich wie möglich zu machen. Und komischerweise ist das über die Entfernung besser gelungen, als es Martin bei einer normalen Unterhaltung jemals für möglich gehalten hätte.

Vielleicht liegt es daran, daß man bei so einer Online-Unterhaltung gezwungen ist, die nonverbale Kommunikation quasi zu verbalisieren. Dinge, von denen man sonst erwartet, daß der Gesprächspartner sie aus Miene und Gestik errät, müssen explizit gesagt werden. Paradoxerweise können durch die räumliche Trennung Mißverständnisse gar nicht erst aufkommen. Naja, dafür kommen vielleicht andere Mißverständnisse auf, das kann er ja nicht wissen. Sonst wär's ja kein Mißverständnis.

Hinzu kommt die Sicherheit, unangreifbar in den eigenen vier Wänden zu sitzen und sich jederzeit ausklinken zu können. Martin braucht keine Angst zu haben, daß er plötzlich in eine Ecke gedrängt wird. Er braucht keine Angst vor Stottern oder Unsicherheit zu haben. Es gibt irgendwie nichts, was man falsch machen könnte.

Andererseits bleibt natürlich ein letztes Quentchen Unsicherheit. Ist sie wirklich so, wie sie sich beschrieben hat? Kann man so gut schauspielern? Oder ist dazu vielleicht gar kein großes Talent notwendig? Lange nach Mitternacht schläft Martin endlich ein. Gesine hat er einen Schlüssel gegeben. Aber für sie gibt es im Hochhaus ja noch eine bequemere Schlafstätte als seine alte Couch.

Dienstag nachmittag muß Gesine nach Hamburg zurück. Matthias und Gesine versuchen, die letzten verbleibenden Stunden zu genießen, ohne an den Abschied zu denken – und so dicht wie möglich zusammen. Aber es ist ihnen nicht vergönnt, das Telefon klingelt dazwischen:

»Hallo Matthias, hier ist Christian, mein Computer streikt, und ich muß unbedingt an die Daten von der Katangi-Präsentation.«

»Hast du denn kein Back-up?«

»Hab' ich in der Hektik mal wieder vergessen.«

Typisch Dummuser, denkt Matthias, und das ausgerechnet heute.

»Ok«, sagt er ins Telefon, »hast du eine Ahnung woran es liegen könnte?«

Die Antwort hätte er sich denken können: »Nicht die geringste, kannst du nicht mal vorbeikommen? Ich lade dich auch zum Mittagessen ein.«

Tja, da kann man nichts machen. Matthias gibt Gesine einen Kuß und steigt in seine Jeans. Das Hochhausverkehrsmittel bringt ihn in den vierten Stock zu Schürzer & Kohlhaas. Empfangsdame Natalina weiß bereits, daß er sehnsüchtig erwartet wird, und läßt ihn ohne Debatte durch. Matthias nimmt die nicht bootfähige Diskette aus dem Laufwerk, macht den Dreifingergriff, und die Kiste läuft wie geschmiert. Christian ist die Sache peinlich. Matthias fast auch, denn zu den Standardfragen beim Telefonsupport für Dummuser gehört erstens »Ist der Stecker in der Steckdose?«, zweitens »Ist der Monitor eingeschaltet?« und drittens »Ist vielleicht eine Diskette im Laufwerk?« Das hat er diesmal vergessen. Na ja, das Problem ist jedenfalls gelöst. Aber Christian will ihn noch nicht gehen lassen. Er braucht unbedingt einen Unbeteiligten, bei dem er sich den ganzen Schürzer-Ärger von der Seele reden kann. Matthias interessiert sich für Werbung ungefähr genausoviel wie für das Liebesleben der Nacktschnecken, eher weniger, ganz besonders in diesem Moment, aber er ist zu seinem eigenen Leidwesen ein gutmütiger Typ. Also bleibt er, obwohl oben im warmen Bett seine neue Freundin auf ihn wartet, die noch dazu heute nachmittag den ICE nach Hamburg nehmen muß.

Matthias hört zunächst gar nicht richtig zu, aber dann dringt plötzlich dauernd das Wort »Tampon« an sein Ohr. Was redet der Kerl denn da für Zeug? Eben ging es noch um exotische Reiseziele in Kretingi und jetzt ist er plötzlich bei Damenhygiene.

»... und dann hat sie mir das Ding direkt hier aus der Aktenmappe geklaut. Kannst du dir so was vorstellen?«

Matthias hat den Faden nicht, aber er kriegt freiwillig noch mal eine Kurzfassung geliefert. Sehr eigenartig das Ganze. Na ja, was versteht er schon von Werbung. Er verabschiedet sich schließlich, und als er wieder in seiner Wohnung ankommt, hat Gesine schon geduscht (ihr Waschzeug ist inzwischen im zwölften Stock gelandet) und macht gerade Kaffee.

»Was war denn so Wichtiges?« fragt sie.

»Der Depp war zu blöd, um seinen Rechner zu booten«, erklärt er, was für Gesine natürlich genauso ist, als hätte er gar nichts erklärt.

»Und außerdem klauen die da unten sich dauernd irgendwelche Tampons.«

Das macht Gesine nun endgültig fertig, für einen Moment hofft sie, sich verhört zu haben.

»Sie tun was?«

»Na, der Konsul hat ’nen Tampon verloren, der Werbetyp hat ihn aufgesammelt, und die Sekretärin hat ihn dann geklaut.«

Gesine gibt auf: »Ich glaube, das muß ich nicht verstehen.«

In Gedanken über den Schwachsinn der Welt vertieft, schlürfen sie ihren Orangensaft. Gesine hat ihre Sachen schon gepackt. Bevor sie um vier Uhr in den Zug steigt, muß sie noch ins japanische Konsulat und eine Runde mit dem Botschafter quatschen.

Matthias bringt sie bis zum Taxi, dann ist sie verschwunden.

VI

Durchbruch

Matthias merkt erst im Fahrstuhl, wie traurig er über Gesines Abreise ist. Überhaupt ist er eigentlich seit letzten Samstag nicht mehr zum Nachdenken gekommen. Interessantes Gefühl, so neben sich zu stehen. Und dann auch noch auf einem rosa Wattebausch. Oder ist es doch 'ne Wolke? Matthias ist so verliebt, wie man es als erwachsener Mann nur sein kann. Als Rationalo fragt er sich, wie das passieren konnte. Nicht, daß er es rückgängig machen möchte. Bloß nicht! Aber wie funktioniert das? Wieso hat es geschnackelt? Na gut, ein paar rationale Argumente kann er sich aufzählen: ein romantisches Feuerwerk und eine Frau, die seiner Exfrau äußerst unähnlich ist. Außerdem interessant, intelligent und an vielen Sachen interessiert. Klingt wie eine Kontaktanzeige, aber stimmt. Ob sie auch für Computer zu begeistern ist, hat er sicherheitshalber nicht ausprobiert. Das wäre ja wohl zuviel verlangt. Zuviel des Guten. Immerhin hat sie ihm die halb beschwipste Frage in der Tiefgarage nicht übelgenommen – die Frage, ob er ihr seine Computer zeigen darf. Und auf jeden Fall benimmt sie sich nicht so bescheuert wie manche Frauen, wenn sie einem Mann gefallen wollen.

Matthias erinnert sich da mit Grausen an die Sekretärin eines seiner Kunden. Die wollte mit aller Gewalt was mit ihm anfangen. Immer wenn er kam, ließ sie ihn erst mal in ihrem Zimmer in einem tiefen Sessel Platz nehmen und machte sich dann umgehend an den untersten Regalen zu schaffen. Sie pflegte sich dabei mit durchgebogenen Beinen so weit wie möglich nach vorn zu beugen, was zur Folge hatte, daß sie Kuchenbrett mit ihrem (zugegeben knackigen) Hintern praktisch das Gesicht abwischte. Natürlich war diese Sekretärin auch auf kurze enge Röcke und extrem lange Fingernägel abonniert. Beides Moden, die er nicht ausstehen kann.

Gesine ist da nun wirklich anders, sie benimmt sich einfach wie ein vernünftiger Mensch, ohne viel Getue.

Mit diesen wunderbar rationalen Gedankengängen überzeugt Matthias sich davon, daß sein Gehirn doch noch funktioniert und daß es sich auch noch am angestammten Platz befindet. Es soll ja Männer geben, die mit dem Schwanz denken – und das wäre in seinem Beruf fatal. Was so einer wohl für einen IQ hat? Programmieren kann er jedenfalls nicht.

Matthias beschließt, sich mit ein bißchen körperlicher Arbeit von der neugewonnenen Einsamkeit abzulenken. Wieder schiebt er mühsam den Schlafzimmerschrank beiseite, der umwickelte Hammer und der Meißel liegen noch auf dem Hutbord. Er setzt den Meißel an und die begonnene Arbeit fort.

Schon seit Monaten geht ihm dieses Projekt im Kopf herum. Genauer gesagt, seit er entdeckt hat, daß alle Telefonleitungen im Hochhaus direkt an seinem Schlafzimmer vorbeiführen. Die Wand grenzt an den schmalen Flur neben dem Fahrstuhl, und irgendwann war der große Blechkasten, der sich dort in jedem Stockwerk an der gleichen Stelle befindet, einmal offen. Ein Telefontechniker fuhrwerkte an den vielen Drähten herum, und Matthias erkannte mit einem Blick, was für Möglichkeiten der Kabelsalat bot. Er verwickelte den Techniker in ein Gespräch, und so – erfreut, endlich mal einen kompetenten Gesprächspartner zu haben – erzählte ihm der Mann fast alles über die Telefonverdrahtung im Hochhaus.

Jetzt weiß Kuchenbrett zum Beispiel, daß alle Leitungen vom Erdgeschoß bis zum letzten Stockwerk durchgehen. Auch die Leitungen für die Büros in den unteren Etagen. Warum das so ist, wußte der Telekomiker auch nicht. Vielleicht wollte man beim Bau des Hochhauses die Möglichkeit nicht ausschließen, daß eine Firma aus dem vierten Stock im 14. Stock eine Filiale eröffnet. Auf jeden Fall laufen sämtliche Telefonleitungen direkt an Matthias' Schlafzimmer vorbei. Und das muß einem alten Hacker doch zu denken geben. So ist die Idee zum Loch entstanden. Matthias ist einfach neugierig, ob er es schafft. Was schafft? Na, ein paar Leitungen anzuzapfen und auf Kosten anderer Leute zu telefonieren, ohne daß die was merken.

Natürlich hat er niemandem von dem Projekt erzählt. Nicht einmal Gesine hat er eingeweiht. Es ist ihm klar, daß 99 Prozent der Bevölkerung dafür nicht das geringste Verständnis aufbringen würden. Aber dem restlichen Prozent wird er vielleicht irgendwann in ein paar Jahren in einer nächtlichen Online-Konferenz davon erzählen können. Er will niemanden schädigen, er wird sich größere Firmen raussuchen, bei denen ein paar Gespräche mehr oder weniger gar nicht auffallen. Natürlich ist das trotzdem kriminell. Aber andererseits ist es auch lustig.

Lustig wäre auch, die Verbindungen ein bißchen durcheinanderzubringen. Kuchenbrett stellt sich vor, wie er das Gespräch zwischen seinem schwulen Nachbarn und dessen Freund unterbricht und statt dessen den spießigen Steuerberater aus dem achten Stock draufschaltet. Aber so was würde er natürlich nie tun.

Kuchenbrett hämmert ein Stündchen, länger traut er sich nicht, weil er nicht genau weiß, wie weit das Geräusch zu hören ist. Und es wäre natürlich tödlich, wenn irgendjemand wegen unerklärlicher Geräusche den Hausmeister rufen würde. Ebenfalls wegen des Hausmeisters unterbricht er seine Arbeit alle zehn Minuten und guckt aus der Wohnungstür. Wenn der rührige Mann da draußen an der richtigen Stelle auf der Leiter stehen und eine Leuchtstoffröhre wechseln würde, könnte er eventuell verdächtige Geräuschemissionen auffangen.

Nach der Hämmerstunde schiebt Matthias den Schrank sorgfältig wieder vor die bereits ziemlich mitgenommene Wand. Er versucht, Gesine zu erreichen, aber sie ist noch nicht zu Hause. Na gut, dann geht er eben online.

Eine Woche später. Martin hat fast jede Nacht mit Mausi geflirtet. Sie kennt bereits seine geheimsten Wünsche, und er kennt ihre. Das heißt, er glaubt sie zu kennen. Der Wunsch, Mausi persönlich kennenzulernen, hat in Martin bereits ziemlich konkrete Gestalt angenommen. Und auch den Fortgang dieser Begegnung kann er sich äußerst lebhaft vorstellen. Er hat Mausi schon zweimal gebeten, ihm ein Bild zu schicken. Aber sie hat kokett abgelehnt mit der Begründung, dann würde er sich ganz auf das Bild fixieren, und Bilder seien sowieso immer viel schöner als die Wirklichkeit, und dann wäre er vielleicht enttäuscht, wenn er sie schließlich selbst sähe.

Wenn Martin in den Chat geht, hat er mittlerweile das Gefühl, er käme in seine Stammkneipe. Immer dieselben Namen, oft dieselben Sprüche. Mittlerweile wird Martin (also Fastfood) von den anderen begrüßt wie ein alter Bekannter. Man fragt, wie das Wetter in Düsseldorf ist, wie er mit Mausi vorwärtskommt und was die Arbeit macht.

Seine Tätigkeit als Tamponverkäufer, die er sonst bei neuen Bekanntschaften nicht gerade als erstes erwähnt, findet hier allseits großen Anklang. Immer wieder wird er darauf angesprochen und nach seiner bevorzugten Verkaufsstrategie gefragt. Die wenigen weiblichen User sind in der Hinsicht gespalten, einige finden das überhaupt nicht lustig. Na ja, vielleicht ist es etwas anderes, wenn man sich gewissermaßen zwangsweise mit den Dingern beschäftigen muß. Aber wenn Martin auf vielfachen Wunsch schildert, wie er mal wieder einem besonders renitenten Einkäufer gegenüber gesessen und ihm die verschiedenen Größen vorgeführt hat, dann kommt auch von Missy oder von Moorhuhn ein <*Grin*> oder ein ;-).

Wenn die Einkäufer zum Beispiel nicht alle Größen ins Sortiment aufnehmen wollen, sondern nur drei, dann holt Martin eine Flasche mit blauer Flüssigkeit und fünf verschieden große Meßbecher raus. Er füllt die Becher bis zum Eichstrich und stellt in jeden einen Tampon der passenden Größe. Jeder Tampon saugt die Flüssigkeit des entsprechenden Meßbechers komplett auf. Das beweist zwar überhaupt nichts, aber es erfüllt seinen Zweck. Besonders, wenn Martin dann fragt, wo er die gebrauchten Tampons hintun kann.

Das ist meistens der Moment, in dem der Einkäufer nur noch eins will: Ihn so schnell wie möglich loswerden. Also ordert er bei Martin ein paar Paletten A.B.-Tampons in allen Größen.

Die anderen User gehen allen möglichen Berufen nach, vom Lackierer bis zum Universitätsprofessor ist alles vertreten. Aber die Computerberufe sind in der Überzahl. Da ist zum Beispiel Michael, der als freier Autor für alle möglichen PC-Zeitschriften schreibt. Er ist bei allen beliebt, weil er auf die meisten Computerfragen eine kompetente Antwort geben kann – und dies auch tut, ohne dabei anzugeben wie einige andere, die viel weniger Ahnung haben.

Dann gibt es Katastro, einen Chaoten, der mit seinen fünfundzwanzig Jahren schon alle möglichen Berufe ausgeübt hat. Er war Redakteur bei einer PC-Zeitschrift, Computerverkäufer, Hotline-Betreuer und Kundendienstler bei einem Waschmaschinenhersteller. Darüber hinaus ist er meistens guter Laune und macht alle Frauen an, die ihm über den Weg laufen. Er hat dabei eine interessante Technik, die Martin gerne genauer studieren würde. Dieser Katastro scheint nie was auf die Schnauze zu kriegen, obwohl seine Komplimente grundsätzlich so dick aufgetragen sind, daß sie total unglaubwürdig klingen. Er erfreut sich anscheinend bei der weiblichen Belegschaft der B.O.X. großer Beliebtheit. Aber eine feste Freundin hat er nicht, was er oft lautstark beklagt. Dann wieder macht er Andeutungen über irgendwelche wilden Abenteuer auf der Motorhaube seines Wagens oder so. Aber die richtige scheint nicht dabeizusein.

Moorhuhn ist ein anscheinend ziemlich aufgewecktes Mädel. Sie studiert Biologie und betreut das Storyboard der Mailbox, also eines der zahlreichen schwarzen Bretter, die es hier für alle möglichen Themen gibt. Ins Storyboard kann jeder seine mehr oder weniger lesenswerten poetischen Ergüsse zur allgemeinen Begutachtung reinstellen. Martin hat sich schon manchmal gewundert, daß sich so viele Leute trauen, dies auch tatsächlich zu tun. Als er 17 war, hat er selbst Gedichte geschrieben. Aber er hätte sich nie getraut, sie irgend jemandem zu zeigen. In der B.O.X. scheint das kein Problem zu sein, obwohl die Kritik in den drangehängten Antworten manchmal recht harsch ist.

Barney ist auch ziemlich oft online. Von ihm kann Martin sich noch kein rechtes Bild machen, weil er oft widersprüchliche Sachen über sich erzählt. Doch soviel scheint festzustehen: Barney gehört nicht zu den Computerkids zwischen fünfzehn und zwanzig, die ca. ein Drittel des Mailboxpublikums ausmachen, er ist auf jeden Fall etwas gesetzteren Alters. Und er scheint ein Hardwarefreak zu sein, der sich mit Lötkolben, Meßgeräten und Chipnummern auskennt.

Fast immer anzutreffen ist Nestor, ein lustiger Geselle, obwohl er noch ziemlich jung ist. Er hat gerade sein Fachabitur hinter sich und macht im Moment gar nichts. Das kann er sich leisten, weil seine Eltern wohl ziemlich viel Kohle haben. Zum Beispiel haben sie ihm gerade einen nagelneuen Golf geschenkt, den Nestor als Drittauto der Familie bezeichnet. Im Umweltforum liefert sich Nestor heiße Schlachten mit Fredi, einem sympathischen Weltverbesserer, der alle Autofahrer und sonstigen Umweltsünder am liebsten als Gärtner zwangsverpflichten würde. Doch eines Tages freute Fredi sich im Chat ausführlich über sein neues Motorrad. Da war es mit seiner Umwelt-Autorität vorbei. Nestor hat ihn gefragt, ob das Teil denn mit Rübenöl fahren würde.

Viele andere kennt Martin eher flüchtig. Berni, den stramm rechten Kriminalbeamten. Eilert, den bescheidenen Diplomingenieur. Jumbo, den Postler. Missy, die frühreife Fünfzehnjährige, die alle Männer anmacht.

Zu jeder dieser Figuren ist in seinem Kopf ein Bild entstanden, genauso, als hätte er ein Buch über alle diese Leute gelesen. Aus den Zeilen am Bildschirm sind vor seinem geistigen Auge komplette Personen geworden. Wenn Katastro schreibt, daß in seinem Zimmer ein riesiges Chaos herrscht und er im Bademantel mittendrin sitzt und Weißbier trinkt, dann sieht Martin die Szene vor sich. Er stellt sich Katastro groß, schlank und dunkel vor, mit schulterlangen, lockigen Haaren. Das Zimmer stellt er sich klein und überfüllt vor, mit vielen angebrochenen Flaschen und einem riesigen Bett. Und wenn er sich diese Randfiguren schon so genau ausmalen kann, dann geht seine Phantasie bei Mausi mit Sicherheit noch mehr ins Detail.

Als Martin sich an diesem Abend um acht in die B.O.X. einloggt, ist Mausi nicht da. Und sie taucht auch bis neun nicht auf. Komisch, sie waren doch verabredet. Wie er sich nach ihr sehnt!

Fastfood: Wer von euch hat Mausi schon mal
Fastfood: gesehen?
Nestor: Ich nicht.
Fastfood: hat ueberhaupt jemand von euch sie

Fastfood: schon mal gesehen?
Moorhuhn: Hehe, du willst wohl wissen, wie sie
Moorhuhn: wirklich aussieht. Pass nur auf,
Moorhuhn: bestimmt ist sie in Wirklichkeit alt und
Moorhuhn: haesslich und hat einen Mann und
Moorhuhn: drei Kinder, har har.

Uff, auf die Idee ist Martin noch nicht gekommen. Nein, er kann es auch nicht glauben. Von ihrem Aussehen hat Mausi zwar nicht viel verraten, aber daß sie ihre Lebensumstände so verdreht haben könnte, das glaubt er nicht. Er ist sicher, daß sie Redakteurin ist, wie sie gesagt hat, daß sie vierundzwanzig ist und daß sie allein lebt.

Fastfood: Komisch, sie ist so oft online, aber keiner
Fastfood: kennt sie? Ihr trefft euch doch manchmal
Fastfood: oder?
Nestor: Klar, wir gehen ins Kino oder zum
Nestor: Saufen :-) oder erst ins Kino und dann
Nestor: saufen :-Q
Moorhuhn: Klar, und dann gibt es natuerlich die
Moorhuhn: Usertreffen. Uebrigens, bald ist wieder
Moorhuhn: eins.

Stimmt, da war doch neulich im Chat von einem Usertreffen die Rede. Diese Missy hat alle damit genervt, ob sie kommen. Er hatte nicht so drauf geachtet, weil er ganz mit Mausi beschäftigt war. Aber jetzt sieht er plötzlich klar: Das ist ja *die* Gelegenheit, Mausi auf neutralem Boden in gänzlich unverfänglicher Umgebung persönlich kennenzulernen.

Fastfood: Ah ja, wann genau ist denn das
Fastfood: Usertreffen?

Moorhuhn: am 23., in der Rosenlaube.

Das ist ja schon nächstes Wochenende! Panik!

Fastfood: und wie viele kommen da so?
Nestor: beim letzten offiziellen ut waren rund 50
Nestor: leute da, diesmal werden es bestimmt 80.
Fastfood: aha, ic, gibt es denn auch inoffizielle ut's?
Moorhuhn: klar, jedesmal, wenn sich ein paar User
Moorhuhn: treffen, ist das doch ein usertreffen. :-)
Moorhuhn: der harte kern trifft sich oft sonntags
Moorhuhn: zum fruehstueck. so gegen 15 uhr.
Fastfood: hehe, das ist ne gute Zeit fuer
Fastfood: fruehstueck :-)
**** Barney betritt die Konferenz ****
Barney: hi all, wie geht's?
Moorhuhn: hi barney, kommst du zum usertreffen?
Fastfood: hi barney
Nestor: hi barney
Barney: mor: wie stellst du dir das vor, ich bin doch
Barney: in ffm
Fastfood: ich komme vielleicht, ich koennte evtl. bei
Fastfood: einem freund uebernachten
Barney: groehl, du willst dir wohl mausi
Barney: angucken ;-)

Logisch, da hat Barney den Nagel auf den Kopf getroffen. Martin hat sich nämlich inzwischen überlegt, daß er vielleicht bei einem Typen schlafen könnte, den er mal auf einer Verkäuferschulung kennengelernt hat. Der verkauft zwar schon lange keine Tampons mehr, und Martin weiß gar nicht, was er jetzt macht. Aber sie hatten damals viel Spaß, und sie schicken sich immer noch manchmal Kitschpostkarten.

Thomas hat ihn schon lange eingeladen, mal vorbeizukommen. Martin hatte bis jetzt nie große Lust dazu, weil Thomas eine ziemlich komische Freundin hat. Damals auf der Abschlußveranstaltung der Tamponschulung hat sie Thomas eine Szene hingelegt, von wegen »Die Tampons oder ich« oder so ähnlich. Anscheinend hatte sie Angst, daß die Tampons Thomas mit der Zeit für ihre Reize unempfänglich machen würden. Völlig hysterisch, die Alte.

Könnte nervig werden, wenn er bei denen wohnt, aber auf jeden Fall ist es besser, eine Anlaufstation zu haben, als ins Hotel zu gehen. Wenn er bei Thomas übernachtet, dann sieht das auch nicht ganz so aus, als ob er nur wegen Mausi nach München kommen würde. Mehr so die Richtung: »Ich bin zufällig nächstes Wochenende in München, sehen wir uns auf dem Usertreffen?« Ja genau, also ausgeloggt und die Telefonnummer von Thomas gesucht.

Fastfood: cu, Leute, ich muss weg.
Moorhuhn: cu, vielleicht auf dem usertreffen
Nestor: cu
Barney: cu im aufzug, hehe.

Was war denn das jetzt wieder für ein Insiderspruch?

Kuchenbrett legt den Lötkolben weg. Die Gelegenheit ist günstig, er weiß, daß sein direker Wohnungsnachbar am Nachmittag in Urlaub gefahren ist. Da kann er heute vielleicht etwas kräftiger hämmern. Sechs Abende hat er schon gemeißelt, jetzt will er endlich Drähte sehen. Er braucht noch mal eine ganze Stunde, dann wird seine Mühe belohnt: Er hat freie Aussicht auf ein paar hundert Telefonkabel.

Natürlich ist Matthias im Besitz einer kleinen Telekomiker-Ausrüstung. Er hat auch ein altertümliches Abhörtelefon, das er nur mit zwei Krokoklemmen an die angekratzten Drähte eines Telefonkabels zu hängen braucht, um die Gespräche mithören zu können. Es ist im Prinzip auch kein Problem, über diese Leitung selbst Gespräche zu führen. Man schließt einfach einen zweiten Apparat an. Dummerweise muß man immer damit rechnen, daß der legitime Apparat beim Wählen mitrattert. Kommt halt auf den Apparat und auf den verwendeten Anschlußtyp an. Kuchenbrett hat darum entschieden, daß es am besten ist, nur Leitungen zu benutzen, die an einer Nebenstellenanlage hängen. Dann kommt er vor der Nebenstellenanlage rein, so daß die einzelnen Apparate nichts davon merken. Und da Telefonanlagen meistens irgendwelche Macken haben, wird sich die Telefonistin hoffentlich nicht über gelegentliches Knistern und Knacken wundern.

In diese Überlegungen vertieft, besieht er sich den Strippensalat. Sein Problem besteht jetzt darin herauszufinden, welche Strippe zu welchem Anschluß im Haus gehört. Auf gut Glück klemmt er seinen Abhörer an eine Strippe, die ganz vorn liegt. Da wird aber gerade kein Gespräch geführt. Nächste Leitung. Wieder nichts. Theoretisch kann er das Telefon am anderen Ende auch zum Klingeln bringen und gucken, wer sich meldet. Aber das will er lieber vermeiden, um die Leute nicht unnötig aufzuschrecken. Also einfach mal weitersuchen. Bei der zehnten Leitung hat er Glück und gerät mitten in ein Gespräch. Der Anschluß muß einer Firma gehören, denn es geht um Preise, Großhandelsrabatte und um den völlig unfähigen Außendienstmitarbeiter Müller, der immer so aus dem Mund riecht und mit der Sekretärin flirtet, auf die der Anrufer anscheinend selbst ein Auge geworfen hat. Deshalb findet er das Benehmen des anderen natürlich echt widerlich. Kuchenbrett versucht herauszufinden, welche Firma er da am Draht hat, aber der entscheidende Name fällt nicht. Auf einen Streifen Isolierband schreibt er »Firma« und klebt ihn an die Leitung.

Dann probiert er weiter und landet in einem Gespräch zwischen Mutter und Tochter. Die Tochter hat anscheinend schon eine ganze Weile versucht, ihre Mutter dazu zu bewegen, zu den anonymen Alkoholikern zu gehen. Doch die Mutter lenkt ab und beginnt die unappetitlichen Krankheiten irgendwelcher Verwandter aufzuzählen. Nein, das muß nicht sein.

Dann noch ein Gespräch zwischen einem Mann und seinem Steuerberater. Der Typ scheint in echten Schwierigkeiten zu stecken. Die Steuerprüfung hat sich angesagt, und er hat nicht die leiseste Ahnung, wie er die Belege für die letzten Ausgaben beschaffen soll. Außerdem hat er anscheinend Probleme mit dem Zoll. Kuchenbrett stellt sich vor, daß das Gespräch kodiert ist und da in Wirklichkeit ein Drogenhändler mit seinem Lieferanten verhandelt. Die anonyme Umgebung im Hochhaus ist ja für krumme Geschäfte ideal. In den Siebzigern waren wohl auch einige Callgirls hier stationiert, aber da paßt die Hausverwaltung jetzt auf.

Kuchenbrett guckt gelangweilt in der Gegend herum, und plötzlich fällt ihm auf, daß die Strippen ganz oben, wo sie im Zwischenboden verschwinden, mit dünnen Kunststoffringen zusammengehalten werden. Es sind wohl so um die zwanzig Ringe, und jeder hält ungefähr gleich viele Kabel. Sollten das die einzelnen Stockwerke sein? Das wird er dann bei nächster Gelegenheit weiter untersuchen. Jetzt schiebt er erst mal wieder den Schrank vor und geht online.

Martin hat inzwischen die Telefonnummer von Thomas gefunden – auf der Rückseite einer Restaurantrechnung aus Wülfferode. Da war nämlich damals die Schulung. Ein Glück, denn die Auskunft hätte ihm kaum weiterhelfen können. Er hat nämlich Thomas' Nachnamen vergessen.

Um neun kann man auch noch Leute anrufen, mit denen man nicht jeden Tag zusammen ist. Die komische Freundin von Thomas ist am Telefon, Martin läßt sich verbinden. Nach dem Austausch der obligatorischen Floskeln kommt er schnell damit raus, daß er Thomas besuchen will. Martin ist klar, daß sein Besuchswunsch etwas plötzlich und unvermittelt kommt, und so muß er ein paar Andeutungen über den Zweck der Übung machen. Natürlich erzählt er Thomas nichts über Mailboxen und solche komplizierten Sachen, dann wäre er ja morgen noch nicht fertig. Er sagt nur, daß er da jemanden kennengelernt hat, na ja, und sie wohnt halt in München.

Auf jeden Fall ist er bei Thomas und Elke willkommen. Er kann das nächste Wochenende bei ihnen wohnen, kein Problem, sie haben ein Gästezimmer, nein, wirklich kein Problem. Nein, Elke freut sich auch.

Na super, das hat geklappt. Martin kann seine Gedanken gar nicht mehr davon losreißen, sich das Treffen mit Mausi auszumalen. Endlich wird er sie kennenlernen. Aber jetzt muß er erst mal planen, was er mitnimmt. Welche Klamotten sind richtig? Ihm fällt auf, daß er nicht weiß, ob Mausi sich eher leger oder eher elegant kleidet. Darüber haben sie nie gesprochen. Jetzt weiß er überhaupt nicht, wie er den optimalen Eindruck auf sie machen kann. Mist!

Na ja, heute ist erst Dienstag. Sicher ist sie morgen wieder im Chat, dann kann er das ja alles abklären. Und dann muß er ihr schonend beibringen, daß sie sich mit ihm treffen will. Au weia, er hat noch einiges vor sich. Na ja, morgen erst mal ein paar Tampons verkaufen. Dann kann er am Donnerstag auf der Kö die Klamottenläden unsicher machen.

Im Prinzip besteht zum Kleiderkauf kein Grund, denn Martin ist klamottenmäßig auf alle Fährnisse des Lebens eingerichtet. Beruflich muß er ja einigermaßen seriös auftreten, da unterscheidet er zwischen dem kleinen Kundenanzug, bestehend aus Hemd, sauberer Jeans und Sakko, dem Medium-Kundenanzug, bestehend aus Hemd, Krawatte, Stoffhose und Sakko sowie dem großen Zentraleinkäuferanzug, bestehend aus Hemd, Krawatte und gedecktem Anzug. In der Freizeit, also meistens, ist Martin im schlampigen Seeräuber-Outfit anzutreffen, bestehend aus T-Shirt, schmutziger Jeans mit Löchern und unter zwanzig Grad Celsius zusätzlich mit Lederjacke. Na ja, macht nichts, wenn es dem Selbstbewußtsein dienlich ist, dann kauft man eben noch ein paar Sachen, die in teuer gestalteten Henkeltüten nach Hause getragen werden können.

Am Mittwoch morgen erwischt Martin den Briefträger dabei, wie er die von ihm abonnierte Zeitschrift »Der Superverkaufsprofi«gerade in den Briefkasten der alten Frau Treplin von gegenüber stopfen will. Martin hechtet dazwischen und schnappt die Zeitschrift, bevor sie im falschen Briefkastenschlund verschwindet. Der Briefträger fängt sofort an zu zetern und nach der Polizei zu rufen. Martin braucht dreißig Sekunden, um ihn zu einem Namensvergleich zwischen Brief und Kasten zu bewegen. Kleinlaut und quasi als freiwillige Sühneleistung übergibt der Postbote Martin seine übrige Post, ohne sie erst durch das übliche rituelle Auswahlverfahren zu schleusen.

Die Zeitschrift »Der Superverkaufsprofi« ist übrigens eine blöde Zeitschrift, die Martin nur deshalb liest, weil er bei einem Verkaufswettbewerb seiner Firma ein Abo gewonnen hat. Die Blödigkeit der Zeitschrift drückt sich hauptsächlich darin aus, daß sie schon dreimal von Martin eingesandte Artikel über seine bahnbrechenden Tampon-Verkaufsmethoden zurückgewiesen hat. Und daß seine Methoden ziehen, beweist dieser Mittwoch mal wieder überdeutlich. Die Leute sind schließlich selber schuld, wenn ihnen die natürlichsten Sachen der Welt so peinlich sind, daß sie so wenig wie möglich davon hören möchten. Und daß sie sogar bereit sind, dafür zu zahlen.

Nach einem erfolgreichen Tag und einem Fastfood-Stop in der Autobahnraststätte zwischen Hannover und Braunschweig betritt Martin wieder das Hochhaus. Im Erdgeschoß steigt Matthias Kuchenbrett zu, während Martin aus dem Keller kommt, wo der Zugang zur Tiefgarage liegt. Matthias grinst anzüglich und meint beiläufig: »Hi Fastfood.« Da Martin Matthias seinen Usernamen gesagt hat, wundert er sich nicht besonders über diese Anrede. Nur über das anzügliche Grinsen. Er wundert sich bis zum zwölften Stock, dann fällt es ihm wie Schuppen aus den Haaren: »Hi Barney!« Das anzügliche Grinsen geht in ein ohrenbetäubendes Gelächter über.

Unter Prusten meint Matthias: »Ich hab so was gehört, daß du am Wochenende nicht in Düsseldorf bist, Fastfood.«

»Ah ja, mache 'nen kleinen Abstecher nach München, wegen der guten Luft.«

Dann können sie beide nicht mehr an sich halten. Sie verpassen ihre Heimatetagen und fahren rauf bis zur Sauna. Matthias lädt Martin spontan zum Essen ein.

»Was gibt's denn bei dir?«

»IBM-Salat mit Microsoft-Soße und dazu Lotusblütentee nach Siemensart, sehr lecker.«

Das ist nun wirklich albern, aber da sie beide gerade schon am Lachen sind, fahren sie noch mal ganz runter und wieder rauf bis in den zwölften Stock. Schließlich gibt Matthias zu, daß sein Kühlschrank völlig leer ist, und Martin stellt fest, daß er in einer Stunde online verabredet ist. Sie beschließen, die Firma Pizza-Himmel zu bereichern und bestellen ein Engelchen mit Rotwein, Pizza Hawaii und Tira Misu. Martin findet Pizza Hawaii zwar ziemlich pervers, aber Matthias erklärt ihm, daß das reine Gehirnnahrung sei. Schließlich haben die Leute bei Apple im Silicon Valley in den ersten Jahren fast nichts anderes gegessen. Sie haben sogar nur Leute eingestellt, die auch auf Pizza Hawaii standen. Das überzeugt Martin natürlich total.

Der Fraß kommt ziemlich schnell, da der Pizzamann gleich um die Ecke sitzt. Sie essen bei Matthias, zwischen aufgeschraubten Rechnern und kilometerlangen Programmlistings. Ausgediente Disketten dienen als Glasuntersetzer, damit die Staubschicht auf dem Tisch nicht beschädigt wird. Wie es sich für wahre Männer gehört, reden sie natürlich nicht darüber, wie verliebt sie beide sind. Immerhin wünscht Matthias Martin, daß das Wochenende in München ein Erfolg wird. Kurz nach acht macht Martin sich dünn, um online zu gehen. Vorher hat er Matthias noch versprechen müssen, daß er die Identität und vor allem den Wohnort von Barney nicht verrät.

Kaum ist Martin weg, da schiebt Matthias die Teller in die Spülmaschine und den Schlafzimmerschrank beiseite. Erst heute kommt er dazu, sich weiter mit den Leitungen zu beschäftigen. Natürlich ist es schon etwas spät, um Gespräche von Firmen abzuhören. Die haben schließlich längst Feierabend. Aber vielleicht kann er die Sache mit den Ringen klären. Wenn er herausfindet, welche Ringe zu Geschossen mit Privatwohnungen gehören, sind die übrigen ja automatisch die mit den Firmen. Und für Privatleute ist jetzt die beste Telefonzeit.

Er sucht sich einen Ring aus und hört in die Leitungen rein, bis er ein Gespräch hat. Todlangweilig, irgendwelche Verwandten tauschen den neuesten Klatsch aus. Immerhin wird klar, daß es sich um die Leitung einer Privatwohnung handelt. Matthias nimmt sich den nächsten Ring vor. Auch hier stößt er nach einigen vergeblichen Versuchen auf ein Gespräch. Scheint so eine Art Stöhnanruf zu sein, nur daß die Leute auf beiden Seiten stöhnen. Telefonsex scheint inzwischen doch ganz schön verbreitet zu sein. Da die beiden nur Kosenamen austauschen, besteht leider keine Chance herauszufinden, um welche Mietpartei es sich bei dem im Hochhaus beheimateten Stöhnteilnehmer handelt. Auf jeden Fall privat, notiert Kuchenbrett. So arbeitet er sich langsam durch die einzelnen Ringe. Die Leute im Hochhaus scheinen zu den Vieltelefonierern zu gehören, durchschnittlich hat er nach fünf Versuchen ein Gespräch dran. Bei einem Ring muß er jedoch zwanzig Leitungen durchprobieren. Gerade, als der Hacker den Ring als »Firmenstockwerk« klassifizieren will, kriegt er doch noch ein Gespräch rein:

»...mehr lange. Und jetzt haben wir auch noch diese Idioten am Hals, die mich dauernd nerven, wann sie mit den Fotoaufnahmen anfangen können.«

»Die kannst du doch locker noch ein paar Wochen hinhalten.«

»Ach, und wie soll ich das machen? Die sogenannte Präsentation ist gelaufen. War sowieso ein reiner Witz, ich wußte überhaupt nicht, was ich dazu sagen sollte.«

»Laß sie doch einfach noch mal präsentieren.«

»Ach, und mit welcher Begründung?«

»Dein Chef will noch was anderes sehen, bevor er sich entscheidet.«

»Mein Chef?«

»Na ja, der Außenminister, der Präsident, denk dir was aus. Wir brauchen einfach noch ein bißchen Zeit, und du bist für den Laden hier verantwortlich.«

»Verdammt, ich weiß nicht, wie ich das den bekloppten Werbetypen beibringen soll.«

»Mann, die sind doch Kummer gewohnt. Alle Unternehmen machen das so. Weiß ich von meinem Onkel. Wenn man kein Geld hat oder der Typ, der das Sagen hat, in Urlaub ist, läßt man die Werbefuzzis einfach noch mal antanzen. Dann sind sie beschäftigt und kommen nicht auf dumme Gedanken – von wegen Job abgeschlossen, Rechnung schreiben und so.«

»Na, da ist mir unsere Branche aber lieber.«

Beide lachen.

»Also, wir sehen uns übermorgen. Bis dann.«

»O.k., ich tu' mein Bestes. Bis dann.«

Beide legen auf.

Kuchenbrett hat natürlich ziemlich große Ohren bekommen. Aber er kann sich absolut keinen Reim darauf machen. Könnte das der Konsul von Katangi gewesen sein? Wenn ja, dann hat der auf der Diplomatenschule das Fach »gewählter Ausdruck« jedenfalls geschwänzt.

Er wartet noch einige Zeit, aber es wird kein Gespräch mehr von der Leitung geführt. Kuchenbrett beschließt, an der Sache dranzubleiben, und macht für heute den Telefonladen dicht.

Die Tastengriffe, die nötig sind, um sich in die B.O.X. einzuloggen und in den Chat zu gehen, führen Martins Finger inzwischen von selbst aus. Er kann währenddessen schon ungehindert an Mausi denken. Doch die Routine wird unterbrochen. Kaum hat er sich eingeloggt, erscheint auf dem Bildschirm eine Mitteilung:

Achtung, Achtung. Usertreffen diese Woche Freitag, 19 Uhr, in der Rosenlaube. Wer kommen will, trägt sich bitte in die Liste im Intern-Forum ein, damit wir genug Platz reservieren können.

Martin bewegt sich elektronisch in das genannte schwarze Brett, wo es einen Basiseintrag »Usertreffen« und bereits sechzig Antworten gibt. Er hat noch nie etwas in eins der Bretter geschrieben, darum muß er erst mal mit *?* die Online-Hilfe aufrufen. Aha, mit *w* kann er eine Antwort verfassen. Also:

Hi, all,
ich komme auch.
Gruesse,
Fastfood.

Aber wie zum Teufel speichert man diese Nachricht nun ab? Er versucht es mit *quit* und mit *save*, mit *:x* wie im Chat und mit *exit*, aber nichts geht. Nach einer halben Stunde schließlich findet er die Online-Hilfe des Schreibprogramms, die man mit dem äußerst gut versteckten Befehl *esc-?* aufruft, und schafft es, seine Nachricht glücklich im Brett zu plazieren, nämlich mit *esc-z.* Kein Wunder, daß erst so wenige Leute Mailboxen nutzen. An der Bedienoberfläche muß wirklich noch was getan werden. Zum Glück ist wenigstens der Chat leicht zu bedienen.

**** Konferenzteilnehmer: ****
Moorhuhn
Katastro
Barney
Nestor
Wizard
Mausi

Fastfood
****

Juhu! Mausi ist da!

Fastfood: hi all, hi Mausilein!
Mausi: hi fasti!
Moorhuhn: hi Fastfood
Barney: <evil grin>
Katastro: hi man
Nestor: hallo Fastfood!
Nestor: fast: kommst du nun zum UT?

Dieser Abkürzungsfimmel scheint die neueste Mode unter den Kids zu sein. Immerhin kann Martin sich denken, daß das Usertreffen gemeint ist, um nichts anderes kreisen schließlich seit gestern seine Gedanken.

Fastfood: nes: ja, ich komme wahrscheinlich, bin
Fastfood: zufällig am woe in muc

Was die abkürzen können, kann er schon lange abkürzen!

Fastfood: Mausi: du kommst doch auch, oder?
Mausi: fast: hm, ich weiß nicht . . .
Fastfood: MMMMMAAAAUUUUUSSSSSIIIIIII
Mausi: <erroet>
Fastfood: mau: wenn ich schon in muenchen bin,
Fastfood: dann MUSS ich dich einfach sehen!
Mausi: fast: ich wuerde dich ja auch gerne sehen,
Mausi: aber . . .
Fastfood: Mausi: aber was?
(Barney: vielleicht ist sie doch eine oma, har har)

Barney, die alte Ratte, sollte sich mal besser mit seinen Flüstermeldungen zurückhalten. Martin wird das Geheimnis lüften! Je geheimnisvoller Mausi tut, desto wichtiger wird es ihm, sie live zu sehen. (Bei Courts-Mahler würde es jetzt heißen: »Er verzehrte sich nach ihr.«) Sie verstehen sich doch so gut!

Mausi: fast: na ja, ich weiss nicht, wenn du mich
Mausi: nun nicht magst, dann waere ich so traurig
Fastfood: Mausi: ich mag dich ganz doll!
Barney: klingt sehr ueberzeugend ;-)
Nestor: Mausi, hab ein herz mit ihm! :-)
Mausi: fast: naja, vielleicht, aber nicht auf dem
Mausi: usertreffen, in aller oeffentlichkeit.
Moorhuhn: Mausi: wir sind sehr tolerant, grins
Fastfood: Mausi: dann treffen wir uns halt allein!
Mausi: fast: ja ok, ich mail dir.

Die User in der B.O.X. können elektronische Briefe an einen oder mehrere andere User schreiben. Außerdem können sie auch irgendwie aus der B.O.X. heraus in alle Welt mailen. Theoretisch kann Martin also Millionen Menschen elektronische Briefe schicken, aber wie das funktioniert, hat er noch nicht herausgefunden.

Fastfood: maus: warum willst du denn nicht auf
Fastfood: das usertreffen?
Mausi: fast: ich will schon, aber nicht mich dort mit
Mausi: dir zum erstenmal treffen
Fastfood: maus: hae? warum nicht?
(Mausi: bitte frag nicht weiter)
Fastfood: hmmm

Martin weiß nicht, was er davon halten soll. Auf jeden

Fall will er Mausi trefen und das Geheimnis lüften. Egal, was dabei rauskommt.

Fastfood: ok, mail mir, wann und wo wir uns
Fastfood: treffen. ich bin das ganze wochenende in
Fastfood: muenchen. aber ich fahre schon freitag
Fastfood: vormittag weg, danach kann ich also
Fastfood: nicht mehr online gehen und deine mail
Fastfood: lesen.
Fastfood: Mausi: smack!
Mausi: Fastfood: resmack! ja, ich schreibe dir
Mausi: morgen.
Fastfood: uebrigens, wo warst du denn gestern? ich
Fastfood: habe hier eine stunde auf dich gewartet.

Nach kurzer Zeit kommt einem der Chat vor wie ein real existierender Ort, eben wie die Stammkneipe.

Mausi: ich musste ueberstunden machen, sorry.
Mausi: jetzt muss ich auch weg und noch einen
Mausi: artikel fertigschreiben.

Hm, jetzt, wo es quasi gefährlich wird, macht Mausi dauernd Fluchtbewegungen. Na ja, dann guckt er eben Fernsehen. Es gibt »Monty Python's Flying Circus« mit holländischen Untertiteln. Martin stellt dann immer eine Pappe vor den Fernseher, so daß die Untertitel genau verdeckt werden. Dieses Verfahren garantiert ungetrübten Spaßgenuß.

Fastfood: also cu in muenchen Mausi, und vergiss
Fastfood: nicht, mir zu mailen!
Mausi: ja, mach ich, smack!
Mausi: all: cu!
**** Mausi verlaesst die Konferenz ****

Mist! Jetzt hat er wieder vergessen, Mausi zu fragen, was für Klamotten sie bevorzugt. Aber irgendwie wäre das ja auch peinlich gewesen.

Am Donnerstag schläft Martin lange und schmeißt sich dann in Einkaufsklamotten. Das heißt, er zieht sich so an, als würde er öfters in teuren Klamottenläden einkaufen. Gerade auf der Düsseldorfer Kö ist das extrem wichtig. Oder versuchen Sie mal, in abgewetzten Jeans bei Selbach einen Anzug zu kaufen. Es gibt allerdings einen Trick: Sie nehmen einen Partner mit und spielen ein Kreativteam aus einer der bekannten Düsseldorfer Agenturen. Sie reden die ganze Zeit von der bevorstehenden Präsentation und tauschen schwachsinnige Ideen aus: »Wie wäre es, wenn wir das Joghurt auf einem Seerosenblatt anrichten?« »Ja genau, und dann kommt der Frosch, frißt das Zeug und verwandelt sich in einen Prinzen.« Dann können Sie rumlaufen, wie Sie wollen.

Martin frühstückt im Mövenpick in der Kö-Galerie. Diese Galerie ist die Inkarnation von Düsseldorf, mehr geschmacklosen Pomp auf einem Haufen findet man wohl in keiner anderen Großstadt. In der Kö-Galerie sind fast nur teure, pseudomodische Läden. Für die wahre Avantgarde sind die Mieten zu hoch. Hier flaniert die Agentursekretärin neben der Waschmittelherstellergattin. Am Champagnerstand trifft man mittags die zweite Management-Ebene der umliegenden Werbeagenturen. Hier kann man sich für 24,50 ein Glas mittelmäßigen Champagner und das Gefühl dazuzugehören kaufen. Tote Hummer gibt es natürlich auch.

Das Mövenpick liegt im Keller, man kann von oben

rundherum reingucken, wie in eine Löwengrube oder so was. Nach unten kommt man wahlweise über eine breite Treppe oder mit einem gläsernen Fahrstuhl. Der Fahrstuhl fährt lähmend langsam, sogar Fußkranke sind über die Treppe allemal schneller. Aber mit diesem Fahrstuhl fährt man auch nicht wegen der Zeitersparnis, sondern um gesehen zu werden. Viele fahren einfach nur einmal runter und gleich wieder rauf.

Wenn man aber doch unten aussteigt, kann man sich die Ecke aussuchen, die am besten zum persönlichen Image paßt. Vom Selbstbedienungsbereich über die Weinstube bis zum Restaurant. Alles unterirdisch, ohne Fenster. Martin stellt sich in der Selbstbedienungsecke ein Frühstück zusammen. Über die Qualität kann man nicht meckern, das Müsli ist lekker, der Kaffee frisch.

Beim Frühstück denkt er über sein Leben nach. Das ist die beste Zeit dazu, weil der Tag einen noch nicht abgelenkt hat. Er denkt an die alten Zeiten mit Gesine. Sicher, Gesine war und ist eine prima Frau. Aber ihre Beziehung, die war so gewöhnlich, so 08/15. Sie haben sich gern gehabt, sie sind am Anfang wohl sogar ziemlich verliebt gewesen. Und sie haben gut gebumst. Eben alles so, wie Klein Fritzchen sich das Erwachsensein vorstellt. Heute ist Martin klar, daß er und Gesine überhaupt nicht zusammenpassen. Auch nie zusammengepaßt haben. Wenn sie sich mal über ernsthafte Themen unterhalten haben, dann meist in wohlgesetzten, abgedroschenen Phrasen, wie man auch mit irgendwelchen Bekannten redet. Sie hatten kein gemeinsames Grundverständnis vom Leben. Gesine wollte die Welt verstehen und sie anderen erklären. Martin fand, daß es da nicht viel zu verstehen gab. Er nahm die Dinge, wie sie waren, und kümmerte sich nicht großartig darum, was der Rest der Menschheit machte. Gesine wollte Karriere machen, Martin reichte es, genug Geld für Leinwand und Ölfarbe zu verdienen. Gesine guckte im Kino gern Woody-Allen-Filme, Martin stand mehr auf Monty Python. Jede zweite Frau in der Disco damals hätte genauso gut oder genauso schlecht zu ihm gepaßt wie Gesine.

Aber war der Martin von damals wirklich der gleiche wie der von heute? Damals war er eigentlich noch gar kein richtiger Mensch, jedenfalls rückwirkend betrachtet. Ob die Gehirnkapazität nach dem dreiundzwanzigsten Geburtstag noch zunehmen kann? Vielleicht bilden sich doch noch neue Synapsen oder was immer dafür sorgt, daß man über bestimmte Dinge so und nicht anders denkt. Der Martin von heute würde viel besser zur Gesine von damals passen. Aber zur Gesine von heute paßt der Martin von heute nicht mehr. Der Martin von heute paßt zu Mausi, davon ist er fest überzeugt.

Dem Martin von heute ist es relativ egal, wie gut Mausi aussieht, ob sie blond oder dunkel, groß oder klein ist. Er ist selbst erstaunt, als ihm dies klar wird. Und er ist sicher, daß er diese Erfahrung ohne den Chat nie gemacht hätte. Normalerweise sieht man die Menschen ja, bevor man mit ihnen redet, bevor man überhaupt entscheidet, ob man mit ihnen reden möchte. Ein Mädchen, das nicht seinem Typ entspricht, würde er auf einer Party gar nicht ansprechen. Und sie ihn auch nicht. Sie wären vielleicht das absolute Traumpaar, aber sie würden es nie erfahren, weil diese lächerlichen ersten dreißig Sekunden zwischen ihnen stehen, in denen man angeblich entscheidet, ob einem jemand gefällt oder nicht. Martin fragt sich, warum die Natur das so eingerichtet hat. Völlig schwachsinnig. Das muß irgendein Überbleibsel aus der Urzeit sein, entstanden, um zu verhindern, daß sich die ersten Menschen mit Gorillas paarten. Diese Gefahr besteht heute nicht mehr, unter anderem aus Mangel an Gorillas.

In diese Gedanken über die Unwichtigkeit von Äußerlichkeiten vertieft, fällt Martin plötzlich auf, daß er ja genau aus diesem Grund heute in der Stadt unterwegs ist, nämlich um sein schnödes Äußeres aufzupolieren. Heißt das jetzt, daß er sich das Geld sparen kann? Im Prinzip schon, aber da es dem Selbstbewußtsein dienlich ist, wenn man so ausschaut, wie man gerne gesehen werden möchte, wird er doch mal sehen, was die Läden so zu bieten haben. Beim Zahlen fällt ihm ein, daß es vielleicht der beste Beitrag zum Weltfrieden wäre, wenn man allen Menschen die Augen verbinden würde.

Martins Einkaufsbeute besteht aus einem Paar Turnschuhe, einer schwarzen Designerjeans, zwei billigen weißen T-Shirts und zwei teuren Oberhemden, von denen er nicht genau weiß, ob sie ihm stehen. Hauptsache, der Verkäufer ist davon überzeugt.

•

Die ganze Woche hat Kundenberater Schleckmann sich um einen neuen Termin bei Konsul Eyer bemüht. Was heißt bemüht, gekämpft hat er mit dem Empfangswesen, um zum Konsul durchgestellt zu werden. Die Dame weigerte sich hartnäckig und sah sich auch nicht in der Lage, aus eigener Kraft einen neuen

Präsentationstermin zuzusagen. Schließlich hat Schleckmann zum Äußersten gegriffen und Konsul Eyer am Fahrstuhl abgepaßt. Diesmal hat er sich wohlweislich nicht auf die Füße treten lassen, dafür ist er aber in der Sache um so härter gewesen. Der Konsul mußte schließlich kapitulieren und ihm einen neuen Termin geben, um nicht im vollen Fahrstuhl einen allgemeinen Skandal zu provozieren. Und einen Skandal wollte er offensichtlich nicht.

Mit den gleichen Pappen und in den gleichen feinen Präsentationsklamotten tritt die Christenheit plus Schleckmann wieder an.

»Wenigstens isses nicht weit«, meint CD Christoph Bertram im Fahrstuhl.

»Gibt's eigentlich für geplatzte Präsentationen so was wie Ausfallhonorar oder Schlechtwettergeld?« will Christine von Schleckmann wissen.

Der zuckt nur mit den Schultern. Alles lastet mal wieder auf ihm. Nicht nur, daß der schon fast an der Angel zappelnde Kunde sich beim ersten Versuch einfach losgerissen hat. Nein, er muß auch noch mit diesem Haufen Chaoten auftreten, bloß, weil sie die Kampagnen gemacht haben. Dabei könnte alles so schön sein. Er würde sich gemütlich mit dem Kunden hinsetzen, ihn ein bißchen zum Reden animieren und einfach aufschreiben, was der sagt. Drei Wochen später würde er dem Kunden dann seine eigenen Ideen als die Erfindung des Scheibenbrots präsentieren. Und der Kunde wäre begeistert. Aber das sind Kontakterträume, die sich in modernen Werbeagenturen höchstens ansatzweise verwirklichen lassen. Überall krabbeln diese Kreativen herum und erwarten auch noch, daß man ihre abwegigen Ideen vor dem Kunden bis aufs Blut verteidigt. Schleckmann hat heute wirklich nicht gut geschlafen.

Sie stapfen aus dem Fahrstuhl, und, oh Wunder, schon beim ersten Klingeln öffnet sich die Tür des Konsulats. Der Konsul persönlich scheint bereits direkt hinter der Tür gelauert zu haben. Von der Empfangsdame ist nichts zu sehen.

»Bitte, kommen Sie doch durch. Ich bin schon sehr gespannt auf Ihre Entwürfe.« Der Diplomat führt die Christenheit plus Schleckmann in einen karg möblierten Besprechungsraum. Hier gibt es keine Katangibilder, und der große Tisch ist auf Christines persönlicher Designerskala nur eine halbe Kategorie über »Tapeziertisch« angesiedelt.

Unter einstimmendem Smalltalk baut Schleckmann den Projektor auf. Zusätzlich stellt er den sogenannten Sarg auf den Tisch, den großen, steifen, kompliziert gefalteten Pappkarton, der die Pappen enthält. Er läßt sich wie ein Dach aufstellen, so daß man die Pappen eine nach der anderen auf der steil-schrägen Fläche vorstellen kann. Aber Diaprojektionen sind natürlich noch professioneller, weil komplizierter. Als Schleckmann schließlich alles aufgebaut und mit geheimnisvollem Lächeln die erste Pappe mit dem Rücken zum Publikum aufgelegt hat, stellt er, wie es sich gehört, erst mal die Truppe vor:

»Das ist unser Top-Team mit breiter Markenartikelerfahrung. Herr Bertram ist Creativdirector und hat bereits einmal auf dem Fremdenverkehrsetat von Luxemburg gearbeitet. Frau Baumann ist Art Directorin. Ihre Arbeiten wurden schon mehrfach vom Art Directors Club ausgezeichnet. Und unser Texter, Herr Melchior, bringt ebenfalls die besten

Erfahrungen mit, er hat bei einer großen Hamburger Agentur für ein internationales Reiseunternehmen gearbeitet. Ich selbst bin Kundenberater, wie Sie wissen, und steuere meine elfjährige Markenartikelerfahrung bei. Sicher sind Sie mit mir einer Meinung, daß wir Katangi zu einem Gütezeichen im internationalen Tourismus machen müssen. Tja, Sie sehen, Katangi ist bei uns in besten Händen.«

Schleckmann geht ausführlich auf die internationale Tourismus-Situation ein, auf Länder, die direkt mit Katangi konkurrieren, auf die verschiedenen Zielgruppen und auf die Mediaplanung. Die Ausführungen sind ziemlich kompliziert, und eigentlich hätte man von Konsul Eyer einige Zwischenfragen erwarten können. Aber er läßt die ganze Schleckmann-getriebene Windmaschine einfach an sich vorbeipfeifen.

Die Christenheit hat all das schon öfter gehört und döst vor sich hin, bis der Kontakter endlich zum Kreativteil überleitet: »Und nun zu unseren Vorschlägen. Wir, äh, haben drei Kampagnen angedacht...«

Schleckmann übergibt das Wort an Christoph Bertram, und nach Christophs Geschmack könnte der Konsul jetzt ruhig etwas aufrechter in seinem Sessel sitzen.

Bertram beginnt mit der Glückliche-Leute-Kampagne. Mit der ist bei Kreativwettbewerben am wenigsten Ehre einzulegen. Und er findet, daß sie als erstes vom Kunden abgeschossen werden sollte. Er selbst kann natürlich nicht direkt gegen die Kampagne argumentieren, von ihm erwartet man, daß er hinter allen vorgestellten Sachen steht. Aber er kann auf Defizite hinweisen und die Sache so geschickt drehen, daß seine Lieblingskampagne am Schluß die meisten Pluspunkte sammelt. Er versucht es jedenfalls. Konsul Eyer zeigt immer noch keinerlei Reaktion.

Bertram kommt zur Kulturkampagne, hier wird sein Ton schon etwas wärmer. Er weist darauf hin, daß ein kulturell interessiertes Publikum natürlich das touristische Niveau der Gäste über Mallorca-Standard anhebt. »Allerdings gilt es zu beachten, daß Bildung nicht gleich Geldbeutel ist. Die kulturell Interessierten, das sind doch zum großen Teil Lehrer, und wie die ihr Geld festhalten, das weiß man ja. Ein solches Publikum im Urlaub adäquat abzuschöpfen bedarf einiger Anstrengungen, die über Souvenirshops und Handtaschenverkauf hinausgehen.«

Kunstpause.

»Und nun zur Empfehlung der Agentur.« Strahlend klickt Bertram den Projektor weiter und stellt gleichzeitig die entsprechende Pappe auf: Ein am Strand hinter einer Palme kopulierendes Paar. Man sieht nicht genau, was abgeht, aber aufgrund der hinter der Palme hervorragenden Füße kann man es sich lebhaft vorstellen.

»Das ist Lebensfreude, Herr Konsul, das wollen die Leute doch wirklich im Urlaub. So locken wir genau das Publikum an, das die Tourismusbranche am meisten liebt. Leute, die nicht auf die Mark sehen, wenn es um die Freuden des Urlaubs geht. Leute, denen es egal ist, wie das Essen schmeckt. Hauptsache, es ist teuer, und sie können mit ihrer Kreditkarte Eindruck bei der Begleitung schinden. Das sind die Leute, die das beste Zimmer mit dem größten Bett und kübelweise Sekt bestellen. Und die außer Strand und Palmen nichts vom Urlaubsland erwarten als Freizügigkeit.«

Der Creativdirector hat sich richtig in Fahrt geredet und erwartet jetzt mehr oder weniger, daß der Konsul in Ovationen ausbricht. Stehend, wenn's geht. Aber da tut sich gar nichts. Der Konsul scheint noch gar nicht gemerkt zu haben, daß die Vorstellung vorbei ist. Schließlich fragt Schleckmann in die Stille hinein genau das, was jeder Kontakter in diese Stille hinein fragen würde: »Und? Was meinen Sie?«

Der Konsul sagt: »Sehr interessant alles, sehr ...«

»Und welche Kampagne gefällt Ihnen am besten?«

»Nun, das ... das möchte ich eigentlich Ihnen überlassen.«

»Wie bitte?«

»Na ja, ich habe nicht viel Erfahrung mit, äh, Werbung.«

Das ist den Werbern noch nie passiert. Sie hatten schon alles, von Standing Ovations bis zum wohldosierten Rausschmiß. Aber immer hatte der Kunde eine Meinung. Manchmal auch zwei oder drei oder acht, je nachdem, wie viele Personen auf Kundenseite an der Präsentation teilnahmen. Und oft wurden dann hinterher die Kampagnen wild zusammengewürfelt, damit jeder seinen Willen kriegte. Aber so was? Ist das jetzt ein Kompliment, grenzenloses Vertrauen des Kunden in die Agentur? Kann man es so der Branchenpresse verkaufen? Oder ist es mehr grenzenloses Desinteresse?

Christoph faßt sich als erster und empfiehlt noch mal nachdrücklich die Bumskampagne, die im Booklet allerdings »Aktion Lebensfreude« heißt.

»Ja, gut«, sagt der Konsul, »dann machen Sie das.«

Allmählich kommt es allen Vieren so vor, als wäre das vordringlichste Interesse ihres neugewonnenen Kunden, sie so schnell wie möglich loszuwerden, damit er wichtigeren Geschäften nachgehen kann. Zum Beispiel seinen Bleistift anzuspitzen.

Schleckmann räuspert sich: »Äh, tja, dann schicke ich Ihnen morgen den Besprechungsbericht und den Vertrag zu.«

Sie stehen auf und schütteln dem Konsul die Hand. Er begleitet sie noch zur Tür, wohl mehr, um sicher zu sein, daß auch alle das Konsulat verlassen.

Am Abend ist Mausi zwar nicht im Chat, aber dafür eine Mail von ihr in Martins elektronischem Briefkasten.

Lieber Martin,
Du mußt mir glauben, daß ich Dich nicht hinters Licht führen wollte. Also es stimmt alles schon, soweit es die Umstände betrifft, und ich hab Dich auch wirklich lieb. Aber es gibt einen kleinen Haken. Wenn Du mich trotzdem kennenlernen willst, können wir uns im Vilanis treffen, Sendlingerstraße, Asamhof, am Samstag so gegen 12 zum Frühstück, Erkennungszeichen Diskette auf dem Tisch. ok?
Bussi, Deine Mausi

Martin ist hin und her gerissen. Wenn sie nun doppelt so alt ist wie er? Oder im Rollstuhl sitzt? Er antwortet:

Liebe Mausi,
ja ok, ich werde da sein.
Dein Martin

Er wird es darauf ankommen lassen!

Während Martin sich vor lauter Aufregung unruhig im Bett hin und her wälzt, hängt Kuchenbrett wieder am Draht. In der bewußten Leitung tut sich nichts, und so probiert er noch ein paar andere durch. Grundsätzlich scheinen die Gespräche mit fortschreitender Nachtzeit immer interessanter zu werden. Er muß zwar länger suchen, aber was er dann zu hören kriegt, ist manchmal ganz unterhaltsam, allerdings nicht immer jugendfrei. Immerhin kristallisiert sich heraus, daß die Ringe tatsächlich die Leitungen für die einzelnen Stockwerke zusammenhalten. In sechs Ringen tut sich den ganzen Abend absolut nichts, das müssen die Firmenetagen sein. Schade, daß sich in der von Kuchenbrett mit »Kantangi?!?« gekennzeichneten Leitung überhaupt nichts rührt. Was in dem Laden wohl vorgeht? Ob er einfach mal anrufen soll? Ach nein, lieber nicht, lieber öfter mal reinhören, am besten auch am Tage.

VII
Datenreisende

Zu unchristlicher Zeit, morgens um sieben, packt Martin seine Sachen ins Auto. Frühstück gibt's an der ersten Autobahnraststätte. Zum Glück ist nicht viel Verkehr, die Urlaubszeit ist vorbei. Auf der Fahrt hat Martin mal wieder viel zuviel Zeit zum Nachdenken. Er denkt an seine Eltern.

Martins Vater ist früh gestorben. Er war geisteskrank, und seine letzte Tat war gleichzeitig seine verrückteste. Diese Diagnose stammt allerdings nicht von einem Profi, sondern von Martin. Einer psychologischen Untersuchung hatte sich sein Vater nie unterzogen. Er hatte sich nur wegen zahlreicher eingebildeter physischer Krankheiten untersuchen lassen. Martins Vater beschäftigte sich nur mit sich selbst. Er war so egozentrisch, daß ihm nach Martins Meinung im Zweifelsfalle selbst das Leben anderer Menschen nichts bedeutet hätte. So weit ist es zum Glück nie gekommen, aber Martin hat in seiner Kindheit sehr unter dem völlig unberechenbaren Vater gelitten. Hinzu kam, daß die Mutter auch litt, denn auch auf sie hatte der Vater nie Rücksicht genommen. Wenn er zum Beispiel eine andere Frau wollte, dann verschwendete er keinen Gedanken daran, wie weh das seiner Frau tun würde. Oh, er versorgte sie immer ausreichend mit Geld, und wenn es ihm in den Kram paßte und er nicht anderweitig beschäftigt war, machten sie schöne Urlaubsreisen. Wenn es ihm gefiel, war er der gute Vater, wenn ihm was anderes einfiel, terrorisierte er seine Familie. Auf völlig unbedeutende Kleinigkeiten reagierte er oft mit der größten Strenge, aus schlimmeren Sachen machte er manchmal überhaupt keine Affäre. Eben völlig unberechenbar. Martin erinnert sich, daß er einmal mit einer guten Note nach Hause kam und das freudestrahlend seinem Vater erzählte. Die Antwort: »Gib nicht so an, hilf mir lieber im Garten.«

Trotz allem, als Martins Vater starb, war seine Mutter verzweifelt. Sie hatte ihr ganzes Leben nur für diesen Mann gelebt. Eine zutiefst deprimierende Vorstellung für Martin. So verrückt war nun wieder sie.

Der Tod von Martins Vater war typisch für ihn. Er hatte einige Knubbel auf seiner Brust entdeckt und war fest davon überzeugt, das nächste Jahr nicht mehr zu erleben. Das war natürlich kompletter Unsinn, und der Arzt sagte ihm das auch. Trotzdem fing er an, sich in seinem Garten eine Gruft zu buddeln, in der er begraben werden sollte. Was die Behörden dazu sagten, interessierte ihn nicht. Selbstverständlich nicht. Die Gruft war solide gebaut, innen ganz ausgemauert und mit Kacheln verkleidet. Sie lag unterirdisch, wie sich das für Grüfte gehört, und hatte als Oberlicht eine zehn Zentimeter dicke Plexiglasscheibe. Von oben, also auf Bodenhöhe, sah man lediglich eine Vogeltränke. Manchmal versuchten Vögel, in der Tränke zu landen und stießen sich am Plexiglas den Schnabel.

In der Gruft standen vier Särge, die Martins Vater lose aus Marmorplatten zusammengefügt hatte. Er wollte inmitten seiner Familie ruhen, wie es sich für

Potentaten gehört. Eines Tages, als er wohl gerade letzte Hand an seine letzte Ruhestätte legte, passierte es. Niemand kannte den genauen Unfallhergang, aber als man ihn fand, lag Martins Vater tot in seinem Marmorsarg, der Deckel fast paßgenau obendrauf. Doch man ließ ihn natürlich nicht da drin, sondern schaffte ihn auf einen ganz ordinären Friedhof, in die zweitbilligste Ecke, mit einem ziemlich billigen Stein drauf. Für solche Sentimentalitäten hatte Martins Mutter bei aller Liebe nie einen Sinn gehabt. Und Martin, damals achtzehn Jahre alt, wäre der letzte gewesen, der sich für einen Marmorengel oder so was auf dem Grab seines Vaters eingesetzt hätte. Das Grab wurde nicht besonders gut gepflegt. Martins Mutter packte auch Weihnachtsgeschenke niemals ein, sondern überreichte sie in der Plastiktüte.

Martin denkt an weitere Erlebnisse mit seinem Vater, die ihn fürs Leben geprägt haben mochten. Beispielsweise diese Rohrverstopfung in dem Mietshaus seiner Eltern. Sein Vater hatte alles, was er aus dem verstopften Rohr gefischt hatte, säuberlich auf der für alle Parteien zugänglichen Terrasse ausgelegt. Es waren hauptsächlich Damenbinden gewesen.

Jetzt, mit den modernen Tampons, kommen Rohrverstopfungen nicht mehr so häufig vor. Die sind ja wesentlich handlicher. Es wird zwar trotzdem davon abgeraten, sie in die Toilette zu werfen, aber kaum jemand hält sich daran. Das weiß Martin aus repräsentativen Umfragen, die der Hersteller von A.B.-Tampons durchführen ließ. Intensive Forschungsarbeiten beschäftigen sich seit Jahren mit dem rohrfreundlichen, schnellauflösenden Tampon.

In Gedanken versunken überholt Martin mit hundertdreißig einen Lastwagen. Plötzlich taucht quasi in seinem Kofferraum ein wild aufblendender Mercedes auf. Tja, nur schade, daß die eingebaute Vorfahrt kaputt ist. Martin gehört zu den wenigen Menschen, die sich durch solche Nötigung mit potentieller Todesfolge überhaupt nicht aus der Ruhe bringen lassen. Soll der andere doch über ihn drüberfliegen.

Als Vertreter ist er viel auf Deutschlands Autobahnen unterwegs. Wenn er sich da kein dickes Fell zugelegt hätte, würde er schon längst an Bluthochdruck leiden, das Zeitliche gesegnet haben oder selbst fahren wie ein Wahnsinniger, um sich abzureagieren. Doch in jahrelanger Übung hat Martin es geschafft, die gesundheitsschädlichen Reaktionen auf Verkehrsrowdies nicht nur zu unterdrücken, sondern sogar ins Positive zu verkehren. Fröhlich winkt er im Rückspiegel dem Irren hinter sich zu. Daß der Rowdy davon Bluthochdruck kriegt, ist dessen Problem. In Ruhe überholt Martin den Lastwagen, betrachtet angelegentlich die Landschaft und schert dann in äußerst sicherem Sicherheitsabstand vor dem Brummi nach rechts ein.

Aus Erfahrung weiß er, daß damit das Techtelmechtel mit dem Hintermann noch nicht unbedingt beendet ist. Die meisten drängeln ja nicht, weil sie eine lebensnotwendige Verabredung in Fürstenfeldbruck haben, sondern nur, weil sie glauben, ein Recht auf freie Fahrt zu haben. Freie Fahrt für Bekloppte. Einige dieser Bekloppten haben nicht nur Zeit, Martin im Vorbeifahren einen Vogel zu zeigen, sie haben auch noch Zeit, sich vor ihn zu setzen und mal kräftig zu bremsen. Das sind die Momente, in denen Martin sich fragt, warum die Autobahnen eigentlich nicht wegen Verkehrsgefährdung gesperrt werden.

Während Martin das Bieranbaugebiet Holledau durchquert, ist sein Kumpel Matthias in den Telefonleitungen unterwegs. Da sich im Moment auf der bewußten Leitung nichts tut, versucht er spaßeshalber, die Leitung der Firma Schürzer & Kohlhaas zu finden. Da er das Stockwerk weiß und die Leitungen inzwischen soweit sortiert hat, wird er bald fündig. In Werbeagenturen wird schließlich viel telefoniert.

»... Herr Schleckmann für Sie, ich verbinde.«

»Ja, guten Tag, Schleckmann hier, könnte ich wohl den Herrn Konsul sprechen?«

Kuchenbrett wechselt blitzschnell auf die andere Leitung. Stimmt genau, hier wird auch gesprochen:

»... ist leider im Moment außer Haus, kann ich was ausrichten?«

»Nun, ich glaube, ich sollte lieber mit dem Herrn Konsul persönlich sprechen. Wann kann ich ihn wohl erreichen?«

»Heute nicht mehr, leider.«

»Hm, es ist wirklich wichtig. Wissen Sie, wenn wir bereits das nächste Saisongeschäft ankurbeln wollen, dann müssen wir jetzt mit der Realisierung der Werbekampagnen beginnen. Und dafür fehlt uns nur noch das endgültige Startsignal von Konsul Eyer.«

»Ich will sehen, was ich tun kann.«

»Bitte sagen Sie dem Konsul, daß es wirklich wichtig ist. Wir wollen doch die Leute erreichen, bevor sie sich für ein anderes Urlaubsgebiet entschieden haben.«

»Nun, ja, sicher. Wie gesagt, ich richte es aus. Schönes Wochenende.«

Klack.

»Schönes Wochenende«, wünscht Schleckmann noch in den Hörer, aber er erreicht nur noch Kuchenbrett, denn die Empfangsdame mit der merkwürdigen Stimme hat bereits aufgelegt.

»Mist, verdammter.«

Klack.

Schön, Kuchenbrett kann also jetzt ganz sicher sein, daß die Leitung zum Konsulat gehört. Vielleicht sollte er seine flockigen Freunde vor ihrem neuen Kunden warnen. Aber mit welcher Begründung? Daß sie am Telefon über Werbeagenturen lästern, ist ja wohl kein Grund. Und daß die Typen sich eigenartig benehmen, haben Christian, Schleckmann und Konsorten ja schon selbst mitbekommen.

Klackklackklackklackklackklack Ring!

Aha, von der Botschaft aus wird wieder telefoniert.

»Ja?«

»Hör zu, hier ist Lilo. Dieser Schleckmann hat schon wieder angerufen.«

»Und, hast du ihn abgewimmelt?«

»Sicher, aber die Sache wird langsam heiß.«

»Der Boß sagt, wir müssen noch ein paar Tage durchhalten, weil die Japaner erst nächste Woche zahlen. Also machen wir das. Klar? Bis Montag.«

»Ja gut, bis dann, ich geh' jetzt auch.«

Klack.

Uff, Matthias brummt der Kopf. Aber da das Konsulat jetzt offensichtlich fürs Wochenende geschlossen wird, hat es keinen Zweck, noch länger zu lauschen. Was da bloß im Gange ist? Ganz kurz, nur ein paar Sekunden lang, erwägt der Hacker, sich an die Polizei zu wenden. Aber wie gesagt, nur ganz kurz.

Thomas wohnt im Osten von München, in Haar. Das ist günstig für Martin, weil man von der Autobahn schnell da ist. Es ist auch nicht mehr so laut wie früher, weil der Flughafen ja umgezogen ist, ins Erdinger Moos. Thomas und Elke bewohnen ein kleines Reihenhaus. Martin kommt um die Mittagszeit an und kann sich gleich im ausgebauten Keller häuslich niederlassen.

Beim Mittagessen müssen sich die drei erst mal wieder beschnüffeln. Man hat sich seit Jahren nicht mehr gesehen. Es stellt sich heraus, daß Thomas gerade eine Umschulung zum DV-Kaufmann abgeschlossen hat. Ihm hat das Verkaufen wohl nie so richtig Spaß gemacht, und Elke war ja auch immer dagegen. Sie ist gelernte Bankkauffrau und arbeitet jetzt bei Siemens Nixdorf im Bereich Banken und Versicherungen. Martin erzählt, daß er sich jetzt hobbymäßig auch mit Computern beschäftigt. Als er die B.O.X. erwähnt, ist Thomas sofort Feuer und Flamme. Er hat natürlich von Mailboxen gehört, obwohl die in seiner Umschulung nicht vorkamen. Einige seiner Mitschüler bei Control Data hatten Modems und haben manchmal angeberisch von nächtlichen Streifzügen durch die Mailboxszene erzählt. Thomas hätte sich irgendwann schon mal fast ein Modem gekauft, aber dann wußte er doch nicht so recht, was er damit anfangen sollte.

Martin hat natürlich die aktuellen Modempreise im Kopf. Er weiß auch, daß in der B.O.X. oft günstig gebrauchte Modems angeboten werden, weil die Besitzer unbedingt das neueste, tollste, schnellste Modell haben müssen. Er erzählt Thomas, daß er ihm für hundert Mark sicher ein ordentliches Modem besorgen kann, das zum Reinschnuppern völlig ausreicht.

Passende Programme gibt es umsonst oder zum Preis von dreißig oder vierzig Mark. Die kostenlosen Programme nennen sich »Public domain«. Sie dürfen von jedermann kostenlos benutzt und kopiert werden. Die preisgünstigen Dreißig-Mark-Programme laufen unter dem Begriff »Shareware«. Man kriegt sie zunächst ebenfalls umsonst und nur, wenn sie einem gefallen, sollte man der Fairneß halber dem Autor den angegebenen Preis bezahlen. Beide Arten von Programmen findet man in vielen Mailboxen im Überfluß.

Natürlich hat Thomas einen PC, sonst könnte er seine Hausaufgaben ja gar nicht machen. Wenn Martin dran gedacht hätte, eine Diskette mit einem Terminalprogramm und sein Modem mitzubringen, könnte er gleich von Thomas' PC aus online gehen und in der B.O.X. nachschauen, wer ein passendes Modem für Thomas anbietet. Statt dessen erzählt er von dem Usertreffen heute abend. Thomas ist zunächst enttäuscht, denn er wäre gern mit Martin auf die Piste gegangen.

»Du kannst ja mitkommen«, meint Martin.

»Ach nein, da müßte ich ja Elke allein lassen, außerdem bin ich ja gar kein User. Vielleicht beantrage ich bald einen Account, dann gehen wir nächstes Mal zusammen.«

»Ja, das wäre überhaupt toll, dann könnten wir uns immer mailen.«

Einen elektronischen Brief muß man nicht bei Nacht und Nebel in den Briefkasten stecken, man braucht keine Briefmarke und keinen Umschlag, nicht mal Briefpapier. Und innerhalb der gleichen Mailbox wird er in derselben Sekunde ausgeliefert, in der er abgeschickt wird. Man kann einen Brief auch gleichzeitig an zwanzig Leute schicken. Und der Empfänger kann direkt antworten, ohne die Adresse noch mal eingeben zu müssen. Auf Wunsch kann er auch den Brieftext oder Teile davon als Referenz in der Antwort verwenden. Er kann den Brief weiterleiten, speichern oder wegschmeißen.

Martin beschließt, in die Stadt zu fahren und von dort dann um 19 Uhr direkt zum Usertreffen. Da Mausi nicht da sein wird, braucht er sich keine besonderen Gedanken um sein Outfit zu machen. Mausi wird er morgen um zwölf treffen.

Er fragt Thomas nach dem günstigsten Weg in die Innenstadt.

»Die S-Bahn fährt gleich hinter den Häusern ab. Der Bahnhof ist nur fünf Minuten von hier.«

»Ich wollte mit dem Auto fahren.«

»Du willst am Freitagnachmittag mit dem Auto in die Münchner Innenstadt? Noch nie was von Verkehrsinfarkt gehört? Also, abgesehen davon, daß das äußerst umweltunfreundlich ist, ist es auch ziemlich verrückt. Wenn du gerne im stehenden Auto sitzt, dann mach das doch einfach hier, vor der Haustür. Setz dich rein und mach das Radio an, dann merkst du nicht, daß der Motor nicht läuft.«

»Ah ja.«

Martins aktuelles Gemälde hat zwar den sozialkritischen Titel »Der Baum auf der Müllhalde«, aber das heißt noch lange nicht, daß Martin vorzugsweise öffentliche Verkehrsmittel benutzt. Er ist der Meinung, jemand, der zehn andere dazu bringt, umweltfreundlicher zu handeln, trägt auch dann zu einer positiveren Umweltbilanz bei, wenn er selbst mal sündigt. Dieses Prinzip hat Martin allerdings nicht erfunden.

Eine große, reiche und mächtige Organisation handelt seit zweitausend Jahren danach.

Allen Unken- und Thomasrufen zum Trotz setzt Martin sich in seinen kleinen Japaner und brettert los. Zunächst kommt er auch ganz gut vorwärts auf der ewig langen Wasserburger Landstraße, die weiter drinnen Kreiller Straße und dann Berg-am-Laim-Straße heißt. Aber kurz vor dem mittleren Ring ist Schluß. Eine halbe Stunde später ist er endlich über der Isar, und auf dem Altstadtring steht er noch mal eine halbe Stunde. Das Komische ist, daß er dort nicht allein steht. Na ja, wenn er da allein stünde, dann würde er nicht stehen, aber all die andern, das sind doch keine Düsseldorfer, die haben alle Münchner Kennzeichen. Man kann also davon ausgehen, daß sie wußten, auf was sie sich einließen, als sie vor Stunden in ihre Autos stiegen.

Endlich ringt sich Martin durch, München zu Fuß zu erobern, und parkt irgendwo im Halteverbot. Da er kein festes Ziel hat, läßt er sich einfach von einem Pulk fotografierender Amerikaner mitreißen, in der Hoffnung, auf diese Weise zu einer Sehenswürdigkeit zu kommen. Zehn Minuten später steht er vor dem Hofbräuhaus. Zehn Sekunden später sind die Amerikaner im Hofbräuhaus verschwunden. Martin denkt nicht dran, sich am hellichten Tag die Birne zuzusaufen, und fragt nach dem Weg zum Marienplatz. Es ist halb vier, und viele Touristen starren bereits zum Glockenspiel rauf, als wollten sie die Figuren hypnotisieren. Martin findet die andere Seite viel interessanter, vor allem die riesige Buchhandlung Hugendubel. Allein der Name.

Martin hält sich nicht lange im engen Erdgeschoß

bei den Bildbänden und Sonderangeboten auf, sondern besteigt gleich die Rolltreppe in den wahren Lesehimmel. Bei Hugendubel darf man Bücher nicht nur kaufen, sondern auch lesen. Man kann die Bücher sozusagen in aller Ruhe probefahren, indem man sich mit seiner potentiellen Neuerwerbung gemütlich in die Leseecke kuschelt. Wer kann schon stehend freihändig beim Lesen des Klappentextes feststellen, ob ihm der Achthundertseitenroman wirklich die erhoffte Urlaubslesefreude bieten wird. Eine halbe Stunde Probelesen in natürlicher Lesehaltung ist da die bessere Entscheidungsgrundlage.

Martin verläßt die Buchhandlung mit dem »Hotel New Hampshire« von John Irving, den »Algorithmen« von Robert Sedgewick sowie einem Münchner Stadtplan. Der Stadtplan ist am einfachsten zu erklären, er soll Martin den Weg zum Usertreffen zeigen.

Das »Hotel New Hampshire« hat Martin bereits auf englisch gelesen, John Irving ist sein Lieblingsautor. Martin mag die unglaublich phantasievollen Geschichten, in denen Lachen und Weinen immer nah beieinander liegen. John Irving liebt seine Romanfiguren, aber er mutet ihnen auch einiges zu. Auch seinen Lesern mutet er einiges zu, wenn er zum Beispiel irgendwelche Vorkriegs-Geburtshilfetechniken beschreibt. Er hat auch einen sehr großen Wortschatz, der Martins Schulenglisch bei weitem übersteigt. Da hilft auch häufiges Angucken von »Monty Python's Flying Circus« und »Golden Girls« auf englisch mit holländischen Untertiteln nicht unbedingt weiter.

Martin pflegt englische Bücher zu lesen, ohne viel im Wörterbuch nachzugucken. Das meiste reimt er sich zusammen, doch irgendwie ist das Leseerlebnis nicht so dicht, wie wenn man wirklich jedes Wort versteht. Und gerade bei John Irving kann man manchmal gar nicht glauben, was man da liest. Darum hat Martin sich angewöhnt, die Bücher immer in beiden Sprachen zu lesen. Dann hat er zweimal Freude dran, und doch ist es nicht das gleiche.

Die »Algorithmen« sind ihm in der Computerabteilung über den Weg gelaufen, und er hat in der Mailbox gehört, daß das ein Klassiker ist. Das Buch beschreibt Methoden, mit denen man die verschiedensten Probleme vom Computer lösen lassen kann. Wie sagt man ihm zum Beispiel, daß er eine Liste von Wörtern alphabetisch sortieren soll? Je nachdem, in welcher Unordnung sich die Datei befindet, sind unterschiedliche Methoden sinnvoll. Kann man davon ausgehen, daß die meisten Elemente nicht weit von ihrem richtigen Platz entfernt sind, dann läßt man den Computer die Elemente einfach von vorn nach hinten darauf durchsehen, ob das vorige Element im Alphabet auch tatsächlich vor dem folgenden Element kommt. Wenn nicht, werden beide vertauscht. Am Ende angekommen, muß man den Durchlauf wieder von vorn beginnen, bis der Computer keine falsch stehenden Elemente mehr findet. Bei jedem Durchlauf steigen zu weit hinten liegende Elemente wie Blasen weiter nach oben. Darum heißt diese Methode auch Bubblesort. Wenn in der Wörterliste jedoch totales Chaos herrscht, dann teilt man sie zunächst in kleinere Abschnitte auf und schafft innerhalb dieser Abschnitte Ordnung. Anschließend werden jeweils zwei der Abschnitte zusammensortiert und dann jeweils zwei der zusammensortierten

Abschnitte, bis die ganze Datei sortiert zusammengefügt ist.

Es gibt noch viel mehr Möglichkeiten und vor allem natürlich noch viel mehr Programmierprobleme. Alle lassen sich in lauter einzelne kleine Logikschritte aufspalten, so daß sie vom Computer bearbeitet werden können. Da sieht man mal wieder, wie unglaublich unser Gehirn ist. Es macht solche Sachen, ohne daß wir groß darüber nachdenken müssen. Dummerweise wird Martin beim Lesen der »Algorithmen« noch viel weniger verstehen als bei John Irving, weil die Programmierbeispiele alle in C++ sind – ein bißchen zu hoch für einen Anfänger.

Die dritte Attraktion am Marienplatz ist der Beck am Rathauseck. Der Beck ist so sehr Institution, daß seine Eigenschaft als Bekleidungshaus fast in den Hintergrund tritt. Im Beck kauft man Weihnachten altes Blechspielzeug, im Fasching Pappnasen, Ostern bemalte Eier, und zwischendurch ißt man oben im vierten Stock ganz prima kleine Dim-Sum-Mahlzeiten, probiert in ausgedienten Taucherglocken schräge Klamotten an, natürlich ohne die geringste Absicht, sie zu kaufen, und nimmt statt dessen einen Pfefferstreuer von Alessi aus Edelstahl mit nach Hause.

Martin macht noch eine Runde über den nahen Viktualienmarkt, immer den Touris nach, und ißt völlig unbayerisch zwei Weißwürste mit Pappbrötchen und lätschertem Bier. Unbayerisch nicht wegen des Pappbrötchens, sondern wegen der Zeit. Weißwürste ißt man nur bis zwölf Uhr mittags. Doch inzwischen ist es schon sechs, und Martin macht sich auf die Suche nach seinem Auto. Natürlich hat es inzwischen eine dicke Knolle über sechzig Mark. Münchner Preise.

Mit Hilfe des Stadtplans findet Martin die Rosenlaube relativ schnell. Da es erst halb sieben ist, bleibt er erst mal im Wagen sitzen und fängt an, das »Hotel New Hampshire« zu lesen.

Kurz vor sieben wird es vor der Kneipe lebendig. Zwei alte Rostlauben parken neben ihm ein, etwas weiter ein nachgemachter Ferrari. Aus den drei Autos quellen insgesamt zwölf Personen und streben dem Eingang der Rosenlaube zu. Martin schließt sich unauffällig an und merkt sofort, daß er richtig ist. Wortfetzen wie »Cyberspace«, »User« und »CD-ROM« dringen an sein Ohr.

Die Rostlaube, äh, Rosenlaube, ist offensichtlich ein Etablissement für die ältere Generation. Im Hauptraum sieht Martin im Vorbeigehen ältere Paare sitzen und saufen. Doch der Kellner dirigiert die Ankömmlinge schnell in den reservierten Nebenraum. Der Raum sieht aus, als wäre er extra ausgeräumt worden. Ganz im Gegensatz zum Rest des Lokals sieht man hier nur nackte Tische und Wände. Wahrscheinlich befürchtet die Geschäftsleitung, daß die User die Plastikblumen essen könnten.

Martin kann keinen einzigen seiner Online-Bekannten am Aussehen erkennen. Doch zum Glück haben die Sysops, also die Betreiber der B.O.X., vorgesorgt. Als Namensschildchen liegen Diskettenaufkleber bereit. Jeder, der reinkommt, schreibt seinen Usernamen auf einen Aufkleber, pflückt ihn von der Trägerfolie und pappt ihn sich auf Hemd, T-Shirt, Pulli oder Lederjacke. Sakkos sind kaum vertreten. Dafür gibt es einen User namens Blazer.

Martin setzt sich an einen Tisch und beobachtet die Hereinkommenden. Das Durchschnittsalter dürfte unter dreißig liegen, aber einige Ankömmlinge sind auch wesentlich älter. Die meisten User sehen ziemlich normal aus. Nur etwas blaß sind sie, Urlaubsbräune hat Seltenheitswert. Und die Frauenquote liegt bei höchstens zwanzig Prozent. Ein Glück, daß für ihn das Rennen bereits gelaufen ist.

Ein Typ läuft dicht an Martin vorbei, »Katastro« steht auf seinem Aufkleber. Wahnsinn, den hat er sich ganz anders vorgestellt. Für Martin ist Katastro bisher groß, schlank und dunkel gewesen. Keine Ahnung, wieso. Was jedoch da vorbeitrottet, ist ein fröhlicher Dicker mit blonden Locken. Martin hat das gleiche Gefühl, wie wenn man zuerst das Buch gelesen hat und dann den Film sieht. Na ja, mal sehen, was besser ist.

Da Martin sich mit Katastro im Chat schon öfter ganz gut unterhalten hat, steht er wie zufällig auf und guckt, wo Katastro sich niederläßt. Der wird an einem der hinteren Tische mit großem Hallo begrüßt. Martin beschließt, sich ebenfalls dort sehen zu lassen. Sorgfältig darauf bedacht, sein Namensschild nicht zu verdecken, schlendert er an dem Tisch entlang und peilt die Usernamen der anderen. Da ist Moorhuhn, die sieht auch ganz anders aus, als er sie sich vorgestellt hat. Da sie studiert, hatte er ihr eine Brille angedichtet und die Haare kurzgeschoren. Doch sie scheint auch ohne Brille ganz gut zu sehen, und die Haare sind polang.

Mit am Tisch sitzt ein Yuppie, der optisch nicht ganz in die Runde paßt, weil er als einziger so angezogen ist, als wolle er irgend jemand auf der Stelle einen

Großrechner verkaufen. Die anderen stört das offensichtlich überhaupt nicht, sie unterhalten sich ganz prächtig.

Dann ist da noch ein blasser Jüngling in einem zerschlissenen Jackett. Der würde keinen einzigen Großrechner loswerden, höchstens Taschenrechner bei Karstadt. Einen Stuhl weiter sitzt ein rundliches Mädchen mit der Brille, die Martin eigentlich Moorhuhn zugedacht hatte. Sie ist in ein Gespräch mit dem zerschlissenen Jackett vertieft und läßt einen Dampframmencharme spielen, der sogar ausgewachsene Heiratsschwindler in die Flucht treiben würde.

Um Martin kümmert sich niemand, und so setzt er sich einfach kommentarlos auf einen freien Stuhl. Er versucht, den drei verschiedenen Gesprächen zu folgen, die sich kreuz und quer über den Tisch verknäueln, um im passenden Moment mit einer intelligenten Bemerkung auf sich aufmerksam zu machen. Doch live ist das viel schwieriger als im Chat, wo man die unterschiedlichen Gesprächsfetzen alle nacheinander serviert bekommt und genau verfolgen kann, welcher zu welchem Gespräch zwischen welchen Personen gehört. Man kann sogar zurückblättern, wenn man was verpaßt hat oder kurz auf dem Klo war. Dieses Feature fehlt bei einem persönlichen Gespräch völlig. Dafür muß man aber auch seine Gefühle nicht in Klammern hinzusetzen.

Martin hat die Befürchtung gehabt, daß die User im Original vielleicht nicht sehr mitteilsam sein könnten. Daß sie, ihrer Tastaturen beraubt, praktisch mundtot sein würden. Schließlich heißt es doch immer, daß Computer einsam machen, daß Computerleute unfähig zu sozialen Bindungen seien, daß Computer sogar Ehen zerstören können. Vielleicht stimmt das, wenn Computerleute auf die falschen Gesprächspartner treffen. Aber hier steigt der Geräuschpegel ständig, es brummt geradezu vor Kommunikation. Dabei ist es erst halb acht, und gerade die Hälfte aller Stühle sind besetzt. Die leeren Stühle kommen allerdings zumTeil daher, daß es die User einfach nicht auf ihren Plätzen hält. Ständig rennen sie hin und her, um hier einen Bekannten zu begrüßen, dort eine dumme Bemerkung loszuwerden, beim nächsten Kumpan die lange vermißten, ausgeliehenen CDs einzutreiben und einen weiteren nach Programmiertips für das eigene Computerspiel zu fragen.

Plötzlich geht ein Raunen durch die Menge. Wer ist denn jetzt gekommen?

»Wer ist denn das?« fragt Martin seinen Nebenmann Katastro.

»Na Carl, der Sysop.«

»Und wer war das da vorne, der die Aufkleber verteilt hat?«

»Das war einer von den Cosysops, Thorsten.«

Der Sysop, der sich an einem der mittleren Tische niederläßt, wird sofort von einer Horde User umringt. Es kommt Martin ein bißchen vor wie der Tanz ums Goldene Kalb. So was kann er auf den Tod nicht ausstehen. Da man ihm seine Gemütsregungen immer ziemlich deutlich ansieht, meint Katastro: »Tja, der Carl läßt sich halt gern anbeten. Aber solche Leute muß es auch geben, wer würde sonst die Mühe auf sich nehmen und eine Mailbox aufmachen.«

»Stimmt, viel Geld ist damit vermutlich nicht zu machen, bei hundertachtzig Mark Jahresbeitrag. Obwohl, das kommt natürlich ganz auf die Zahl der zahlenden User an. Übrigens, ich bin Fastfood, wir kennen uns schon aus dem Chat.«

Katastro wirft einen Blick auf Martins Namensschild.

»Hi Fastfood, schön, dich zu sehen. Soll ich dir mal die andern vorstellen?«

»Das wäre echt nett.«

So kriegt Martin die Namen der letzten drei Tischgenossen auch noch mit. Der Yuppie ist Nestor, den hatte Martin sich viel jünger vorgestellt. Die kleine Runde ist Missy, die hatte Martin sich als so eine Art Claudia Schiffer für Arme vorgestellt. Und das zerschlissene Jackett ist Michael, einer der wenigen, die phantasievollerweise ihren Vornamen als Usernamen führen. Er ist Redakteur bei einer PC-Zeitschrift.

Langsam steigt Martin durch die Gespräche durch. Am einfachsten ist es bei Missy/Michael: Sie will ihn dazu überreden, jetzt sofort mit ihr ins Kino zu gehen, um sich Terminator II anzugucken. Er versucht vergeblich, ihr klarzumachen, daß er erstens nicht vom Usertreffen weg will und zweitens auch dann nicht mit ihr ins Kino gehen würde, wenn es keine andere Möglichkeit gäbe, den Abend zu verbringen und sie außerdem die letzte Frau auf der Welt wäre. Da man dies kaum höflich sagen kann, ist er nicht in der Lage, sich verständlich zu machen.

Katastro und Moorhuhn tratschen über andere User. Im Moment geht es gegen eine Userin, auf die Martin im Chat nicht sonderlich geachtet hat. Laut Moorhuhn hat sie sich zum Ziel gesetzt, in möglichst kurzer Zeit möglichst viele User zu verführen. Ihr Username ist Charlyc. Zur Zeit ist sie mit einem Typen namens Vampir zusammen, was sie jedoch nicht hindert, mit einem weiteren User namens Bbb in Urlaub zu fahren und einen dritten User unter dem Vorwand zu besuchen, daß sie nur bei ihm ihre Disketten kopieren könne.

Jetzt bewegt sich ein kolossaler Mensch auf den Tisch zu. Er ist groß und massig und trägt eine schwarze Lederjacke mit den verschiedensten Heavy-Metal-Abzeichen. Sicherheitsnadeln und Totenköpfe vervollständigen das Gesamtkunstwerk. Normalerweise würde sich Martin sofort unauffällig verdrükken, wenn sich so ein Typ in einer Kneipe an seinen Tisch setzen würde. Doch das Monster wird von den anderen mit großem Hallo begrüßt.

»Hi Floh, wie geht's?«

»Hi Floh, was macht der Zivildienst?«

»Hi Floh, hast du meine CDs dabei?«

»Hi Floh, läuft deine Box wieder?«

Jemand, der bei den anderen Usern so beliebt ist, kann nicht allzu gefährlich sein. Floh setzt sich neben Nestor und fängt sofort an, mit diesem die Vorteile von UNIX gegenüber DOS und Windows zu erörtern. Der Gegensatz zwischen den beiden könnte nicht größer sein: Nestor ist vielleicht 26, klein, schmal, kurze gefönte Haare, trägt Brille, Sakko, Hemd und Stoffhose. Floh ist so um die zwanzig, ungefähr einsneunzig groß, hundertzwanzig Kilo schwer, hat lange fettige Haare und wirkt auf Martin wie ein Schläger, dem man besser aus dem Weg geht. Nestor und Floh hätten sich ohne die B.O.X. sicher nie kennengelernt, weil das Outfit des jeweils anderen sie davon abgehalten hätte, sich einander in freier Wildbahn auch nur auf fünf Meter zu nähern.

Floh scheint keineswegs so wild zu sein, wie er aussieht. Welcher Rowdy würde den Zivildienst schon einem interessanten Dienst an der Waffe vorziehen. Er ist auch keineswegs auf den Kopf gefallen, sondern scheint einer der UNIX-Gurus der B.O.X. zu sein. Ein paar andere User kommen an den Tisch, um ihn wegen ihrer Systeme um Rat zu fragen. Und als Floh sich anstelle eines Weißbiers oder einer Dose Methylalkohol eine heiße Schokolade bestellt, gerät Martins Weltbild für diesen Abend völlig ins Wanken. Aber er genießt es.

Als immer mehr User von seinen Tischgenossen lauthals begrüßt werden, weist Martin darauf hin, daß er überhaupt niemand kennt. Sofort erbietet sich Katastro, ihm ein paar Leute vorzustellen. Eine besonders exotische Gestalt ist Pedro, der seinen Hund Ulli dabei hat. Ulli ist ein halber Blauwolf und ziemlich wild, aber sehr freundlich. Er rollt mit einem zweibeinigen Ulli auf dem Fußboden herum. Die beiden balgen sich um einen Schuh, den sie dem Sysop ausgezogen haben.

Ullis Besitzer hat Haare bis zur Taille, die er sich gerade nach vorn ins Gesicht hängt. Über die Haare setzt er sich eine dunkle Sonnenbrille und darauf den schwarzen Lederhut, von dem er sich nach Katastros Darstellung niemals trennt. Katastro erzählt auch, daß Pedro ein begehrter freier Programmierer ist und in seiner Freizeit in einer Rockband spielt. Aber im Moment, mit dem völlig von Haaren verdeckten Gesicht, sieht er eher aus wie ein Troll, der sich verlaufen hat. Dieser Eindruck wird dadurch unterstrichen, daß Pedro überall anstößt, weil er durch die Haare und die Sonnenbrille nichts sehen kann.

Die Kellner blicken mittlerweile auch nicht mehr so richtig durch. Das Chaos hat sie zu der Erkenntnis gebracht, daß es keine gute Idee war, erst am Schluß der Veranstaltung zu kassieren. Verwirrt huschen sie zwischen den Tischen herum und versuchen, sich einen Reim auf die so verschiedenartigen Leute zu machen, die sich so gut zu verstehen scheinen, obwohl sie zum großen Teil ein völlig unverständliches Kauderwelsch aus Deutsch, Englisch und eingedeutschtem Englisch von sich geben. Schließlich ziehen sich die Kellner fast ganz zurück, so daß es schwierig wird, etwas zu trinken zu bestellen.

Als Katastro und Martin zu ihrem Tisch zurückkehren, schallt ihnen lautes Gelächter entgegen.

»Habe ich euch schon erzählt, wie wir dieses Unfallopfer aus Budapest abholen sollten?« fragt Floh gerade.

Katastro erklärt Martin, daß Floh zwecks Zivildienst einen Rettungswagen fährt.

»Nein, erzähl, war es sehr zermatscht?« fragt Moorhuhn, die Biologie-Studentin, interessiert.

»Das kommt später. Also, es fängt damit an, daß mein Beifahrer seinen Ausweis vergessen hatte.«

»Na toll, was habt ihr gemacht?«

»Er hat sich hinten auf die Pritsche gelegt, ist doch klar. Und dann bin ich mit Blaulicht an die österreichische Grenze rangefahren.«

»Geil, und wie ging's dann weiter?« fragt Katastro.

Flohs Story ist eine harte Strapaze für alle umliegenden Lachmuskeln. Zum Beispiel die Stelle, wo sie versuchen, in Budapest im Freibad zu schlafen und das nicht schaffen, weil da einfach zu viele Mädchen in Badeanzügen sind. Oder die Stelle, wo sie in dieses

Dampfbad gehen und zu spät mitkriegen, daß man sich in Tschechien zu diesem Zweck ein kleines Schürzchen umbindet.

Nestor rutscht halb unter den Tisch und kreischt von dort: »Weiter, weiter!«

»Einer hatte es allerdings andersrum an, bei dem war das Schürzchen hinten und das Schleifchen vorn. Wir also wieder raus zur Kasse, nackt wie wir waren. Und gefragt: ›Where do we get this?‹, und dabei so vorne hin gedeutet. Es stellte sich dann raus, daß wir die Schürzchen gleich an der Kasse hätten mitnehmen sollen.«

Noch lange, nachdem Floh mit seinem Unfallopfer wohlbehalten in München angekommen ist, bringt keiner am Tisch ein vernünftiges Wort heraus. Martin braucht zehn Minuten, um wieder zu Atem zu kommen, und den anderen scheint es nicht anders zu gehen. Nestor schafft es schließlich, für den ganzen Tisch Tequila zu bestellen.

Dann kommt von Katastro die Frage, die Martin schon den ganzen Abend befürchtet hat. Schließlich haben die anderen sein Techtelmechtel mit Mausi ja live am Bildschirm mitbekommen. Jedenfalls den Teil, der sich in der öffentlichen Konferenz abspielte.

»Wie ist es denn nun mit Mausi? Triffst du sie dieses Wochenende?«

Martin zögert kurz, denn wenn er jetzt zugibt, daß er Mausi morgen treffen will, dann wird man sich unweigerlich bei nächster Gelegenheit erkundigen, wie das Treffen verlaufen ist. Aber da ihm selbst die ganze Zeit auch nichts anderes im Kopf herumgeht, ist er im Grunde froh, drüber reden zu können.

»Ja, ich bin morgen mit ihr verabredet.«

»Wo denn?«

»Ihr wollt wohl zum Spannen kommen, nein, das wird nicht verraten.«

»Na ja, du kannst uns dann ja am Sonntag beim Frühstück erzählen, wie es war.«

»Sonntag?«

»Ja, da trifft sich der harte Kern immer zum Frühstück, so gegen zwei im Albert Einstein.«

Martin schreibt sich die Adresse auf.

»Vielleicht schaut ihr zwei Turteltauben dann ja sogar zusammen vorbei«, schlägt Moorhuhn vor.

»Ach ja, schön wär's schon, wenn es mit Mausi klappen würde«, träumt Martin.

»Wir haben schon mehrere Online-Paare«, baut Moorhuhn ihn auf, »warum sollte es mit dir und Mausi nicht klappen. Ihr müßt doch schon gemerkt haben, ob ihr zusammen paßt oder nicht.«

»Und wenn sie in Wirklichkeit ganz anders ist?«

»Ach was, kein Mensch kann sich so verstellen, das wirkt dann immer irgendwann künstlich, so gute Schauspieler, äh, oder besser gesagt, Schauschreiber, gibt es gar nicht«, beruhigt ihn Michael, der es als berufsmäßiger Schreiberling ja wohl wissen muß.

Schließlich löst sich die Veranstaltung auf, und die letzten zwanzig User, zu denen auch Martin gehört, müssen zusätzlich zu ihrer Zeche jeder noch zwanzig Mark bezahlen, da angeblich noch rund vierhundert Mark von der Gesamtrechnung offen sind.

Gegen zwei Uhr früh trifft Martin wieder bei seinen Gastgebern ein. Zum Glück hat er einen Schlüssel mitgekriegt und kann unbemerkt in seinen Keller schleichen. In seinen Alpträumen hat Mausi an jeder Hand vier Kinder.

Daheim im Hochhaus hängt Matthias Kuchenbrett an der Leitung. Ausnahmsweise an der eigenen. Er telefoniert mit Gesine. Ganz legal und ganz lange.

»Du bist schon so lange weg«, schmollt er.

»Ja, mir kommt es auch schon ewig vor. Aber du mußt noch ein paar Tage durchhalten.«

»Ich war ja lange allein, und es hat mir nie was ausgemacht. Aber plötzlich ist es öde.«

»Entzugserscheinungen?« fragt sie halb liebevoll und halb ironisch. »Ich wäre ja auch lieber bei dir, aber schließlich muß ich irgendwie meine Brötchen verdienen.«

»Aber du bist doch selbständig, kannst du nicht von hier aus arbeiten?«

»Wie meinst du das? In deiner Chaoswohnung?«

»Na ja, wir könnten uns eine größere Wohnung nehmen und ...«

»Du bist vielleicht lustig. Wir sind gerade mal ein paar Tage zusammen.«

»Meinst du, ich lasse dich jemals wieder gehen?«

»Schnuckimaus, ich glaube dir ja, daß du das ernst meinst ...«

Meint er auch.

»Aber ich glaube doch, daß wir nichts überstürzen sollten.«

»Ach, laß uns doch ein bißchen stürzen.«

»Auf jeden Fall bist du der erste Mann mit solchen Anwandlungen, und das finde ich süß.«

»Was für Anwandlungen?«

»Na ja, normalerweise müßte ich doch klammern, und du müßtest Freiheitsdrang entfalten.«

»Hm, wahrscheinlich lese ich zu wenig Frauenzeitschriften.«

»Oder Männerzeitschriften.«

»Stimmt, die lese ich auch nicht. Was steht denn da drin?«

»Ich bringe dir nächstesmal eine mit, die lesen wir dann zusammen im Bett.«

»Also, ich würde im Bett ja lieber was anderes mit dir machen.«

»Hm, da hast du auch wieder recht, also lassen wir das.«

»Au ja, und wann ziehen wir nun zusammen? Ich meine das wirklich ernst.«

»Ich könnte dich auffressen, mein kleiner Spinner, aber einer muß doch hier einen kühlen Kopf bewahren. Laß uns doch erst mal abwarten, wie das alles so wird.«

»Ach, Süße, laß mich doch nicht so zappeln!«

»Das hat doch nichts mit Zappeln lassen zu tun, ich will nur sicher sein, daß wir keinen Fehler machen. Weißt du, das wäre sicher schlimm für uns beide.«

»Na gut, und wie lange brauchst du, um sicher zu sein?«

»Oh, Mann, du kannst einen vielleicht unter Druck setzen. Aber irgendwie finde ich das schön.«

»Gut, dann rufe ich schon mal ein paar Makler an.«

»Der Typ ist unverbesserlich!« stöhnt Gesine in gespielter Verzweiflung.

»Was willst du denn verbessern?«

»Ach, eigentlich nichts. Also sei ein braver Computerfreak, und nimm ein paar Computer auseinander. Dann vergeht die Zeit schneller.«

»Na gut, dann schlaf schön. Smack!«

»Küßchen, bis bald.«

Gesine legt es wirklich nicht darauf an, Matthias

zappeln zu lassen. Sie traut nur ihren eigenen Gefühlen nicht. Kann man überhaupt so verliebt sein? Wie gern wäre sie jetzt bei ihm in Düsseldorf. Komischer Gedanke, wieder in das Hochhaus zu ziehen, wo sie vor so vielen Jahren mit Martin gelebt hat. Komisch, aber irgendwie nicht übel. Und noch so ein komischer Zufall: Beide fangen mit M an.

Da Matthias gerade keine Computer auseinanderzunehmen hat, sucht er sich eine andere Beschäftigung. Kurze Zeit später hat er herausgefunden, daß irgendwo im Hochhaus ein Typ wohnt, der seine eigene Tante telefonisch belästigt. Natürlich anonym. Und dann ruft er sie ganz normal an und läßt sich von dem anonymen Wüstling erzählen. Kuchenbrett hat den Eindruck, daß der Tante die Empörung über den Wüstling genausoviel Spaß macht wie dem Wüstling das wüsteln. Jetzt hat sie wenigstens etwas, worüber sie sich aufregen und worüber sie am Telefon sprechen kann. In ihrem Leben scheint sonst nicht viel los zu sein.

Ob sie insgeheim ahnt, wer der Anrufer ist? Am liebsten würde Kuchenbrett es ihr sagen, nur, um die Reaktion zu testen. Vielleicht würde sie darauf bestehen, daß ihr Neffe sie weiterhin belästigt. Kuchenbrett fragt sich, ob die Sache nur durchs Telefon funktioniert. Es wäre doch viel gemütlicher, wenn ihr ferkeliger Verwandter sie einfach besuchen käme und dann bei Tee und Keksen ein bißchen schweinigeln würde. Notfalls könnte er sich dabei ja hinter der Küchentür verstecken – oder hinter der Durchreiche zur Eßecke.

VIII

Überraschungen

Am nächsten Morgen wacht Martin ganz ohne Wekker auf. Sofort ist er voll da und springt klopfenden Herzens aus dem Bett. Gründlich duschen, ist ja klar. Zähneputzen kann auch nicht schaden. Klamotten hat er sich schon zurechtgelegt: saubere Jeans, lila Baumwollhemd, Wildlederblouson. Bei den Schuhen schwankt er zwischen Turn- und Kundenschuhen, entscheidet sich dann für Kundenschuhe, also gute Lederschuhe. Frühstück? Nein, zum Frühstück sind sie ja verabredet. Kaffee gibt's auch noch nicht. Macht nichts, er ist sowieso schon aufgeregt genug. Martin schmeißt sich ins Auto. In der Stadt wieder die beliebte Parkplatzsuche. Samstag vormittag ist natürlich tödlich, daran hätte er denken sollen. Aber zum Glück ist im dritten Parkhaus, das er ansteuert, noch etwas frei. Umweltschützer müßte man sein.

Martin ist spät dran. Trotzdem pirscht er sich vorsichtig an die Kneipe heran. Sie hat große Scheiben nach vorne raus, darum kann er sich nicht allzu auffällig benehmen. Man soll ihm sein Blind Date schließlich nicht schon von weitem ansehen. Er hat Mausi zwar nicht gerade durch eine Kontaktanzeige kennengelernt, aber die Situation ist fast die gleiche. Nur mit Diskette auf dem Tisch statt Rose im Knopfloch. Der Laden ist voll. Fast alles Männer, da wird er Mausi ja leicht finden.

Ganz vorne am Fenster, an einem kleinen Zweiertisch, sitzt ein Typ allein. Schmal, aber irgendwie gutaussehend. Dunkle Augen, blonde Haare, ernstes, intelligentes Gesicht. Der Typ spielt nervös mit einer Diskette herum. Ihre Augen begegnen sich durch die Scheibe. Martin sieht den andern rot werden. Martin will weglaufen. Nein, er will nicht weglaufen. Als wäre es die normalste Sache von der Welt, geht er in die Kneipe rein und setzt sich zu dem fremden Typ an den Tisch.

Kein Wunder, daß Mausi gezögert hat, ihn zu treffen. Martin fühlt sich etwas benommen. So, als wüßte sein Gehirn nicht, was es jetzt denken soll. Normalerweise müßte er jetzt anfangen zu heulen. Aber kann man um eine Frau heulen, die man noch nie gesehen hat und die außerdem gar keine ist?

»Hast du schon lange gewartet?«

»Nein, bin grade erst gekommen.«

»Ich glaube, ich brauche jetzt erst mal einen Kaffee. Und Frühstück. Was gibt's denn hier so?«

Der Typ schaut Martin verlegen an: »Du bist nicht sauer? Ich dachte, du würdest mich umbringen.«

Martin fällt dazu im Moment nichts ein als: »Abwarten, vielleicht mach ich das ja noch.«

Als er sieht, wie sein Gegenüber zusammenzuckt, tut ihm der Spruch sofort leid. Das Gefühl, das ganz langsam in Martin hochsteigt, ist nicht Wut, sondern Traurigkeit.

»Kleiner Scherz, entschuldige. Ich glaube, ich bin grad' nicht ganz auf der Höhe.«

»Ich bin an allem schuld, ich hätte das nicht machen sollen. Es tut mir leid. Übrigens, ich heiße Georg.«

»Hallo, Georg. Ich bin Martin.«

»Hab' ich mir nicht denken können.«

Da kommt wieder was von dem Mausi-Charakter durch, den Martin so gut kennt. Er denkt an die vielen gemeinsam verchatteten Abende. Noch nie hat er jemand getroffen, mit dem er so gut über alles reden konnte. Über wirklich alles. Eigentlich müßte er sich jetzt total reingelegt fühlen. Aber wenn er diesen Georg so ansieht, diese großen, traurigen, dunklen Augen, dann kann er ihm gar nicht böse sein. Vielleicht wäre nach diesen Gesprächen jede Frau eine genauso große Enttäuschung gewesen. Nur eins wundert ihn: Im Chat ist Georg immer ausgesprochen forsch aufgetreten. Der Georg-Mausi, der da vor ihm sitzt, macht jedoch einen eher schüchternen Eindruck.

»Äh, was hast du gesagt?«

»Ich sagte, du mußt nicht hierbleiben. Ich bin nicht böse, wenn du einfach abhaust.«

»So schnell wirst du mich nicht los, ich will jetzt erst mal anständig frühstücken.«

»Wenn du willst, bestell ich für dich. Ich lade dich auch ein, als Wiedergutmachung.«

»Jetzt hör aber auf, ich bin schließlich freiwillig hergekommen. Aber o.k., bestell mal ein anständiges Frühstück, ich kenn' mich hier schließlich nicht so aus.«

Das Frühstück wird bestellt und kommt prompt, mit Kaffee, frischem Orangensaft, prima Wurst und Käse und riesigen gekochten Eiern.

»Lange nicht mehr so gut gefrühstückt«, meint Martin, »alles frisch und kein Plastik.«

»Stimmt, in Schwulenläden gibt's immer das beste Essen«, erklärt Georg und grinst vorsichtig.

Martin grinst zurück: »Guter Tip, muß ich mir merken.«

Der akute Frauenmangel in dieser Kneipe ist also kein Zufall.

Nach dem Ei fühlt Martin sich gestärkt genug, um eine ernsthafte Frage abzuschießen: »Sag mal, wie bist du drauf gekommen, dich in der B.O.X. als Frau auszugeben? Du machst das doch schon länger, oder? Ich meine, als ich neu in die B.O.X. kam, da warst du als Mausi ja schon allen bekannt.«

»Ja, da kam eins zum andern. In meiner Umgebung gibt's einfach keine Typen, die zu mir passen. Ich wohne ziemlich außerhalb, und da draußen gibt's praktisch überhaupt keine Schwulen. Also, es gibt natürlich schon welche, aber die bekennen sich nicht dazu. In der Arbeit, also in der Redaktion, wissen sie natürlich schon, daß ich schwul bin. Es gibt auch keine Probleme deswegen. Aber das nützt mir auch nichts. Die letzte Möglichkeit wären dann so Anmachkneipen. Aber das ist nicht mein Fall. Nicht, daß die Typen nicht auf mich stehen würden. Aber da komme ich mir vor wie bei der Fleischbeschau im Schlachthaus. Ich hab' jemand gesucht, mit dem ich reden kann, der mich versteht. Ich mache schon lange in Mailboxen rum, weißt du, auch schon in anderen Systemen. Aber immer, wenn ich mal angedeutet habe, daß ich schwul bin, kam irgend so ein Arschloch daher und hat mich übel angemacht. Es haben mich dann zwar auch immer welche verteidigt, die Mehrheit sogar, aber ich habe irgendwann einfach keine Lust mehr gehabt, quasi ständig mit dem Rücken zur Wand zu stehen. Tja, da habe ich Mausi erfunden. Von da an war ich bei allen beliebt.«

»Aber du konntest nicht mehr zu den Usertreffen gehen.«

»Stimmt, das ist natürlich ein Nachteil. Übrigens, ich muß dir noch was sagen: Ich wollte nicht, daß das passiert.«

»Daß was passiert?«

»Na ja, ich wollte mich nur unterhalten, ich wollte dich nicht... äh, es hat sich dann eben so ergeben, weil wir uns so gut verstanden haben, da kam dann eins zum andern. Aber du sollst nicht denken, daß ich das von Anfang an geplant habe oder so. Es wäre ja auch völlig sinnlos gewesen.«

»Ist schon o.k. Was macht man hier in Bayern eigentlich üblicherweise nach dem Frühstück?«

»Ich könnte dir ja die Redaktion zeigen.«

»Ja, das wäre bestimmt lustig. Aber kommt man da überhaupt am Wochenende rein?«

»Klar, jeder hat 'nen Schlüssel. Wir arbeiten oft am Wochenende, hast du ja schon mitgekriegt. Außerdem muß ich da sowieso noch vorbei, weil ich gestern eine Diskette vergessen habe.«

»Na, dann los.«

Martin läßt Georg das Frühstück bezahlen, weil das einfacher ist, als ihn vom Gegenteil zu überzeugen.

Sie fahren mit Martins Auto, Georg ist mit der S-Bahn da. Die Redaktion der »PC Sensationell« liegt etwas außerhalb, ganz in der Nähe von Martins Wochenenddomizil. Das Haus sieht aus, als wäre hier eine etwas heruntergekommene Spedition untergebracht. Nichts weist darauf hin, daß hier »von rücksichtslosen Profis gnadenlose Testberichte geschrieben werden, vor denen die gesamte Branche zittert« (so die Werbung für »PC Sensationell«).

Hinter dem Eingang türmen sich riesige Kistenberge. »Testgeräte, die zurückgeschickt werden müssen«, erklärt Georg. Dann kommt ein langer Flur, von dem links und rechts Zimmer abgehen. In jedem Zimmer sitzen zwei Redakteure, d. h. im Moment sitzen sie da natürlich nicht, aber am Montag werden sie wieder da sitzen. Georg zeigt in ein Zimmer, aus dem es etwas streng riecht: »Hier hat der Franz gewohnt.«

»Wie, gewohnt?«

»Na ja, der Franz, der war hier Redakteur. Und er hat ein halbes Jahr lang hier unter diesem Schreibtisch geschlafen. Er hatte keine andere Wohnung. Natürlich haben wir hier keine Dusche. Deshalb riecht es immer noch etwas franzig.«

»Aber der Dings, äh, Franz ist nicht mehr da?«

»Nein, er ist rausgeflogen. Aber nicht, weil er gestunken hat, sondern weil er das Netzwerk gehackt und das dann auch noch an die große Glocke gehängt hat. Als Dank hat er uns noch einen Virus im Netz hinterlassen. So ein Arsch.«

»Und was macht der jetzt?«

»Er war eine Weile untergetaucht, aber jetzt ist er wieder da. Als stellvertretender Chefredakteur bei der Konkurrenz.«

»Echt? Und schläft er da auch unterm Tisch?«

»Nein, sie haben ihm die Hausmeisterwohnung gegeben. Dafür muß er halt außer Artikel schreiben auch noch die defekten Leuchtstoffröhren auswechseln und den Müll rausbringen.«

Das Computerzeitschriftengewerbe scheint eine interessante Branche zu sein. Fast so lustig wie Tampons verkaufen.

»Und wo ist dein Büro?«

»Ich sitze hier.« Georg zeigt in einen kleinen Raum, in dem nur ein einzelner Schreibtisch steht. Das heißt, den Schreibtisch kann man nur vermuten. Er befindet sich wahrscheinlich unter dem großen Haufen aus Kisten, Handbüchern und Papier, der den größten Teil des Raumes einnimmt. Aus dem Haufen ragt ein Monitorarm, der so eingestellt ist, daß der Monitor auf dem Papierhaufen ruht und ihn so am Umherfliegen hindert. Die Tastatur liegt verkehrtrum auf dem Fußboden auf einem Handtuch.

»Da ist mir gestern Kaffee reingelaufen«, erklärt Georg achselzuckend. Komisch, Computer scheinen Kaffee irgendwie magisch anzuziehen. Warum nicht mal Alt- oder Weißbier?

Sie gehen weiter den Flur entlang, am Kopierer vorbei in einen größeren Raum, der aussieht, als würden hier Herztransplantationen am offenen PC durchgeführt.

»Das ist unser Labor und«, Georg zeigt auf einen großen Käfig, der in einer Ecke auf dem Fußboden steht, »das sind unsere Laborratten.«

»Ratten?«

»Ja, sie sind ganz zahm.«

Er öffnet den Käfig und ruft: »Stefan, Benjamin, Fressi!«

Schon kommen zwei große braune, wohlgenährte Ratten aus dem kleinen Häuschen und schnuppern an Georgs Hand. Er nimmt eine davon hoch und hält sie Martin hin.

Der ist erstaunt, wie weich und flauschig das Fell ist.

Georg setzt die Ratten in den Käfig zurück: »Aber wenn der Chef seinen Hund mitbringt, dann geht's hier rund. Der springt auf den Käfig, daß die Tür aufgeht. Dann rasen die Ratten raus und der Hund hinterher. Wer dann draußen auf dem Flur steht, hat keine Chance. Letztens ist Stefan der Redaktionsassistentin am Bein hochgeklettert. Sie hatte ausnahmsweise einen Rock an. Dann hat der Köter sie angesprungen, um die Ratte zu kriegen, und sie ist zu Boden gegangen. Knockout in der ersten Runde. Schließlich hat Benjamin sie noch angepinkelt. Da hat sie für den Nachmittag freigekriegt.«

»Hier zu arbeiten, das muß ja das reinste Irrenhaus sein.«

»Stimmt. Deshalb bleibe ich auch.«

»Und, haben wir jetzt alles gesehen?«

»Ich glaube schon. Hm, willst du nach Hause?«

»Nein, ich dachte nur, die Luft ist hier so trocken. Für einen Samstag in München jedenfalls.«

»Natürlich gibt es hier auch Weißbier, wenn du willst. Das ist schließlich eine bayerische Firma. Oder wir gehen zum Kreitmair.«

»Was ist der Kreitmair?«

»Ein großer Biergarten hier in der Nähe. Bißchen Schickimicki, aber hält sich tagsüber in Grenzen.«

»Klingt gut.«

»Oder hattest du was anderes vor?«

»Nein, ich habe mir den ganzen Tag freigehalten – für Mausi.«

»Ach ja, tut mir leid.«

»Also, was ist jetzt mit Biergarten?«

Kurze Zeit später sitzen sie hinter vollen Weißbiergläsern unter alten Kastanien. Während sein Glas sich unaufhaltsam leert, wird Martin sich seiner Traurigkeit voll bewußt. Mit Mausi ist nun alles aus.

»Weißt du, ich war in Mausi sehr verliebt.«

»Ja, ich weiß. Armer Martin.« Georgs Stimme klingt genauso traurig wie Martins. Der fühlt sich im Moment zwar selbst nicht besonders gut, aber Georgs Probleme möchte er auch nicht haben. Er legt seinen Arm um Georgs Schultern. So sitzen sie eine Weile schweigend da.

Dann fragt Martin: »Sag mal, warst du eigentlich überhaupt schon mal bei so einem Usertreffen?«

»Nein, früher nicht, und als Mausi konnte ich ja sowieso nicht mehr.«

»Und hattest du schon mal einen Freund?«

»Na ja, was heißt Freund, es hat nie lange gehalten. Das ist ja gerade mein Problem, ich weiß nicht, wie ich es anstellen soll, einen vernünftigen Typen zu finden. In den Schwulendiskos ist es halt genauso wie in 'ner normalen Disko, da lernt man doch auch keine vernünftigen Leute kennen, oder?«

Martin überlegt, ob er in einer Disko schon mal »vernünftige Leute« bzw. vernünftige Frauen kennengelernt hat. Nö, stimmt, hat er nicht.

»Hm, ich dachte immer, bei Schwulen wäre das alles nicht so schwierig.«

»Was? Es ist das Schwierigste überhaupt, schließlich ist die Auswahl viel kleiner. Wenn man dann noch gewisse Ansprüche stellt...«

»Ok, aber du wirst ja schließlich nicht der einzige vernünftige Schwule in der ganzen Gegend sein. Sicher auch nicht in der Dfü-Szene, wahrscheinlich noch nicht mal in der B.O.X. Da sind schließlich Hunderte von Leuten drin, und fast alles Männer.«

»Na ja, aber wenn ich mich jetzt oute, dann redet doch erst recht keiner mehr mit mir.«

»O Mann, soll das vielleicht immer so weitergehen? Hör zu, ich weiß, was wir machen. Morgen ist doch dieses Frühstück, wo immer alle hingehen. Da tauchen wir einfach ganz cool auf.«

»Bist du wahnsinnig, alle wissen doch, daß du dich hier in München mit Mausi treffen wolltest. Und wenn du dann mit mir kommst...«

»... dann erkläre ich allen, daß ich sauber auf dich reingefallen bin.«

»Alle werden dich auslachen.«

»Ach was, mit ein bißchen Gelächter kann ich leben. Solange Mausi mich nicht auslacht...« Er grinst.

Aber Georg ist noch nicht überzeugt.

»Hm, ich hab' echt Angst, was die mit mir machen. Vielleicht werde ich aus der Box rausgeworfen.«

»Wegen Vorspiegelung falscher Busen vielleicht? Ach komm.«

»Na gut, wenn du mitkommst, dann kriege ich es wenigstens nicht allein ab.«

»Klasse, das wäre also geregelt. Und was machen wir jetzt?«

Am Himmel sind inzwischen dunkle Wolken aufgezogen.

»Wir könnten online gehen. Fahren wir zu mir.«

»Gute Idee.«

Sie brechen ihre Zelte im Biergarten ab und düsen in den Münchner Norden, wo Georg ein kleines Appartement bewohnt.

Dort trinken sie Tee und loggen sich dann als *Mausi & Fastfood* ein. Sie tun so, als sei alles in bester Ordnung. Sie kündigen an, morgen zum Userfrühstück zu erscheinen.

Moorhuhn: super, dann kriegen wir das junge
Moorhuhn: glueck live zu sehen.
Wizard: har har, fastfood, dann spanne ich sie dir
Wizard: aus!
Nestor: ich wuensche euch alles gute, gebt ihr
Nestor: morgen einen aus?
Mausi & fastfood: nes: klar, wenn ihr uns lasst,
Mausi & fastfood: dann geben wir einen aus.
katastro: klar lassen wir euch, ausgeben ist immer
katastro: erlaubt.

Martin und Georg amüsieren sich inzwischen ganz gut über die Situation. Martin versteht langsam, wie Georg das Spiel so lange durchhalten konnte. Man muß sich nur selber weit genug in die Sache reinsteigern. Von da an spielen einem die Leute den Ball, den man ihnen hingeworfen hat, automatisch zurück. Wenn man einmal als eine bestimmte Person akzeptiert ist, braucht man gar nicht mehr ständig zu beweisen, daß man diese Person auch wirklich ist. Sogar, wenn man mal aus der Rolle fällt, wird einem das einfach als Scherz, schlechte Laune oder Kater ausgelegt.

Irgendwann wird die Chatterei den beiden langweilig. Die interessanten Leute haben sich alle ausgeloggt, jetzt sind nur noch ein paar Kids drin, die damit angeben, daß sie irgendwelchen Crackerbanden angehören. Zumindest meint Georg, daß das alles Angabe ist, und Martin weiß noch nicht mal, was Cracker sind.

»Ist Cracker das gleiche wie Hacker?«

»Spinnst du, das ist die größte Beleidigung für einen ehrenwerten Hacker.«

»Wieso das?«

»Also, Hacker, das sind bekanntlich die Typen, die in anderer Leute Computer einbrechen.«

»Elektronische Einbrecher also.«

»So sieht es das Gesetz, mehr oder weniger. Aber eigentlich stimmt das nicht. Einbrecher wollen ja was klauen. Hacker, die wollen nur beweisen, daß sie es schaffen, da reinzukommen. Normalerweise richten sie überhaupt keinen Schaden an. Sie hinterlassen Nachrichten für andere Hacker, daß sie zuerst da waren. So ähnlich wie Amundsens Flagge auf dem Südpol. Manchmal melden sie sich auch beim Systemadministrator und erzählen dem, wie unsicher sein System ist. Dann macht der die Löcher zu, und andere Hacker können nicht mehr rein.«

»Das hört sich ja an wie Robin Hood und die sieben Geißlein. Sind die Hacker wirklich so uneigennützig?«

»Na ja, ihr Nutzen ist eben, daß sie so ihre Sucht befriedigen. Reinhold Messner klettert ja auch immer wieder ohne Sinn und Verstand auf irgendwelche abgelegenen Berge.«

»Der verdient aber immerhin inzwischen eine Menge Kohle damit. Schreibt Bücher, läuft Reklame für yetifeste Kletterstiefel und so.«

»Schon, aber das kam ja erst später, klettern für die Umwelt, klettern gegen rechts, klettern für Geld. Am Anfang fand er es einfach geil, den Berg zu bezwingen. So ähnlich mußt du dir das bei den Hackern auch vorstellen. Irgendwann sind dann natürlich einige auf die Idee gekommen, daß man damit auch Geld verdienen kann. Es gibt ja diese bekannten Geschichten von denen, die immer dem KGB irgendwelche

Disketten gebracht haben, oder wo so ein achtzehnjähriger Hacker als Sicherheitsberater bei der Lufthansa angestellt wurde, um da die Sicherheitslöcher im Computersystem zu finden. Aber wie gesagt, das sind eigentlich schwarze Schafe.«

»Und die Cracker?«

»Das ist ganz was anderes. Also, du weißt ja, daß ein Haufen Leute Software illegal kopieren.«

»Raubkopien.«

»Eben. Besonders bei Spielen ist das ganz extrem...«

Martin denkt kurz schuldbewußt an dieses Ballerspiel, das er von Kuchenbrett gekriegt hat.

»...und da haben sich die Spielehersteller halt die verschiedensten Schutzmechanismen ausgedacht, den sogenannten Kopierschutz. Da muß man dann jedesmal, wenn man das Spiel startet, irgendwas eingeben, was auf irgendeiner Seite im Handbuch steht. Natürlich jedesmal was anderes. Und das Handbuch ist dann so gedruckt, daß man es nicht kopieren kann. Oder man muß auf komplizierten Drehscheiben irgendwas einstellen, und das dann eingeben.«

»Ja, Monkey Island zum Beispiel, da sieht man am Anfang diese Seeräubervisagen. Und dann wird man gefragt, wann oder auf welcher Insel der Kerl hingerichtet wurde. Da muß man dann auf der Drehscheibe erst mal das gezeigte Gesicht zusammensetzen, und dann erscheinen Datum und Ort.«

»Genau. Und das gefällt den Raubkopierern natürlich überhaupt nicht. Darum gibt es Typen, die sich darauf spezialisiert haben, diesen Kopierschutz aus den Programmen rauszuschmeißen.«

»Aber dazu braucht man doch den Sourcecode.«

»Nicht unbedingt. Tatsache ist, daß praktisch alle Spiele ›geknackt‹ werden. Und schon steht der Raubkopiererei nichts mehr im Wege. Das ist natürlich absolut kriminell. Und darum sind Hacker auch so sauer, wenn man sie mit Crackern verwechselt. Passiert aber in der Nicht-Computerpresse jeden Tag. Die Journalisten kriegen das einfach nicht auf die Reihe. Beides endet auf ›acker‹, also muß es wohl das gleiche sein. Oder so.«

»Hm, ich dachte immer, Raubkopieren wäre mehr so ein Kavaliersdelikt.«

»Das solltest du besser nicht zu laut sagen, das sehen die Softwarefirmen nämlich ganz anders. Andererseits behaupten einige renommierte Computerjournalisten, daß die Raubkopien den Herstellern sogar nutzen. Aber das bezieht sich dann mehr auf Büroanwendungen. Das Argument lautet, daß es ja auch Werbung für das Produkt ist. Wenn jemand zum Beispiel privat eine Raubkopie von einer Textverarbeitung benutzt und die dann ganz toll findet, dann empfiehlt er sie auch bei sich im Betrieb. Und die Firma kauft dann hundert Stück davon.

Aber bei Spielen ist das was anderes. Wenn da erst mal eine gecrackte Version im Umlauf ist, dann wird die völlig hemmungslos kopiert. Da wird dann teilweise sogar Geld dafür verlangt. Und der Hersteller bleibt auf seinen hübsch eingeschweißten Originalen sitzen. Darum sind die meisten Spiele auch nur höchstens ein halbes Jahr im Handel. Danach hat sie einfach jeder.«

»Ist schon eine verrückte Branche.«

»Ach. Weißt du, bei uns im Verlag, da haben wir ja auch so eine Spielezeitschrift. Ich sage dir, die stellen nur Leute ein, die wahlweise den halben Hitchhiker's Guide auswendig können oder es schaffen, den Chefredakteur bei mindestens einem Ballerspiel zu schlagen.«

»Haha, glaub' ich nicht.«

»Was, du glaubst mir nicht? Ich bin doch nur deshalb bei dem anderen Blatt, weil mir beim Einstellungstest mit Strike Commander im entscheidenden Moment der ganze Rechner abgestürzt ist.«

Georg guckt ganz ernst, aber dann prustet er los, daß der Tee über den halben Tisch spritzt.

»Blödes Spiel, das. Auf einem 486er DX2-66 läuft es einigermaßen, aber richtig flüssig geht's erst auf dem Pentium. Und welches Kid hat schon einen Pentium.«

Plötzlich fällt Martin ein, daß es vielleicht auch mal ganz höflich wäre, sich heute abend um seine Gastgeber Thomas und Elke zu kümmern. Thomas war ja gestern schon ganz enttäuscht, als er gleich wieder abgedüst ist. Und heute hat er die beiden überhaupt noch nicht gesehen.

»Ich sollte mal langsam gehen, wir sehen uns dann ja morgen beim Userfrühstück.«

»Was, du willst schon weg, na ja, gut, aber wie machen wir das denn morgen? Also, allein gehe ich da ganz bestimmt nicht hin.«

»Hm, ich könnte dich abholen.«

»Das wäre ein ziemlicher Umweg von Haar. Aber wir könnten uns an der U-Bahn treffen.«

Sie machen den genauen Treffpunkt aus, und Martin fährt nach Haar.

Thomas freut sich, als Martin ihm eröffnet, daß er am Abend Zeit hat.

»Prima, dann können wir ja heute einen draufmachen. Ich würde vorschlagen, erst mal anständig essen gehen, und dann Nachtleben. Was hältst du davon?«

»Hm, Essen ist o.k., aber was verstehst du unter Nachtleben? Mehr so Popper-Disko-mäßig oder mehr so Jeans-und-Lederjacken-mäßig?«

»Das kannst du dir aussuchen.«

Martin ist natürlich mehr für Jeans.

»Aber das Essen darf trotzdem ruhig gut sein.«

»Tja, es gibt in München eine Menge Restaurants, wo man vorzugsweise mit Sakko hingeht, jedenfalls, wenn man anständig bedient werden will. Aber ganz hier in der Nähe ist ein echt guter Italiener, das ist ein Freak, und außerdem kennen die mich. Da gehen wir immer hin, wenn wir 'ne Dosis Abschalten brauchen. Das Essen ist super, hast du schon mal schwarze Spaghetti gegessen?«

»Wie, schwarz?«

»Na ja, nicht pechschwarz, aber ziemlich schwarz. Wird mit Tintenfischtinte gemacht. Ziemlich fischig.«

»Klingt interessant, ich bin ja fischmäßig abgehärtet durch die ganzen Japaner in Düsseldorf.«

»Sushi, davon hab' ich gehört, roher Fisch, brrr.«

Thomas schüttelt sich.

»Was der DV-Kaufmann nicht kennt, das ißt er nicht, wie?«

»Hm. Also gehen wir zu Passatore. Ist nicht ganz billig, aber dafür gibt's manchmal spontane Gesangseinlagen.«

»Wer singt denn da?«

»Ach, irgendwelche Opernsänger, keine Ahnung. Es kommt nur irgendwie so lustig rüber. Die machen das nämlich ganz ohne Zeremonie, man braucht auch nicht aufhören zu essen, die schmettern einfach los, zum Geklimper auf einem total verstimmten Klavier. Das hör' sogar ich, daß das verstimmt ist.«

»Sehr merkwürdig. So was gibt's in Düsseldorf nicht. Die guten Italiener da sind alle fest in Spesenritterhand.«

»Also, auf geht's, ich geh' noch mal duschen. Elke müßte auch gleich kommen, die ist noch beim Tennisspielen.«

»Sag mal, ist bei euch der Reichtum ausgebrochen? Teure Restaurants, Tennis, und dabei bist du gerade mitten in einer Umschulung.«

»Tja, ehrlich gesagt, haben wir geerbt. Von Elkes Tante. Sonst könnten wir uns diese Wohnung und unser Auto, also sonst könnten wir uns eigentlich unser ganzes Leben nicht leisten. Wir müßten uns erschießen. Wie die Leute ohne Erbschaft hier in München klarkommen, ist mir unverständlich.«

»Ja, ich hab' gehört, daß München extrem teuer ist. Aber warum hast du auch damals mit den Tampons aufgehört? War doch ein guter Job.«

»Du weißt ja, Elke stand da nicht so drauf. Damals in Wülfferode hat sie mich vor die Entscheidung gestellt: Entweder, ich mache was anderes, oder sie haut ab. Na ja, und da mir meine Frau wirklich wichtiger ist als jeder Tampon, habe ich mich dann für sie entschieden. Ich konnte mich allerdings erst gar nicht dran gewöhnen, während der Umschulung zum großen Teil von ihrem Geld zu leben. Aber das ist immer noch besser, als wieder allein zu sein.«

»Ja,wenn ihr euch wirklich gut versteht . . .«

Das Gespräch wird unterbrochen, weil Elke lautstark hereinpoltert und ihren Tennisschläger auf den Küchentisch knallt.

»Hallo, Jungs, ich war super heute. Jetzt muß ich erst mal duschen.«

»He, ich wollte auch gerade.«

»Wer mehr stinkt, hat Vorfahrt. Hier, riech mal.«

»Arghf, du hast gewonnen, ab unter die Dusche.«

Thomas lacht. Die beiden scheinen sich wirklich ganz gut zu verstehen.

Er ruft ihr noch hinterher: »Beeil dich, wir wollen auf die Piste, du kommst doch mit?«

»Klar, wenn ich nicht störe!« kommt es zurück.

»Ein Glück, daß ich nicht vorhabe zu duschen«, meint Martin.

»Ja, du bist ja nicht zum Duschen in München, sondern weil du irgendwen treffen wolltest. Davon hast du überhaupt noch nichts erzählt.«

»Tja, das ist eine längere Geschichte, und die ist auch nicht so ausgegangen, wie ich mir das vorgestellt habe. Na ja, kann man nichts machen.«

»Gefiel sie dir nicht? Oder du ihr nicht?«

»Na ja, um genau zu sein, es stellte sich raus, daß sie gar keine sie ist.«

»Äh, was????«

»Das ist eine längere Geschichte. Aber sie ist trotzdem ganz nett.«

»Sie oder die Geschichte?«

»Beide.«

Martin geht ab, um sich ein frisches Hemd zu holen, und läßt Thomas mit einem verwirrten Gesichtsausdruck zurück.

Der Abend wird noch ganz nett. Auch Elke ist gar nicht so gräßlich, wie Martin sie in Erinnerung hat.

IX

Erklärungen

Am Sonntag morgen holt Martin Georg pünktlich um halb zwei von der U-Bahn ab. Diese Definition von »Morgen« kommt ihm heute sehr entgegen, weil sie gestern noch ganz schön versackt sind. Der Hauptnobelabsturz, die Bar eines gewissen Schumann, hat zwar Samstags arroganterweise geschlossen, außerdem hätte man sie nicht reingelassen, aber gleich um die Ecke gibt es noch ein paar Bars, die auch keine Alkoholprobleme haben.

»Unter der Woche werden in München um elf die Bürgersteige hochgeklappt, und selbst am Samstag ist fast überall um eins Sense«, hat Thomas erklärt. Komischerweise haben sie trotzdem um fünf noch was zu trinken gekriegt. Erst erzählen die Leute so was, und dann beweisen sie einem im nächsten Augenblick das Gegenteil.

»Na, ausgeschlafen?« fragt Georg.

»Ja, geht so. Gefrühstückt habe ich jedenfalls noch nicht.«

»Kein Problem, gleich kriegst du was. Nur hier gradeaus, und nach der zweiten Ampel kannst du schon mal nach 'nem Parkplatz gucken.«

Als sie in das Café kommen, sieht Martin sofort den Usertisch. Nicht nur, weil ihm da einige Gesichter noch von Freitag bekannt vorkommen, sondern auch, weil auf dem Tisch massenhaft Disketten herumliegen, außerdem Streamerbänder, Heavy-Metal-CDs und große Becher mit heißer Schokolade. Martin wollte schon immer mal Disketten mit Kakao frühstücken.

Er wendet sich an Katastro, den er schon von Freitag kennt: »Hallo, wie geht's.«

Katastro übernimmt sofort wieder die Vorstellung: »Ey, Leute, hört mal zu, das ist Fastfood.«

Martin deutet auf Georg und sagt: »Und das ist Mausi.«

Das verblüffte Schweigen dauert nur einige Sekunden. Dann grölt einer der Älteren los: »Waaaa, ich hab's doch gleich gewußt! Mausi ist ein Fake! Und Fastfood fällt voll drauf rein!«

Ein anderer mischt sich ein: »Du bist auch drauf reingefallen, gib's doch zu, alle sind auf Mausi reingefallen!«

»Quatsch!«

»Ach, hör doch auf!«

»An manchen Sachen hat man's gemerkt.«

»Schon, daß sie nie zu einem Treffen gekommen ist.«

»Und nicht mal angerufen hat, wenn man ihr die Nummer gegeben hat.«

Plötzlich haben es alle eigentlich schon immer gewußt.

Die Diskussion hat eine völlig andere Richtung genommen, als Martin gedacht hatte. Es geht gar nicht darum, Georg zur Rechenschaft zu ziehen, weil er alle an der Nase rumgeführt hat. Es geht nur darum, wie gut er das gemacht hat und ob man es gemerkt hat oder nicht. Martin erinnert sich an die Geschichten über Hacker, die Georg ihm gestern erzählt hat: Jeder will der erste sein, der das System durchschaut, dem es gelingt einzubrechen. Jetzt will jeder der erste gewesen sein, der Mausi durchschaut hat.

Schließlich sagt es doch einer: »Tja Martin, dann mußt du jetzt wohl schwul werden.«

»Das überlege ich mir noch. Aber jetzt geben wir, Mausi und ich, erst mal einen aus, wie versprochen. Was wollt ihr haben: heiße Schokolade?«

Georg sagt leise: »Übrigens, ich heiße Georg.«

Sofort meint Katastro: »Ich sage weiter Mausi, sonst kommt man ja ganz durcheinander. Du behältst doch deinen Usernamen?«

»Ja, wenn ihr meint, dann bleibe ich Mausi. Wenn das o.k. ist.«

Allgemeine Zustimmung: »Klar, ist doch ein netter Name. Ich zum Beispiel hab' zu Hause zwei weiße Mäuse, die sind total süß.«

»Den Usernamen, den man einmal hat, den behält man auch. Deshalb war ich ja so sauer, als plötzlich ein Gast dauernd meinen Namen benutzt hat.«

»Der letzte, der sich umbenannt hat, war ein gewisser Ashole. Der war so blöd, der hatte sich den Namen zugelegt, ohne zu wissen, was das bedeutet. Und dann hat ihn mal jemand aufgeklärt.«

»Ja, das war derselbe Typ, der kein einziges deutsches Wort richtig schreiben konnte und trotzdem dauernd auf die blöden Ausländer geschimpft hat.«

Als die Schokolade kommt, ist man schon wieder zur Tagesordnung übergegangen. Und die besteht aus Klatsch und Tratsch über abwesende User und aus kostenlosen Computertips, für die man woanders viel Geld bezahlen müßte. Oder man überbietet sich mit rätselhaften Fehlern in einer bestimmten Software.

»Immer, wenn ich versuche, die neue Faxsoftware für Windows zu installieren, stürzt der Acceleratorchip auf meiner Grafikkarte ab.«

»Das ist ja noch gar nichts, wenn ich meine Grafikkarte direkt neben die Soundkarte stecke, dann geht unter Windows die Maus nicht mehr. Aber nur unter Windows.«

»Ich weiß nicht, was ihr alle habt, Windows ist doch prima, um bei Wing Commander den Rechner zu bremsen.«

»Windows ist genial, egal, wie viele Fehler es hat.«

»Bei UNIX gibt's so was nicht.«

»Mac ist sowieso viel besser.«

»Amiga forever.«

Martin kann für diesen ewigen Glaubenskampf nicht den richtigen Enthusiasmus aufbringen. Im übrigen findet er, daß das Niveau der Unterhaltung ziemlich schwankt, ungefähr zwischen hundert und null. Manchmal sinkt es sogar unter Null.

Das Frühstück im Albert Einstein ist jedenfalls echt gut. Und wie Martin erfährt, hat der Laden praktisch immer geöffnet, so daß man nicht dauernd umsonst hinfährt. Martin haßt Kneipen mit komplizierten Öffnungszeiten. »Wir haben immer von elf Uhr vormittags bis ein Uhr nachts geöffnet, außer Dienstag, da haben wir zu, und Samstags, da machen wir erst um sechs auf. Dafür gibt's montags kein Frühstück, und Mittwoch nachmittag wird das Silber gezählt.« Furchtbar. Wenn er essen will, dann will er essen und nicht erst sämtliche in Frage kommenden Kneipen durchtelefonieren. Fastfood eben. Aber in gut.

Um drei sind schon achtzehn User da, und um vier

sind bereits sechs Tische zusammengeschoben. Die Bedienungen kommen kaum noch durch, und einige andere Gäste fühlen sich deutlich bedrängt. Martin wundert sich, daß es trotzdem keinen Ärger gibt. Besonders, weil die User in der Mehrzahl nicht sonderlich zahlungskräftig sind. Die meisten sind deutlich jünger als Martin und Georg. Schüler, wenn's hoch kommt Studenten. Nur die Gruppe, die sich ganz am Ende des Tisches etwas abgekapselt hat, ist älter. Sie unterhalten sich leise, aber selbst, wenn mal ein paar Wortfetzen herüberdringen, versteht Martin kein Wort. Er fragt Georg, was das für welche sind.

»Ach, das sind die UNIX-Freaks.«

Aha. Das sagt einem wieder alles.

Katastro, immer auskunftsfreudig, springt ein: »UNIX, kennst du doch. Betriebssystem für Workstations.«

»Hab' ich schon mal gehört, ja. Aber warum muß man so unverständliches Zeug reden, wenn man damit zu tun hat?«

»Ich würde sagen, das ist teilweise unvermeidlich und teilweise Absicht. Weißt du, UNIX ist für normale Menschen praktisch unbedienbar. Also, ich meine, wenn man alles selber machen muß. Wenn's einmal installiert ist, ist es natürlich ganz schön und kann fast alles. Es gibt sogar Windows-ähnliche Oberflächen dafür. Aber bis es mal läuft, mein lieber Schwan. Die B.O.X. ist übrigens auch ein UNIX-System.«

»Und was meintest du damit, daß das Kauderwelsch teilweise Absicht ist?«

»Na, die UNIX-Freaks wollen eben gar nicht, daß die andern kapieren, wovon sie reden. Dann wär's ja nichts Besonderes mehr. Sie machen das Komplizierte noch komplizierter, damit auch ja keiner dahinterkommt.«

»Klingt albern.«

»Finde ich auch. Ist doch zu ihrem eigenen Besten, wenn möglichst viele Leute das System benutzen.«

»Ja, zum Beispiel UUCP. Das ist wohl mit das Genialste an UNIX. UUCP heißt ›UNIX to UNIX Copy‹. Das ist ein Kommunikationsprotokoll, das jedes UNIX-System versteht. Und das heißt, alle UNIX-Systeme auf der ganzen Welt können untereinander Dateien austauschen.«

»Und noch mehr Leute erreicht man über das Internet, notfalls auch ganz ohne UNIX«, mischt sich ein anderer User ein.

»Internet? Stimmt, da steht neuerdings dauernd was in der Zeitung, sogar im Spiegel. Aber man hat immer den Eindruck, daß die Journalisten selbst nicht so genau wissen, was das eigentlich ist.«

»Na ja, im Prinzip reicht es ja auch, wenn man weiß, daß da rund drei Millionen Systeme dranhängen. Und an jedem Rechner hängen noch jede Menge User. So wie wir an der B.O.X. Das heißt, alle diese Leute kannst du über die B.O.X. mit einer einfachen Mail praktisch zum Ortstarif erreichen.«

»Ja, daß das im Prinzip geht, war mir schon klar. Aber wie es im einzelnen funktioniert, ist mir absolut schleierhaft. Wie kommt die Mail zum Beispiel von hier nach Amerika?«

»Dazu brauchst du nur die Mailadresse des Empfängers zu wissen. Also den Usernamen, den Namen des Rechners, an dem der User hängt, und eventuell den Pfad, also die Namen der Rechner, die deine Mail auf dem Weg zum Empfänger passieren muß. Das Ganze ist wie ein Baum aufgebaut. Wenn du zum Beispiel eine Nachricht an einen Kumpel in Amerika schicken willst, dann geht deine Mail von der B.O.X. erst zu dem Rechner, der den Verteiler hier im süddeutschen Raum macht, und von da zu dem Rechner, der direkt mit einem Knotenrechner in Amerika in Verbindung steht. Und von da weiter, zum Beispiel in den Verteilerrechner in dem entsprechenden Bundesstaat und so weiter, bis die Nachricht in der Mailbox deines Freundes angekommen ist.«

»Und wie lange dauert das?«

»Na ja, das passiert natürlich nicht in einem Rutsch, die Rechner sind ja nicht über Standleitungen verbunden, die meisten jedenfalls nicht. Normalerweise tauschen sie einmal oder mehrmals am Tag die Nachrichten aus. Die B.O.X. macht das ziemlich häufig, und die Knotenrechner natürlich auch. Das heißt, daß deine Nachricht normalerweise in weniger als einer Stunde in den USA ist. Wie lange dann dort das Verteilen dauert, hängt davon ab, wie viele Stationen die Mail auf dem Weg zum Empfänger noch passieren muß. Wenn dein Kumpel an einem großen System hängt, dann geht es in Minuten. Im Extremfall kann es jedoch auch ein paar Tage dauern.«

»Also, für mich klingt das doch ziemlich kompliziert.«

»Na ja, die ganze Struktur ist natürlich schon ziemlich komplex, aber um das Teil zu benutzen, brauchst du ja kaum etwas davon zu wissen.«

»Und wenn mir nun jemand eine Mail schicken will?«

»Auch kein Problem. Also angenommen, deine Erbtante aus Ohio hat einen Account bei Compuserve, der großen amerikanischen Mailbox. Und sie will dir in die B.O.X. eine Mail schicken, daß sie bald stirbt und du schon mal den Ferrari ordern kannst. Dann adressiert sie die Mail einfach an ›fastfood at b.o.x. net.internet‹. Fertig. Das ›at‹ wird dabei durch einen Klammeraffen dargestellt. Und weil Compuserve einen eigenen Verteiler in Deutschland hat, kriegst du bereits eine halbe Stunde später in der B.O.X. die Mitteilung ›Neue Mail ist da‹. Oder halt das nächstemal, wenn du dich einloggst. Du gehst also mit ›m‹ in dein Postfach und liest Tantes Brief. Dann kannst du direkt antworten. Dabei brauchst du ihre Adresse noch nicht mal neu einzutippen. Du machst einfach ›reply‹ und schreibst: ›Hallo Tante, mag keinen Ferrari, laß uns lieber zusammen nach Disneyworld fahren. Gute Besserung, dein Patenneffe Martin.‹ Du schickst das mit ›s‹ ab und die Mail macht sich wieder auf den Weg.«

»Wenn du das sagst, klingt es ganz einfach.«

»Genauso einfach ist es auch. Mail ist wirklich das Allereinfachste am ganzen Internet.«

»Und was ist überhaupt dieses Internet?«

»Das ist schon wesentlich schwieriger zu erklären. Wenn ich bei Adam und Eva anfange, dann müßte ich dir jetzt was vom Arpanet erzählen, dem amerikanischen Netzwerk für militärische Einrichtungen.«

»O Gott.«

»Na ja, daraus ist es hervorgegangen. Ursprünglich war es für Wissenschaftler gedacht, die übers Netz ihre Infos austauschen. Darum sind auch die ganzen Universitäten dran, und die Informatikstudenten und Naturwissenschaftler haben Accounts. Außerdem hängen natürlich alle großen Computerhersteller dran, also deren Programmierer und Hardware-Typen. Aber heutzutage kommen immer mehr normale Mailboxen dazu. Die suchen sich dann einen Betreiber, bei dem sie sich dranhängen dürfen. Und schon können sie ihren Usern Internet-Zugriff bieten.«

»Allein die Verbindungsgebühren müssen doch ein Vermögen kosten.«

»Stimmt. Aber durch die große Anzahl der Postings sind die Gebühren für einen einzelnen Brief ziemlich niedrig. In vielen Mailboxen zahlst du für eine kurze Mail innerhalb Deutschlands überhaupt nichts und nach Amerika vielleicht zehn Pfennig. Übrigens ist das Internet nichtkommerziell. Es darf keiner dran verdienen, auch Produktwerbung im Netz ist normalerweise nicht erlaubt.«

»O.k., aber ich hab' gar keine Erbtante, schon gar nicht in Amerika. Und ich wüßte auch nicht, wem ich sonst Briefe schicken sollte.«

»O.k., du willst also keine Briefe. Aber vielleicht interessierst du dich für Programmiersprachen. Oder für schweinische Witze. Oder für Segelfliegen.«

»Was haben schweinische Witze mit dem Internet zu tun?«

Katastro lacht: »Na ja, ziemlich viel sogar. Man kann übers Netz nicht nur Briefe an bestimmte Leute verschicken, sondern es gibt auch öffentliche Foren, genau wie in der B.O.X., die sogenannten Newsgroups. Aber wo die B.O.X. vielleicht fünfzig Bretter zu verschiedenen Themen anbietet, da gibt es im Internet mehrere Tausend. Und jeden Tag kommen neue hinzu, zum Beispiel zu aktuellen Ereignissen.

Es gibt nicht nur Newsgroups für Computerthemen, sondern auch für Segelfliegen, SM-Sex, Kochrezepte, Witze, Umweltschützer und alles, was du dir nur vorstellen kannst. Eine Mailbox, die alle Bretter abonniert hat, kriegt jeden Tag 30 bis 40 Megabyte neue Artikel und Antworten zu Artikeln. Und das ist die komprimierte Form. Im Zielrechner werden daraus so an die 100 bis 150 Megabyte. Und wie gesagt, jeder, der einen UNIX-Rechner hat, kann sich da dranhängen. Er muß nur einen anderen finden, bei dem er pollen kann.«

»Pollen?«

»Pollen heißt, Nachrichten abholen. Dabei kann man entweder nur bestimmte Newsbretter bestellen oder zum Beispiel nur die deutschen oder nur alle über Aquaristik und Intel-Prozessoren oder alle, die es gibt. Dein Rechner ruft dann ganz automatisch zu bestimmten Zeiten bei dem anderen an und holt da die neuen Nachrichten. Und natürlich die Mails, die an User in deiner Box adressiert sind. Die B.O.X. kriegt zum Beispiel alle Bretter außer den schweinischen. Und jeder User kann alle diese Bretter lesen und auch selber Beiträge reinschreiben. Du mußt dich nur mit dem Lesen ziemlich beeilen, weil die Nachrichten nach einigen Tagen wieder gelöscht werden. Sonst würde die Festplatte bald überlaufen.«

»Uff, und wie finde ich jedesmal aus den zweitausend Gruppen die raus, die mich interessieren?«

»Jeder User in der B.O.X. kann sich quasi sein eigenes Abonnement zusammenstellen. Du gehst einmal alle Gruppen durch und markierst die, die dich interessieren. Das nächstemal kriegst du dann nur noch die angezeigt.«

»Hm.«

»Oder stell dir vor, du hast eine Frage zu irgendeinem beliebigen Thema. Die postest du dann in die entsprechende Newsgroup und schaust die nächsten zehn Tage, ob jemand was geantwortet hat. Und glaub mir, du kriegst fast zu jedem Thema eine vernünftige Antwort. Ich wollte zum Beispiel meinem Vater mal eine ausgefallene Briefmarke zum Geburtstag schenken. Das Ganze sollte natürlich nichts kosten, es sollte eine sein, die noch im Umlauf ist. Und zwar vorzugsweise mit einem Schnabeltier drauf. Ich also gepostet, wer kann so eine Marke besorgen, und fünf Tage später hatte ich Antwort aus Australien. Ich habe dem Typ dann einen internationalen Antwortschein geschickt, und gerade rechtzeitig vor dem Geburtstag kam die Marke per Post.«

Martin schwirrt schon der Kopf, und jetzt mischt sich auch noch Georg ein: »Bei deinem Loblied auf die Newsbretter hast du die Files ganz vergessen.«

»Bitte nicht noch mehr Infos!« fleht Martin.

»O.k., ich mach's ganz kurz«, verspricht Katastro, »also, über das Internet kommen nicht nur Texte, sondern auch Binärdaten. Es gibt eigene News-Bretter, in denen nur Dateien drin sind. Also Programme, Sourcen, Bilder...«, hier grinsen alle, außer Martin, »...und so weiter. Die Dateien sind als Text verkleidet, sonst würde es nicht gehen. Deshalb muß man sie hinterher erst wieder entkleiden. Dafür gibt's spezielle Programme, aber egal.«

»Ja, und dann kann man auch Dateien saugen, mit FTP«, wirft Georg ein.

»Stimmt, wenn dein Heimatrechner FTP anbietet und du die Berechtigung dafür hast, dann kannst du von Rechnern in der ganzen Welt Dateien direkt abholen. Du mußt nur wissen, wo eine Datei herumliegt. FTP ist ein interaktives Programm, mit dem du von deinem heimischen Internetrechner aus einem Rechner am anderen Ende der Welt Befehle geben kannst. Du gehst zum Beispiel direkt in den Unirechner auf Hawaii und forderst ihn auf, dir die Datei SCHWEINE.GIF zu schicken. Das passiert dann sofort.

Und wenn du kein FTP zur Verfügung hast, dann gibt's noch FTP-Mail. Da schickst du eine Mail an den anderen Rechner, daß du die Datei haben willst. Man schreibt also nicht an einen bestimmten Menschen ›Hey, Kalle, schick mir mal die Porno-GIFs von deiner Schwester‹, sondern die Anforderung, die natürlich ein bestimmtes Format haben muß, wird vollautomatisch von einem Rechner, der diesen Service anbietet, bearbeitet. Natürlich nur, wenn die Datei auch dafür freigegeben ist. Tja, und wenn alles seine Richtigkeit hat, dann macht sich die Datei auf den Weg und kommt nach ein paar Tagen als Mail bei dir angedakkelt. Du packst sie aus ihrem Geschenkkarton, also aus dem Textformat zurück in das Binärformat, und schon kannst du sie starten, angucken oder was auch immer.«

»Wenn man das so hört, dann fragt man sich, warum das nicht jeder hat«, meint Martin, »das ist doch absolut genial.«

»Stimmt, aber hier sind wir wieder beim Thema UNIX-Freaks. Das System ist genial, aber nur, wenn man weiß, wie es geht. Und das wissen eben nur wenige, und diese Wenigen bleiben ganz gern unter sich. Wenn jede Hausfrau sich über UUCP aus Frankreich die neuesten Kochrezepte und jeder Automechaniker aus Italien die Reparaturanleitung für den neuen Fiat bestellen könnte, dann wäre das ja nichts Elitäres mehr.«

»Aber die Telekom müßte das doch unterstützen, die würden doch dran verdienen.«

Auf das Gegröle, das seine harmlose Äußerung hervorruft, ist Martin nicht vorbereitet.

»Die Post hat doch noch nicht mal Btx auf die Reihe gekriegt«, japst ein User.

»Ach ja, Btx, heißt das nicht jetzt Datex-j und ist viel besser und flexibler geworden?«

»Vergiß es. Diese seitenorientierte Architektur ist einfach überholt. Übrigens, wußtest du, daß die Post noch nicht mal die Telefonanträge zentral erfaßt? Die werden alle noch in Papierform irgendwo abgelegt, und wenn der Wurm sie frißt, kannst du ewig auf deinen Anschluß warten.«

»Das glaubt kein Mensch.«

»Ich glaube es.«

»Du bist ja auch kein Mensch.«

»Ach Quatsch.«

Die Diskussion gleitet schon wieder ab.

Ein älterer User, der bisher noch gar nichts gesagt und nur schweigend an seinem Weißbier genuckelt hat, rafft sich auf: »Tatsache ist jedenfalls, daß Masosoft für die Telekom ein Dfü-System ausheckt. Das wird dann vielleicht irgendwann in Windows integriert, und damit können dann alle DOS-Rechner das gleiche wie UUCP.«

»Das heißt, alle PCs könnten dann miteinander Daten austauschen?«

»Was heißt PCs, was heißt Daten, es geht darum,

den abgelutschten Begriff der Kommunikationsgesellschaft endlich zum Leben zu erwecken. Stell dir vor, du kriegst jeden Morgen eine Zeitung.«

»Das kann ich mir gerade noch vorstellen.«

»O.k, und jetzt stell dir vor, daß diese Zeitung nur Nachrichten enthält, die dich wirklich interessieren. Weil du nämlich die Nachrichten bestellen kannst wie Newsbretter. Du gibst dem Programm einmalig eine Liste, was du haben willst. Zum Beispiel Weltnachrichten in Kurzform, Münchner Lokalpolitik, Münchner Veranstaltungskalender, dann noch Hamburger Lokalnachrichten, weil da deine Freundin wohnt, außerdem die Aktienkurse. Aber nicht alle Aktienkurse, sondern nur die von deinen Aktien und von Aktien, die du vielleicht kaufen willst. Und vom Sport willst du nur die Volleyballnachrichten, weil du Fußball zum Kotzen findest. Feuilleton willst du nicht, bis auf die Buchbesprechungen, aber nur Belletristik. Ach ja, und dann interessierst du dich natürlich hobbymäßig für Teilchenphysik, und wegen deiner Diplomarbeit geierst du nach jedem neuen Fachartikel über das Liebesleben der Küchenschaben. O.k.?«

»Schön, und dann?«

»Also, du hast einmal eingegeben, welche Themen dich interessieren. Jetzt geht das Programm an die Arbeit und sucht dir deine Nachrichten zusammen. Aus den Mailboxen der verschiedenen Verlage, aus Mailboxen, die auf bestimmte Fachgebiete spezialisiert sind, und auch direkt aus dem Zentralrechner des MIT in Boston, Massachusetts. Das Programm weiß auch, was du zuerst lesen möchtest, und druckt dir die ganze Chose als hübsche Zeitung im von dir vorgegebenen Layout in deiner Lieblingsschrift wunderfein auf deinem Laserdrucker aus. Und zwar automatisch jeden Tag. Pünktlich zum Frühstück liegt deine ganz persönliche Zeitung auf dem Küchentisch.«

Der Typ ist richtig in Fahrt gekommen.

»Big Brother kennt mich also ganz genau und weiß, was ich lesen will«, meint Martin.

»Bist du blöd, das hat doch nichts mit Orwell zu tun. Im Gegenteil. Nicht du wirst kontrolliert, sondern du kontrollierst die Welt. Niemand muß sich mehr durch seitenweisen Unsinn kämpfen, bis er mal was Interessantes findet. Er kriegt nur die Sachen auf den Tisch, die ihn interessieren. Ein Service, wie ihn heute nur der Bundeskanzler hat. Ganz nebenbei gesagt, wird dabei natürlich auch eine Menge Papier gespart. Weil nur noch das gedruckt wird, was auch gelesen wird.«

»Na ja, es klingt ja gar nicht mal schlecht, aber das ist doch reine Utopie.«

»Von wegen Utopie. Überleg mal. Wer hatte denn 1980 schon ein Faxgerät? Nicht mal die meisten Firmen hatten eins. Von Privatleuten ganz zu schweigen. Und heute? Jeder Depp ist heute per Fax erreichbar. Und wenn nicht zu Hause, dann bestimmt im Büro. Und warum? Weil Faxe so einfach zu bedienen sind. Reinschieben, wählen, fertig. Ich sage dir, das ist der Maßstab. Wenn DFÜ erst mal so einfach ist, dann wird es auch breit genutzt. Und darum kann sich Masosoft von mir aus eine goldene Nase dran verdienen, das ist mir egal, Hauptsache, sie bringen das Modem in jedes Haus.«

»Aber die Technik, was du da erzählt hast, mit der

persönlichen Zeitung, dafür gibt es doch bestimmt noch gar nicht die Technologie.«

»Hör zu, die Technik ist da. Es gibt sogar schon ein Programm, das genau das macht, was ich dir geschildert habe. Es heißt Journalist. Allerdings ist es zur Zeit noch auf eine einzige Nachrichtenquelle beschränkt, nämlich auf Compuserve. Du gibst an, welche Nachrichten du im einzelnen willst, das Programm loggt sich in Compuserve ein, holt die aktuellen Sachen runter und stellt sie in das von dir vorgegebene Layout. Und wenn du willst, macht es das jeden Tag automatisch. Meinst du, ich hab' soviel Phantasie, mir das alles auszudenken? Ich hab' keine Phantasie, ich hab' nur die Informationen. Und Informationen sind das, was heutzutage zählt. Da kannst du jeden Banker, jeden Wissenschaftler und jeden Waffenschieber fragen.«

»Also, das muß ich erst mal verdauen. Ich glaube, ich brauche noch eine heiße Schokolade zum Runterspülen. Sag mal, wer bist du eigentlich?«

»Ich bin nicht sooft online. Wahrscheinlich kennst du meinen Usernamen gar nicht.«

»Und sagst du ihn mir trotzdem?«

»Ich bin Spy.«

»Aha, und da du angeblich so wenig Phantasie hast, schließe ich daraus, daß das dein richtiger Beruf ist. Für wen spionierst du denn?«

»Hm.«

Der Typ versinkt wieder in nachdenkliches Weißbiernuckeln. Anscheinend betrachtet er die Unterhaltung als beendet. Komisch für einen, der sich so für Kommunikation begeistern kann.

Inzwischen ist es schon fast sechs, und Martin muß

langsam an die Heimfahrt nach Düsseldorf denken. Georg will auch nicht mehr bleiben.

»Soll ich dich noch nach Hause fahren?«

»Wär' echt nett, du kannst ja dann beim Frankfurter Ring auf die Autobahn.«

Martin hat seine Sachen schon im Auto, deshalb braucht er nicht mehr in Haar vorbei. Heute, am Sonntag, ist nicht so viel Verkehr, und sie kommen schnell durch.

»Also, vielen Dank fürs Heimfahren. Und für alles...«

Sie sehen sich an. Martin merkt, daß Georg ihm am liebsten um den Hals fallen würde. Er läßt den Gurt aufschnappen und drückt Georg kurz an sich.

»Man sieht sich heute abend im Chat?«

»Wann bist du denn ungefähr zu Hause?«

»Mal sehn, so gegen elf bin ich sicher da. Ich kann dich auch anrufen.«

»Au ja, hast du überhaupt meine Nummer?«

»Nein, schreib sie mir schnell auf.«

»Hier.« Georg kritzelt schnell etwas auf die Rückseite einer seiner Redakteurs-Visitenkarten, gibt sie Martin und verschwindet im Haus.

Martin liest die Nummer und: »Ich mag dich. Denk dir nichts.«

Er steckt die Karte ein und fährt los.

Auf dem Heimweg hat er zum erstenmal an diesem Wochenende richtig Zeit zum Nachdenken. Einerseits war es natürlich eine Pleite auf der ganzen Linie. Aber andererseits hat er ein paar ganz nette Leute kennengelernt. Dummerweise war kein Ersatz für Mausi dabei. Nein, er ist nicht böse auf Georg.

Auf der Autobahn ist zum Glück nicht viel los. Um viertel vor elf kommt Martin mit seiner Wochenendtasche aus der Tiefgarage ins Hochhaus. Schnell noch den Briefkasten geleert, es steckt nur Werbung drin. Martin muß an das Plädoyer von Spy denken. Keine Werbung mehr, nur noch Sachen, die man wirklich lesen will. Was wird dann überhaupt aus der Werbebranche? Na, die werden sich schon was einfallen lassen. Vor dem Fahrstuhl wartet ein Japaner. Schüchtern fragt er Martin: »Kennen Sie, ob Lendel gewonnen hat?«

Wer, zum Geier, ist Render? denkt Martin.

Er ruft Georg an, daß er heil angekommen ist.

»Gehst du noch online?« fragt Georg.

»Nö, bin eigentlich müde.«

»Ach komm noch kurz, ist grade so lustig.« Georg hat zwei Telefonleitungen, so daß er gleichzeitig chatten und telefonieren kann.

»Na gut.«

Martin loggt sich ein und platzt in einen vollen Chat.

*** *Konferenzteilnehmer:* ***
Mausi
Wizard
Missy
Moorhuhn
Floh
Nestor
Katastro
Gast
****
Fastfood: hallo Leute

Katastro: hi fasti, alles ueberstanden?
Moorhuhn: und ich sag noch: gleich kommt
Moorhuhn: Fastfood.
Fastfood: moor: woher wusstest du?
Fastfood: kata: ja, danke :-)
Mausi: fast: sie sagte, wo ich bin, bist du nicht
Mausi: weit ;-)
Wizard: mis: und dann hab ich ihn einfach
Wizard: geplaettet
Floh: grias di
Missy: hi babe
Fastfood: wiz: wen hast du geplaettet?
Wizard: fast: na diesen schwachkopf, der mich in
Wizard: abermud genervt hat.
Mausi: fast: abermud ist ein multiuser-online-
Mausi: adventure
Fastfood: das sagt mir wieder alles
Floh: pedro: das programm, das du mir geschickt
Floh: hast, laeuft nicht.
Missy: fast: da es mit Mausi nicht geklappt hat, wie
Missy: waere es denn mit uns beiden?

Das hat ihm gerade noch gefehlt.

Mausi: fast: ein Textadventure, mit vielen
Mausi: Raeumen, mit Schaetzen und Monstern
Mausi: und Raetseln. Man kaempft mit den
Mausi: anderen Spielern
Katastro: Floh: das programm hat wohl ulli
Katastro: geschrieben :-)
Mausi: fast: oder verbuendet sich mit ihnen gegen
Mausi: die NPCs, die Non-Player-Character
Mausi: (= spieleigene Monster)
Floh: kata: so sieht es aus. pedro: gib es zu!

**** Thorsten betritt die Konferenz ****

Alle begrüßen Thorsten, den Cosysop.

Thorsten: na wiz, hast du dich mal wieder
Thorsten: unbeliebt gemacht?
Wizard: thor: wieso? <absolut unschuldig tu>
Fastfood: mau: hm, klingt lustig.
Thorsten: wiz: ich habe schon waschkoerbeweise
Thorsten: mails gekriegt, dass du dich in abermud
Thorsten: wie eine wilde sau auffuehrst und dass
Thorsten: ich dich rausschmeissen soll
Mausi: fast: stimmt, aber aeusserst zeitaufwendig.
Mausi: man hat schon von leuten gehoert, die 36
Mausi: stunden durchgespielt haben :-)
Fastfood: maus: argh!
Wizard: thor: das musst du verstehen, ich habe
Wizard: aerger mit meiner freundin
**** Spy betritt die Konferenz ****
Spy: hallo Leute, Spy-Spy-spider ist da! /\ 00 /
Missy: spy: du willst uns wohl ausspionieren :-)
Thorsten: wiz: na gut, ich lass noch mal gnade vor
Thorsten: recht ergehen. aber bessere dich.
Wizard: thor: versprochen
**** Fonda betritt die Konferenz ****
Katastro: Oh wow, Jane Fonda kommt uns
Katastro: besuchen
Fonda: Hallo Leute
Mausi: Hi Fonda
Wizard: Fonda: bist du w?
Fonda: ich bin nicht w, ich bin Fonda.
Moorhuhn: Fonda: Henry, Peter oder Jane?
Fastfood: mor: hehe, gute frage.
Missy: fond: machst du auch aerobic?

Fonda: fonda, ich wusste, dass mit diesem namen
Fonda: was nicht stimmt . . .
Fastfood: fon: hehe
Pedro: fonda: darf ich dich meinem wolf vorstellen?
Fonda: pedro: sagt man jetzt so dazu?
Pedro: fon: wozu? <raetsel>
Wizard: pedro: gibs auf, ich hab sie zuerst gesehen!
Fonda: all: ist das hier die machosendung auf
Fonda: RTL?
Moorhuhn: fon: nein, das ist der Machochat auf
Moorhuhn: niedrigstem Niveau
Spy: fon: schoenes fraeulein, darf ichs wagen, ihnen
Spy: mein aeh Dings anzutragen?
Fonda: spy: dein Dings trag mal lieber woanders
Fonda: hin
Fastfood: hihi
Mausi: wer lacht da?
Fastfood: ich nicht
Mausi: dann hab ich mich wohl verhoert
Missy: fonda: die maenner hier in der box kannst
Missy: du eh alle vergessen.
**** Barney betritt die Konferenz ****
Fastfood: Hi Barney!
Barney: Hi all!
Barney: fast: grummel, dein telefon ist besetzt
Fastfood: bar: komisch, gell?

Fastfood, beziehungsweise Martin hat steinzeitmäßigerweise nur eine Telefonleitung.

Barney: fast: hast du morgen vielleicht lust auf
Barney: essen?
Fastfood: bar: morgen ist zwar grosskampftag, aber
Fastfood: abends koennte ich schon vorbeikommen

Barney: fast: super
Fastfood: bar: soll ich um 8 bei dir sein?
Barney: ja gut, nacht all
**** Barney verlaesst die Konferenz ****
Fastfood: hm, eigentlich sollte ich jetzt auch ins bett
Missy: fast: traeum was schoenes
Mausi: fast: schlaf schoen!
**** Fastfood verlaesst die Konferenz ****

Am nächsten Morgen schafft Martin es nicht, so früh aufzustehen, wie er eigentlich wollte. Er verläßt das Haus zusammen mit dem Briefträger.

»Wenn Sie hier rauskommen, haben Sie wenigstens immer eine leichte Tasche«, meint Martin, um irgendwas zu sagen.

»Von wegen. Dauernd sind so viele Irrläufer dabei. Hier ziehen die Leute ein und aus wie in einem Hotel. Ich hasse dieses Haus.«

»Dafür können Sie eine Menge Zeit hier drinnen im Trocknen verbringen, wenn Sie die Briefe auf die Briefkästen verteilen, und brauchen nicht so viel zu laufen.«

»Ach was, ich bin gern an der frischen Luft. Hier drin riecht's immer so nach Putzmittel, bäh. Ich hasse dieses Haus.«

Tja, nichts ist es mit dem Small talk. Martin geht lieber ein paar Tampons verkaufen.

Am hellichten Montag vormittag schiebt Kuchenbrett seinen Schrank beiseite, um der Sache endgültig auf den Grund zu gehen. Notfalls wird er den ganzen Tag die Leitung des Konsulats bewachen. Doch er braucht nicht lange zu warten.

Klackklackklackklackklackklackklackklack-klackklack Ring!

Das muß ein Ferngespräch sein.

»Hallo.«

»Ich bin's. Hör zu: Die Sache muß unbedingt diese Woche über die Bühne gehen. Lilo hat mir gerade gestanden, daß die Typen von der Agentur höchstwahrscheinlich die Tampons hier im Konsulat entdeckt haben.«

»Verdammt, konnte sie nicht besser aufpassen?«

»Anscheinend nicht. Dumme Pute. Aber läßt sich nicht mehr ändern. Wir müssen was unternehmen, das Zeug muß weg.«

»Na ja, so schlimm ist es nun auch wieder nicht. Auf der Toilette waren eben Tampons, soll ja vorkommen.«

»Eine ganze Palette?«

»Na und, im BLV billig eingekauft. Meinst du, die machen sich über so was Gedanken?«

»Hm, also, äh..., da ist noch was.«

»Ach, und was?«

»Na ja, ich habe einen Tampon verloren, damals, als ich auf dem Weg zu dir war. Da waren die Werbetypen gerade das erstemal hier.«

»Was heißt verloren?«

»Er ist mir aus der Manteltasche gerutscht.«

»O Mann, wie kann man nur so blöd sein! Wenn das jemand gesehen hätte!«

»Es, nun, es hat jemand gesehen.«

»Was?!«

»Tja, einer von diesen Werbeheinis hat ihn aufgesammelt...«

Am anderen Ende hört man schweres Atmen.

»... aber keine Sorge, Lilo hat ihn dann zurückgeholt.«

»Ihr seid so unglaublich unfähig, das nächste Mal suche ich mir wirklich andere Partner. Und über den Anteil reden wir auch noch mal.«

»Aber ...«

»Ach, halt die Schnauze.«

Klack.

Bei dem Wort »Tampons« wäre Kuchenbrett fast das Ohr abgefallen. Er muß jetzt wirklich mit jemandem reden. Kuchenbrett überlegt, ob er dem Texter Christian nicht doch von der Sache erzählen soll. Aber so gut kennt er ihn auch wieder nicht, daß er ihm unbedingt von seinen Schlafzimmergeschichten bzw. Schlafzimmerschrankgeschichten erzählen möchte. Er müßte sich schon eine andere Gelegenheit ausdenken, bei der er das Gespräch belauscht haben könnte. Im Fahrstuhl? Hm, unglaubwürdig. Wenn es sich um Himbeerbonbons gehandelt hätte, nun ja, aber daß erwachsene Männer sich in aller Öffentlichkeit über Tampons unterhalten, ist doch sehr unwahrscheinlich. Es sei denn, sie heißen Martin und sind Tamponvertreter.

Genau, er wird Martin davon erzählen. Vielleicht stellt sich ja heraus, daß Katangi der führende Tamponexporteur der Welt ist. Und der Herr Konsul hat nur einen kleinen freundlichen Schmuggel nebenbei laufen.

X

Reklamationen

Martin kommt gegen sieben zurück, und kaum ist er in seiner Wohnung, schon klingelt das Telefon. Sein Chef ist dran, also muß es wichtig sein. Sonst spielt der um diese Zeit schon längst Tennis. Ob er gleich morgen früh zu einer Krisensitzung kommen kann, es gibt Ärger mit den Tampons. Reklamationen. Der Handel muß beruhigt werden.

Martin sagt zu. Sehr merkwürdig das Ganze. Reklamationen bei A.B. Tampons, das hat es ja noch nie gegeben. Was soll da auch schiefgehen, die Produktion ist streng kontrolliert, und das Endprodukt ist praktisch unbegrenzt haltbar – wenn es nicht gerade naß wird. Und jetzt plötzlich massenhaft Reklamationen. Im ganzen Düsseldorfer Raum laufen die Kundinnen Amok. Na ja, man wird sehen. Martin geht duschen, und dann ist es auch schon Zeit für sein Date mit Kuchenbrett.

Matthias öffnet die Tür und winkt ihn rein: »Bevor wir gehen, will ich dir noch was zeigen. Komm mal kurz ins Schlafzimmer.«

Martin hat gerade keine Lust, sich darüber zu wundern, daß Matthias ihn in sein Schlafzimmer locken will, und folgt ihm einfach. Dort ist der Schrank beiseite gerückt, und in der Wand dahinter ist ein Loch.

»Kleine Bastelarbeit«, erklärt Matthias, »ich spiele hier ein bißchen Telekomiker.«

»Ist das nicht ziemlich verboten?«

»Kannst mich ja anzeigen.«

»Ich mein' ja nur.«

»Ich zeige dir das, damit du weißt, woher ich die Story habe, die ich dir gleich auftische. Aber gehen wir erst mal essen.«

Sie fahren mit Martins kleinem Japaner, weil Kuchenbretts Auto irgendwo ganz hinten in der Tiefgarage steht. Das neue Restaurant am Hafen serviert ausschließlich Fischspezialitäten. Auch hier ist man zwar nicht vor der allgegenwärtigen Düsseldorfer Werbermeute sicher, aber der Wirt widersteht zur Zeit noch der Versuchung, die Preise auf Werberniveau anzuheben. Matthias und Martin zerlegen fachgerecht ihre Scholle.

»Wie war's denn nun wirklich in München?« fragt Matthias.

»Schwierig zu sagen, aber auch ›faszinierend‹, wie Spocki sagen würde.«

»Und was ist mit Mausi?«

»Mausi ist ein Typ.«

»Ah ja.«

»Hast du das etwa geahnt?«

»Hm, weiß nicht. Aber war schon komisch, daß ihr vorher nicht mal telefoniert habt.«

»Aber er ist ganz nett, man kann ihm irgendwie nicht böse sein.«

»Aber du hast nicht vor, schwul zu werden, oder?«

»Müssen das eigentlich alle fragen?«

»Entschuldige, liegt nun mal nahe.«

»Schon gut.«

»Aber ich wollte eigentlich was anderes. Mir sind da so merkwürdige Sachen zu Ohren gekommen.«

»Die dich überhaupt nichts angehen, nehme ich an.«

»Nun ja.«

Matthias erzählt von den merkwürdigen Gesprächen aus dem Konsulat. Er erzählt Martin auch, was er von dem Werbetexter Christian gehört hat, die seltsame Sache mit dem riesigen Berg Tampons auf dem Botschaftsklo. Und dann das mit dem Tampon, der diesem Katangi-Typen aus der Hose gefallen ist und den dann die komische Sekretärin aus dem Schreibtisch des Werbetexters geklaut hat.

»Eigenartig«, meint Martin, »bei Tampons scheint im Moment irgendwie der Wurm drin zu sein. Wir haben Reklamationen von Endverbraucherinnen. Aber es konnte noch nicht geklärt werden, was mit den Dingern nicht stimmt. Wußtest du, daß die Zentrale von meiner Firma auch im Hochhaus ist? Da herrscht das totale Chaos.«

»Wieso wißt ihr nicht, wo das Problem liegt? Die Kundinnen müssen doch was gesagt haben.«

»Tja, es ist wohl so, daß der Fehler nicht bei allen Tampons auftritt. Na ja, die Frauen haben entweder bei unserem Verbrauchertelefon angerufen und irgendwas von Verunreinigungen erzählt oder, wenn sie eine Verkäuferin im Supermarkt persönlich kannten, haben sie der das gesagt. Niemand ist mit einem gebrauchten Tampon in der Hand im Büro des Marktleiters aufgetaucht.«

Matthias verschluckt sich an einer Gräte.

»Na ja, einerseits kann man das wohl verstehen«, sinniert Martin, »aber mit vergammeltem Obst macht man das schließlich auch. Sonst kann man schließlich nichts beweisen.«

»Und was will die Firma jetzt machen? 'ne Rückrufaktion?«

»Das wäre natürlich das vernünftigste. Aber davor hat mein Chef Angst. Die Konkurrenz würde sich wie ein Haufen Aasgeier auf unseren Regalplatz stürzen. Und es würde lange dauern, das Vertrauen sowohl der Märkte als auch der Endkunden wiederherzustellen.«

»Ja, aber wenn es Sabotage ist? Vielleicht ist irgendwas Gefährliches in den Dingern. Gift oder so.«

Martin wird blaß: »An so was habe ich überhaupt noch nicht gedacht. Mein Gott, du hast recht. Man muß was unternehmen.«

»Man müßte als erstes bei diesen Katangi-Leuten nachsehen.«

»Stimmt, vielleicht sind das Terroristen. Oder die haben auf ihrer Insel einen Kult, der ihnen gebietet, alle fünfhundert Jahre alle Frauen auf der ganzen Welt auszurotten.«

»Dieser Brauch hätte sich nicht lange gehalten«, gibt Matthias zu bedenken.

»Nun ja, oder sie wollen die Bundesregierung erpressen.«

»Mit Tampon-Bomben? Kann ich mir nicht vorstellen.«

»Stimmt, dann würden sie eher was mit Kondomen machen.«

»Hehe. Also, wie kommen wir ins Konsulat rein?«

»Du kannst ja ein Visum beantragen.«

»Ja, und dann mache ich Urlaub im Tamponland. Mit Gesine als Tarnung.«

Diesmal kämpft Martin mit einer Gräte. Als er sie glücklich besiegt hat, fragt er: »Apropos Gesine, wie läuft's denn so?«

»Tja, wie soll ich sagen, ich bin ganz hin und weg.«

»Und sie?«

»Na ja, ich glaube, sie mag mich wohl auch.«

»Was soll das denn heißen?«

»Ich glaube, sie ist ziemlich vorsichtig mit ihren Gefühlen.«

»Du meinst, sie läßt sie nicht raus?«

»Ja, so ähnlich. Aber sie mag mich. Ich weiß nur nicht, wie sehr.«

»Schreib ihr doch mal einen Liebesbrief. Dann antwortet sie dir, und du weißt Bescheid.«

»Meinst du?«

»Klar, schließlich ist sie Journalistin.«

»Hm, da gibt es nur ein winziges Problem: Ich hab' nicht die geringste Ahnung, wie man einen Liebesbrief schreibt.«

»Laß dir was einfallen.«

»Hm.« Man sieht förmlich, wie Matthias die Datenbank in seinem Kopf blitzschnell, aber vergeblich nach passenden Liebesworten durchsucht.

»Aber bevor du jetzt anfängst zu dichten, laß uns erstmal diese Tamponsache klären. Hast du zufällig eine Ahnung, wo dieses Katangi liegt?«

»Nein, ich muß zugeben, daß ich von diesem blühenden Land noch nie gehört habe.«

»Gucken wir mal zu Hause im Atlas nach.«

»Ja, o.k.«

Wieder zu Hause, wälzen sie Martins dicken Atlas, den er sich vor Jahren mal gekauft hat, als er nicht wußte, wohin er in Urlaub fahren sollte. Er hatte damals das alte Spiel mit den verbundenen Augen und dem Finger gemacht. Der Finger war in Deutschland gelandet, weil er den Atlas auf dem Kopf gehalten und dadurch statt hinten vorn aufgeschlagen hatte. Da war er dann zu Hause geblieben.

Katangi können sie nicht finden.

»Ist vielleicht zu klein«, meint Matthias.

»Quatsch«, sagt Martin, »der Atlas hat über dreihundert Mark gekostet, da ist jeder Staat drin.«

Aber auch bei den Flaggen finden sie Katangi nicht.

»Vielleicht steckt dieser Konsul dahinter, du weißt schon, der immer die Titel verkauft.«

»Schön, der würde vielleicht einen Konsultitel verkaufen für ein Land, das es nicht gibt. Aber wenn der Typ sich dazu auch noch ein richtiges Konsulat einrichtet, muß er schon 'ne schwere Macke haben.«

»Oder einen speziellen Grund.«

»Gut, aber welchen? Und was hat das alles mit meinen Tampons zu tun?«

»Ich glaube, du brauchst dringend Urlaub.«

»Hm, wann haben die eigentlich geöffnet?«

»Rufen wir doch mal an.«

Es stellt sich heraus, daß das Konsulat auch nicht im Telefonbuch steht.

»O.k., dann rufen wir eben über die Hausanlage an.« Kuchenbrett ist bereits auf dem Weg ins Schlafzimmer. Schnell hat er den Schrank beiseite geschoben und die markierte Strippe rausgezogen.

»Ich tu so, als ob ein Anruf kommt«, erklärt er. »Wenn ein Anrufbeantworter dran ist, dann muß er jetzt abheben. Und der sagt uns dann die Öffnungszeiten.«

»Wir könnten ja auch runtergehen und gucken, ob ein Schild mit den Öffnungszeiten an der Tür hängt«, schlägt Martin vor.

»Ach was, das ist ja unsportlich.«

Leider nimmt niemand ab, auch kein Anrufbeantworter. So müssen sie doch auf die unsportliche Methode zurückgreifen. Dabei wissen sie noch nicht einmal, in welchem Stockwerk das Konsulat ist. Martin geht also runter zu den Klingelknöpfen, um nachzusehen. Doch ärgerlicherweise haben die Katangis (Katanger, Katamarane?) das ihnen zustehende Schild überhaupt nicht beschriftet. Mit Publikumsverkehr rechnen die wohl nicht. Aha, immerhin haben sie einen Briefkasten. Von Briefkastenfirmen hat Martin schon gehört, da gibt's wohl einige im Hochhaus. Aber Briefkastenstaaten? Dummerweise sind die Briefkästen völlig chaotisch vergeben, so daß man an der Position des Briefkastens nicht sehen kann, wo die zugehörige Wohnung liegt.

So muß Martin alle Stockwerke im Hochhaus einzeln abklappern und an jeder nicht beschrifteten Tür klingeln: »Entschuldigung, sind Sie vielleicht das Katanginesische Konsulat?« Er kann von Glück sagen, daß keiner der Wohnungsinhaber die Polizei ruft und ihn wegen mittelgroben Unfugs festnehmen läßt.

Schließlich steht Martin vor der richtigen Tür. Sie sieht anders aus als die anderen, irgendwie massiver. Sie muß extra eingesetzt worden sein. Dafür macht das Namensschild einen ausgesprochen provisorischen Eindruck. Es steht auch nichts Hilfreiches drauf. Nur »Konsulat von Katangi«. Da wird er wohl morgen früh einfach auf Verdacht mal vorbeigehen. Irgendwann muß ja jemand da sein. Martin erzählt Kuchenbrett noch kurz von seinem Teilerfolg und geht dann schlafen.

Am nächsten Morgen steht er pünktlich um neun vor der Konsulatstür. Er klingelt. Fast sofort wird geöffnet. Doch mit ihm hat die mannshohe Sekretärin offensichtlich nicht gerechnet. Ganz im Gegenteil, sie hat anscheinend mit jemand ganz anders gerechnet. Vielleicht mit dem bösen Menschen vom Telefon. Um so besser, wenn der jetzt auch noch auftaucht.

Martin sagt seinen Spruch auf: »Guten Tag, ich brauche ein Einreisevisum für Katangi.«

Die Sekretärin guckt, als hätte er was Unanständiges von ihr verlangt. Oder mindestens einen Tampon.

»WWWWa ..., da mmuß ich kurz den Herrn Konsul fragen, oooob wir wieder Visa auf Lager haben. Wissen Sie, uns sind die Stempel ausgegangen, und die heiheiheimische Papierfabrik streikt, na ja, Sie wwwwissen ja, wie das ist.«

Martin hat keine Ahnung, wie das ist, wenn man Sekretärin eines nichtexistierenden Staates ist, aber das ist auch nicht sein Problem. Er setzt sich breit auf einen Besucherstuhl. Ein zufriedener Tourist, der schon seit Jahren und mit wachsender Begeisterung Katangi bereist. Die Sekretärin verschwindet durch eine Tür. Kaum ist sie weg, saust Martin den Gang runter zum Klo. Und da sieht er es mit eigenen Augen: Tampons, eine ganze Europalette voll. Wenn er einem Kunden so viele auf einmal verkauft, kriegt er normalerweise ’ne Prämie. Schnell reißt er ein paar Packungen auf, das Ergebnis soll ja repräsentativ sein. Er stopft sich die Tampons in alle Taschen. Wie ein mutierter Hamster verläßt er die Toilette. Er überlegt, ob er es darauf ankommen lassen soll, auf den Bescheid der Sekretärin zu warten. Aber wer weiß, vielleicht kann der Konsul ja ungemütlich werden, wenn ihm jemand in die katanginesische Frühstückssuppe spuckt. Also lieber Richtung Ausgang, solange niemand zu sehen ist. Martin geht den Flur entlang. Oh, verdammt.

»Herr äh, Sie wollten ein Visum?«

Konsul Eyer materialisiert sich in voller Größe aus einer Seitentür direkt vor Martin.

Einmal mehr macht sich Martins angeborenes Verkaufstalent bezahlt, die Ausrede erscheint ohne Umweg übers Gehirn direkt auf seiner Zunge: »Na ja, ich kenne die Leute von Schürzer & Kohlhaas ganz gut, Sie wissen doch, die diese tolle Werbekampagne für Sie gemacht haben. Die haben mir Fotos gezeigt von den Traumstränden von Katangi, die Sie ihnen zur Verfügung gestellt haben. Und sie haben mir erzählt, was für ein fabelhaftes Klima da das ganze Jahr herrscht, und dann die günstigen Anlagemöglichkeiten, wissen Sie, ich habe ein bißchen was gespart, und da dachte ich, wenn ich nach Katangi in Urlaub fahre und bei der Gelegenheit mein Geld mitnehme und da anlege, diese Muschelwährung, die muß ja phantastisch stabil sein, und die hohen Zinsen bei jeder Flut... Aber ich habe schon von Ihrer Sekretärin gehört, daß Ihnen die Visa ausgegangen sind. Vielleicht soll ich später noch mal wiederkommen?«

Das Gesicht des Konsuls hat sich etwas entspannt. Jetzt muß Martin nur noch sehen, daß er hier rauskommt, bevor ihm ein Tampon aus der Tasche fällt.

»Tja, ich schaue dann in einigen Tagen noch mal vorbei. Haben Sie auch Mittwochnachmittag geöffnet, oder haben Sie da zu, wie die Zahnärzte?«

Der Konsul ist jetzt überzeugt, daß jemand, der so dämlich daherredet, keine echte Gefahr darstellt.

Er tritt beiseite: »Ja, vielleicht versuchen Sie es lieber erst am Freitag. Bis dahin haben wir sicher neue Visa hereinbekommen. Und einen schönen Gruß an Herrn, äh ...«

»Meinen Sie Christian Melchior, den Texter?«

»Ja, genau. Schönen Gruß. Auf Wiedersehen.«

»Auf Wiedersehen.«

Erleichtert steuert Martin auf die schwere Tür zu. Als sie sich hinter ihm geschlossen hat, läßt er sich aufatmend gegen die Hochhausflurwand fallen. Aber da war doch noch was. Also nichts wie rauf zu Kuchenbrett.

Er läßt seine Beute auf Matthias' Küchentisch rollen: »Was machen wir jetzt? Sezieren?«

»Klar, wir schneiden sie auf. Mal sehen, was da so Besonderes dran ist.«

Matthias holt ein riesiges Brotmesser hervor. Jeder, der schon einmal versucht hat, Tampons in Scheiben zu schneiden, wird bestätigen, daß das gar nicht so einfach ist. Die Watte läßt sich nicht sauber durchtrennen, sie zieht lange Fusseln.

»Wir könnten sie ja auch einweichen und dann abpellen«, schlägt Martin vor.

»Der alte Vampirtrick? Nein, das ist mir zu pervers.«

»Hm, vielleicht geht es besser, wenn wir sie der Länge nach aufschneiden.«

»Ja, das können wir mal probieren.«

Völlig unpervers geht Matthias daran, mit seinem Küchenmesser den Tampon längsseits aufzutrennen.

»Moment, da ist was Hartes.«

»Das sollte nicht sein«, kommentiert Martin fachmännisch.

Matthias befreit einen kleinen, länglichen Gegenstand von Watteresten.

»Donnerwetter, kein Wunder, daß die Frauen sich beschwert haben«, meint Martin.

»Und kein Wunder, daß die Typen so scharf drauf sind«, fügt Kuchenbrett hinzu.

»Was, zum Geier, ist das?«

»Das kann ich dir genau sagen. Das heißt, nicht ganz genau, aber in mittelgroben Zügen. Sieh mal, hier steht BS3000 drauf. Was du hier siehst, ist seit langem die erste deutsche technische Errungenschaft, die in aller Welt höchstes Interesse erregen dürfte.«

»Das kleine Ding?«

»Wenn ich es richtig sehe, ist das kleine Ding ein höchst intelligenter Mikrochip. Ein künstlich intelligenter, genauer gesagt. Hier drin steckt genug künstliche Intelligenz, um zum Beispiel Waschmaschinen vollautomatsch waschen zu lassen.«

»Waschvollautomaten gibt's ja nun schon eine ganze Weile«, gibt Martin skeptisch zu bedenken.

»Schon, aber keine, die automatisch erkennen, was für Wäsche man reintut. Wenn es stimmt, was ich vermute, dann kann dieses Ding ganz allein entscheiden, wie heiß die Wäsche gewaschen werden muß, wieviel Wasser dazu benötigt wird, ob geschleudert werden darf – und wenn ja wie lange – und welches Waschmittel beigegeben werden sollte. Also Colorwaschmittel, Vollwaschmittel, Wollwaschmittel, Weichspüler, Hartspüler, was du willst.«

»Hm, Hartspüler würden einige Hausfrauen sicher zu schätzen wissen. Aber ob sie ihren Alten in die Waschmaschine kriegen?«

Matthias hat den Eindruck, daß seine technischen Ausführungen nicht richtig ankommen.

»Verstehst du nicht, dieses Ding kann den ganzen Bereich der Haushaltsmaschinen revolutionieren. Die Hersteller, die den Chip entwickelt haben, sind nur noch nicht soweit, daß sie ihn in Serie einsetzen können. Oder vielleicht haben sie noch ein paar kleine Probleme mit den Sensoren. Aber wenn das Ding zum Beispiel den Japanern in die Hände fällt, dann kannst du sicher sein, daß hier in drei Jahren keine Waschmaschine mehr auf der anderen steht. Und schon gar nicht zu den heutigen Preisen.«

»Woher willst du überhaupt wissen, was das für ein Chip ist?«

Matthias grinst: »Ich hab' da so meine Quellen. Genauer gesagt habe ich einen Kumpel bei der Herstellerfirma. Der hat mir mal in einem nächtlichen Chat erzählt, daß sie an einem hochgeheimen Chip arbeiten, der alle diese Wunderdinge können soll. Und daß das Ding unter der Bezeichnung BS3000 läuft. Tja, und genau das steht hier auf dem Chip.«

»Ist ja süß, daß der Typ dir einfach so seine Firmengeheimnisse erzählt. Wenn du jetzt ein Spion wärst...«

»Was glaubst du, wieso er mir das erzählt hat. Ihm fehlte halt für eine bestimmte Schaltung die zündende Idee. Und da haben wir eben ein kleines Online-Brainstorming gemacht.«

»Das heißt, in dem Chip sind auch Ideen von dir drin?«

»Vermutlich.«

»Und vermutlich hast du dafür keinen Pfennig gekriegt.«

»Martin, du bist echt ein hartnäckiger Fall. Verstehst du nicht, ich hab' ihm ein bißchen geholfen, und dafür hat er mir was erzählt. Er hat von mir 'ne Idee gekriegt und ich von ihm Infos über die neueste Entwicklung. Das ist auch was wert. Es ist einfach toll, was zu wissen, was sonst keiner weiß. Oder erst in zwei Jahren.«

»Verstehe, Informationen zählen heute am meisten, das hat auch Spy gesagt.«

»Spy, soso. Aber der hat es anders gemeint.«

»Na gut, also wie auch immer. Es ist also Wirtschaftsspionage. Ehrlich gesagt, ich hatte mich schon auf was richtig Agentenmäßiges gefreut.«

»Pff, vergiß es. Wirtschaftsspionage ist viel interessanter, als irgendwelche blöden Waffensysteme auszuforschen. Auch wirtschaftlich interessanter, das kannst du glauben.«

»Na gut, aber eins verstehe ich nicht: Wozu brauchen die Gangster die Chips gleich palettenweise? Einer sollte doch genügen, um ihn nachzubauen. Und dann wäre auch deinen Freunden von der Werbeagentur nichts aufgefallen, keine Europalette im Konsulatsklo.«

»Ich glaube, ich weiß warum. Bei Chips ist das mit dem Nachbau nämlich nicht so einfach. Es dauert eine Weile, bis man komplett verstanden hat, wie so eine Schaltung funktioniert. Besonders, wenn das Ganze irgendwie intelligent ist, wie bei diesen hier. Und diese Chips sind noch zusätzlich gesichert, eben damit man sie nicht so leicht nachbauen kann. Das Innenleben ist in Kunststoff eingegossen, den man nicht abkriegt, ohne die Schaltung zu beschädigen. Man kann nur Signale in die Blackbox reingeben und dann gucken, was am anderen Ende rauskommt. Irgendwann weiß man dann ungefähr, was im Innern abläuft. Wer auch immer der Abnehmer der Chips ist, wird zwar irgendwann herausfinden, wie die Chips funktionieren, aber bis dahin muß er erst mal einiges investieren. Und wenn er in der Zwischenzeit trotzdem schon Maschinen mit diesem Chip auf den Markt bringen kann, dann macht das die Investition natürlich wesentlich einfacher.«

»Ah ja. Und was machen wir jetzt?«

XI

Gesetzeshüter

Die Entscheidung wird zunächst verschoben, denn es klingelt gebieterisch an der Tür. Kuchenbrett geht öffnen. Ein Glück, daß er nicht erst was anziehen muß, sonst hätte seine Tür jetzt ein großes Loch. Draußen stehen fünf bewaffnete Beamte. Vielleicht sind sie auch keine Beamten, sondern nur im öffentlichen Dienst. Im Dienst sind sie auf jeden Fall. »Herr Matthias Kuchenbrett?« intoniert der hinterste der Schar.

Kuchenbrett weiß sofort, was los ist. Und daß es keinen Zweck hat zu leugnen.

»Ja, ich bin es selbst. Ich komme auch gleich mit. Lassen Sie mich nur noch meinem Nachbarn Zucker geben.«

»Ich glaube, Sie haben Ihrem Affen schon genug Zucker gegeben.«

»Nein, meinem Nachbarn. Er kam gerade 'rüber, um sich eine Tasse Zucker zu leihen. Er will wohl einen Kuchen backen. Oder sein Kaffee ist nicht süß genug.«

Kuchenbrett geht rückwärts und verdeckt so den Eingang zur Küche, in der Martin fieberhaft damit beschäftigt ist, die Tampons wieder in seine Taschen zu stopfen, speziell auch die Reste des mißhandelten Exemplars. »O.k.«, zischt er, worauf Kuchenbrett sich umdreht und in die Küche kommt.

»Hier, mein lieber Freund, ich habe Würfelzucker, braunen Zucker, Puderzucker und Raffinade.«

Martin ist erstaunt über das reichhaltige Angebot.

»Gut, geben Sie mir eine Tasse Raffinade, aber nicht zu reif.«

Kuchenbrett schüttet ihm irgendwas in eine benutzte Tasse und flüstert: »Sag Gesine Bescheid, ich bin wahrscheinlich ein paar Tage im Knast und schlecht zu erreichen. Vielleicht kann sie einen Anwalt besorgen. Oder weißt du einen?«

Martin antwortet: »Vielen Dank für den Zucker, Herr Kuchenbrett«, denn hinter ihnen erscheint der Oberpolizist im Türrahmen.

»Oh, darf ich Ihnen noch was zeigen meine Herren?« fragt Kuchenbrett höflich.

»Ja, Ihre Zapfanlage hätten wir gern gesehen.«

Martin verdrückt sich, und keiner der Ordnungskräfte kommt auf die Idee, ihn aufzuhalten. Kuchenbretts Schlafzimmerloch ist viel spannender.

In seiner Wohnung angekommen, ruft Martin sofort Gesine an. Aber kaum klingelt es, da legt er schon wieder auf. Was soll er ihr sagen, ohne daß sie einen Riesenschreck kriegt? Ist schließlich keine Kleinigkeit, wenn der Boyfriend verhaftet wird. Vielleicht sollte er erst mal rausfinden, ob es Präzedenzfälle gibt und was man da am besten macht. Also die Mailbox. Am hellichten Tage ist natürlich kaum jemand online. Also setzt er einen Beitrag ins General-Forum. Er beschreibt in der Möglichkeitsform, was Kuchenbrett angestellt hat, also Telefone angezapft und auf Kosten anderer telefoniert. Er fragt, ob es da schon andere Fälle gegeben hat und wie die Rechtslage aussieht. Was man da für Strafen kriegen könnte.

Schließlich noch ein PS: »Und wie sieht es aus, wenn man zu diesem Zweck ein großes Loch in eine fremde Wand gemacht hat?«

Und, nach kurzem Zögern: »Äh PPS: Übrigens, was würdet ihr tun, wenn euch ein Fall von Wirtschaftsspionage auffällt?«

Schon während des Schreibens fällt Martin seinerseits auf, daß all dies wohl ein ziemlich dicker Brokken ist. Und es ist mit Sicherheit zu erwarten, daß Matthias verurteilt wird. Schließlich hat er kaum eine Chance zu leugnen. Außerdem ist er einfach nicht der Typ, der leugnet. Immerhin soll es nicht umsonst gewesen sein, daß Matthias ihn aus der Sache rausgehalten hat. Er muß irgendwas tun. Auch wegen der Tampons muß er irgendwas tun. Aber Kuchenbrett ist erst mal wichtiger. Vielleicht sollte er doch Gesine anrufen. Sie ist ja schließlich schon groß und kann vielleicht einen kleinen Schock vertragen.

»Hör zu, hier ist Martin. Krieg bitte keinen Schreck.«

»Wieso, so schlimm bist du ja auch wieder nicht.«

»Nein, vergiß es. Es geht um Matthias. Er, nun, er ist zur Zeit in staatlicher Obhut.«

»Würdest du dich bitte etwas klarer ausdrücken? Ist er im Irrenhaus oder im Knast oder was?«

»Na ja, im Knast, würde ich sagen.«

»Immer noch besser als Irrenhaus. Was hat er denn bloß angestellt?«

Martin erzählt es ihr.

»Du meinst, er hat in sein eigenes Schlafzimmer ein großes Loch gehauen, nur um fremder Leute Telefongespräche abzuhören?«

»Und umsonst zu telefonieren. Nun ja.«

»Der Typ ist noch verrückter, als ich schon wußte.« Pause. »Und wie kriegen wir ihn jetzt aus dem Bau wieder raus?«

»Keine Ahnung.«

»Am besten, ich komme erst mal nach Düsseldorf. Morgen mittag könnte ich da sein.«

Wenigstens kriegt Martin bald Unterstützung.

Am Abend loggt er sich in die Box ein: *»Sie haben neue Post«* verkündet das System. Spy hat ihm aufgrund seines Forumsbeitrags eine private Mail geschrieben: *»Erzähl mir doch mal genauer, was du mit ›Wirtschaftsspionage‹ meinst.«*

Martin überlegt kurz, aber dann denkt er sich, daß es ja nichts schaden kann, und schildert Spy den Fall per elektronischer Post. Er schreibt ihm auch, wie er hinter die ganze Geschichte gekommen ist – nur durch die verrückte Abhöraktion eines Bekannten.

Danach geht er in den Chat und wird mit großem Hallo begrüße.

**** Fastfood betritt die Konferenz ****
Mausi: fast: hey, mann, wo warst du denn so
Mausi: lange? Und was zur hoelle hast du
Mausi: angestellt?
Katastro: Mausi: ein loch hat er gekloppt :-))
Wizard: fast: coole action, muss ich schon sagen :-)
Floh: man darf sich bloss nicht erwischen lassen,
Floh: hehehe
Fastfood: leute, es war eine rein hypothetische
Fastfood: frage. ich habe ueberhaupt nichts
Fastfood: gemacht.
Floh: fast: sondern wer?

Fastfood: Floh: vielleicht niemand
Fastfood: all: aber was wuerdet ihr denn jemand
Fastfood: raten, der so was angestellt hat?
Wizard: fast: ich wuerde auf unzurechnungsfaehig
Wizard: plaedieren, har har
Floh: wiz: ja, bei dir wuerde das auch jederzeit
Floh: wiz: funktionieren
Floh: fast: ich wuerde mich erst mal nicht
Floh: erwischen lassen
Fastfood: Floh: und wenn du erwischt bist und
Fastfood: auch
Fastfood: voll gestaendig bist?
Floh: fast: dann ist die kacke am dampfen
**** Carl betritt die Konferenz ****

Aha, da ist der Sysop im Privatanzug. Natürlich wird er von allen begrüßt.

Carl: fast: es scheint, als ob irgend jemand
Carl: groesseren aerger haette.

Uff, das ist ja geradezu eine Auszeichnung, im Chat vom Sysop auf einen Forumsbeitrag angesprochen zu werden. Allerdings könnte Martin in diesem Fall auf die Ehre gut verzichten.

Fastfood: Carl: nun ja, irgend jemand vielleicht.
Fastfood: hast du einen tip fuer ihn?
Carl: fast: hm, ernste sache das. da wird ihm wohl
Carl: auch der beste anwalt nicht viel helfen.
Wizard: carl: er kann ja ritter schnarchenbroich
Wizard: engagieren, har har.

Von dem hat Martin schon gehört. Dieser Rechtsanwalt hat sich darauf spezialisiert, Raubkopierer zu fangen und ist daher in der Szene reichlich unbeliebt. Besonders, weil seine Methoden nicht gerade gentlemanlike sind. Er hat den Verdächtigen sogar getürkte Bittbriefe mit Foto geschickt. Und dabei nicht etwa sein eigenes Foto verwendet, sondern welche von hübschen Mädchen.

Floh: wiz: Von dem würde ich mich noch nicht mal
Floh: verteidigen lassen, wenn ich den Postminister
Floh: umgebracht hätte.
Wizard: Floh: das wuerde der wohl auch kaum
Wizard: machen :-)

Martin gibt den Befehl ein, mit dem er sehen kann, wer sonst noch alles im System ist. Aha, Spy ist im Mailer. Er liest wohl gerade Martins Brief. Martin beschließt, sich auszuloggen. Er ist heute nicht in Stimmung für blöde Sprüche, und die User können ihm bei seinem Problem offensichtlich nicht weiterhelfen.

Im Fernsehen kommt noch »Monty Pythons Flying Circus«, Martins zweitliebste Serie. Er stellt die Pappe auf, die die holländischen Untertitel verdeckt. Martins Lieblingsserie ist »Golden Girls«. Die ältlichen Anarchofrauen haben es ihm angetan. Einen Vorteil haben beide Serien gemeinsam: Die einzelnen Folgen sind so kurz, daß selbst das Privatfernsehen keine Werbeblöcke dazwischenschaltet. Wenn mitten in »Poltergeist I« die Margarine-Frühstückswerbung kommt, dann ist der ganze Horror weg. Oder wenn ein knallharter Western mit Clint Eastwood plötzlich von irgendwelcher Schmusewolle unterbrochen wird. Clint hat dann ein geistiges Strickkleidchen an. Sooft muß man einfach nicht aufs Klo. Umschalten bringt auch nichts, weil man dadurch genauso aus der Filmstimmung herausgerissen wird.

Wenn man den Film aufgenommen hat, kann man wenigstens vorspulen. Martin hat gehört, daß es in Amerika schon Videorecorder gibt, die die Werbung einfach nicht mit aufnehmen. Das ist natürlich genial. Man muß sich nur wundern, daß die Werbungtreibenden sich noch nicht zusammengetan haben, um die Recorder-Hersteller zu bestechen, daß sie dieses Feature in Zukunft weglassen. Aber vielleicht ist er da nicht mehr auf dem neuesten Stand.

Bis sich eine bessere Lösung findet, besteht Martins Methode darin, einfach nur den Ton herunterzudrehen, die Augen zu schließen und sich die bisher besten Szenen des laufenden Films noch mal vorzustellen. So kann er in der Stimmung des Films drinbleiben. Er braucht nur ungefähr einmal pro Minute kurz zu blinzeln, dann kriegt er auch ziemlich rechtzeitig mit, wenn's weitergeht.

Am nächsten Morgen beschließt Martin, daß er eine gute Grundlage für diesen potentiell aufregenden Tag braucht, und geht erst mal gesund frühstücken. Kaum ist er wieder zu Hause, kommt ein Anruf von Gesine: »Hallo, ich bin jetzt da.«

»Du bist wo?«

»Na hier. Im Hochhaus, in Matthias' Wohnung.«

Gesine muß einen Schlüssel zu Kuchenbretts Wohnung haben.

»Prima. Wir sollten mal kurz Kriegsrat halten. Kommst du rauf oder soll ich runterkommen?«

»Ich komm rauf, hier unten herrscht das Chaos.«

Martin kocht einen Tee, mehr um sich an der Tasse festhalten zu können, als um ihn zu trinken. Und dann erzählt er Gesine die Geschichte von den Tampons.

»Das heißt, wir haben jetzt schon zwei Kriminalfälle?«

»Ja, aber in dem anderen ist keiner von uns der Täter.«

»Na, das ist ja mal eine beruhigende Nachricht. Hast du schon irgendwas für Matthias unternommen?«

»Nun, eigentlich nicht, ich wollte ihn jetzt gleich besuchen. Und ich dachte, du weißt vielleicht einen Anwalt.«

»Du weißt also auch keinen.«

»Nein, ich kenne nur den Typen, der mir geholfen hat, meine Kohle zu bekommen, als dieser Vollidiot mir in meinen kleinen Japaner reingefahren ist. Das arme Ding war fast Totalschaden. Aber die Werkstatt hat die Reparatur genau dreißig Mark unter der Totalschadengrenze geschätzt, und deshalb wurde er dann noch repariert. Auf jeden Fall weiß ich keinen Strafverteidiger.«

»Ich weiß auch nur den, der mir helfen sollte, als mir die Wohnung gekündigt wurde. Aber nicht mal das hat er geschafft.«

»Tja, also besuchen wir erst mal Matthias. Hm, dazu müßte man jetzt wissen, wo er überhaupt ist.«

»Na, wahrscheinlich doch im UG.«

»UG?«

»Untersuchungsgefängnis, sag mal, guckst du denn niemals fern?«

»Nur ›Golden Girls‹ und ›Monthy Python's Flying Circus‹.«

»Na, dann gib mal das Telefonbuch her.«

Sie sucht das UG heraus und ruft auch gleich an: »Guten Tag, nach meinen Informationen ist ein Herr Matthias Kuchenbrett bei Ihnen abgestiegen. Können Sie mir wohl seine Zimmernummer sagen?«

»Der Gef... äh nun, die Ankunft von Herrn Kuchenbrett wurde mir zwar für heute abend avisiert, aber zur Zeit befindet er sich noch zu einer Besprechung auf dem Polizeipräsidium.«

»Wissen Sie, ob man ihn in dieser Besprechung stören kann? Oder in welchem Raum diese stattfindet?«

»Nun äh, Sie könnten es einmal bei Oberkommissar Schaurig versuchen.«

»Herzlichen Dank, guter Mann, meine Empfehlung an die Geschäftsleitung. Auf Wiedersehen.«

Gesine schmeißt triumphierend den Hörer auf die Gabel.

»Die Masche kannte ich ja noch gar nicht«, grinst Martin.

»Einfach, aber wirkungsvoll. Also auf zu Matthias c/o Oberkommissar Schaurig.«

Das Düsseldorfer Polizeipräsidium ist auch nicht schöner als andere. Sie marschieren rein, als würden sie hier seit Jahren ein und aus gehen. Martin postiert seinen Kopf vor die Sprechöffnung im Glaskasten des Pförtners: »...missar Schaurig, der früher im dritten war, wo finde ich den jetzt?«

»Aber Oberkommissar Schaurig war noch nie...«

»Schon gut, ich hab's wirklich eilig. Welche Zimmernummer hat er jetzt?«

Anscheinend hat er den Ton nicht so richtig getroffen. Aber zum Glück ist es dem Pförtner völlig egal, wer in das Präsidium reingeht. Problematisch wird's wahrscheinlich nur, wenn ein Unbekannter da rauswill.

»Zimmer 2657 im vierten Stock.«

»Komische Numerierung, wahrscheinlich, um den Gegner zu verwirren«, meint Martin im Fahrstuhl, »übrigens auch komisch, daß sie in Matthias' Wohnung gar nichts beschlagnahmt haben. Sonst nimmt die Polizei bei Dfülern immer das halbe Zimmer mit. Nicht nur den Computer und das Modem, sondern auch die Stereoanlage und den Staubsauger.«

Gesine guckt ihn ungläubig an.

»Ich schwör's, die Stereoanlage ist in mindestens einem Fall verbürgt. Beim Staubsauger bin ich nicht ganz sicher.«

Im vierten Stock angekommen, müssen sie eine Weile nach dem angegebenen Zimmer suchen. Die Zimmer haben keine auf- oder absteigende Reihenfolge, sondern die Sortierung scheint mittendrin abgestürzt zu sein. Schließlich kommen sie an ein etwas größeres Zimmer. Von drinnen sind fröhliche Stimmen zu hören. Das Zimmer hat zwar nicht die Nummer 2657, aber die eine Stimme gehört eindeutig Kuchenbrett, und an der Tür steht »Oberkommissar Schaurig«.

»Klopfen oder nicht klopfen. Nicht klopfen«, entscheidet Martin.

Sie treten ein. Drinnen sitzen ein dicker Mann und Matthias Kuchenbrett beim Kaffee.

»Schön, daß ihr euch auch mal sehen laßt«, begrüßt Matthias die beiden in aller Gemütsruhe.

»Darf ich vorstellen, Oberkommissar Schaurig, Gesine Schwarz, Martin Schütt, Oberkommissar Schaurig. Nehmt doch Platz. Wollt ihr Kaffee?« Und an Schaurig gewandt: »Es gibt doch noch Kaffee, oder?«

Der Oberkommissar nickt, schiebt zwei weitere Stühle heran und geht zur Kaffeemaschine auf der Fensterbank. Er gießt Kaffee in zwei Plastikbecher und fragt: »Milch und Zucker?«

Martin will nur Milch, Gesine trinkt schwarz.

»Bitte schön.«

Kuchenbrett fragt Schaurig: »Ach ja, wo waren wir stehengeblieben?«

Schaurig antwortet: »Sie wollten Ihren Wohnungsschlüssel zurück haben. Hier ist er.«

Er reicht Matthias den Schlüssel.

»Haben Sie jetzt doch noch was beschlagnahmt?« fragt Martin.

»Konfisziert heißt das«, berichtigt der Oberkommissar.

»Haben sie nicht«, grinst Kuchenbrett. »Sie haben nur meine kleine Anlage noch mal in Betrieb genommen.«

»Um was zu tun?«

»Ist doch logisch: Wozu sollen sie Steuergelder verschwenden, wenn da das ganze Equipment schon säuberlich aufgebaut ist.«

»Das heißt, sie hören von deiner Wohnung aus das katanganische Konsulat ab?«

»Was würden Sie denn tun?« läßt sich der Oberkommissar vernehmen. »Das ist doch die sinnvollste Lösung.«

»Du hast ihm also die ganze Geschichte erzählt«, schließt Martin messerscharf.

»Klar, wieso auch nicht. Es ist schließlich kein Geheimnis. Das heißt, es ist eins, aber nicht unseres.«

»So gesehen hat er recht«, findet Gesine, »kann ich noch einen Kaffee haben?«

»Aber was ist denn nun mit dir«, fragt Martin, »wann kommst du hier raus, oder wirst du verurteilt oder wie oder was?«

»Wenn ich den Oberkommissar richtig verstanden habe, kann er mich theoretisch nicht rauslassen, praktisch vielleicht aber doch.«

»Ja«, schaltet sich Schaurig ein, »aber ich kann das nicht allein entscheiden. Ich muß da noch eine gewisse Entwicklung abwarten.«

»Entwicklung? Von was?«

»Von den Dingen. Ich warte auf eine höhere Order.«

»Klingt gut«, meint Martin, »solange die Dinge nicht schlimmer werden als dieser Kaffee...«

»Laß den Oberkommissar in Ruhe«, verteidigt Kuchenbrett seinen Polizisten, »er ist ganz in Ordnung.«

»Na gut, du mußt es ja aussitzen, nicht ich. Aber eins würde mich noch interessieren: Wie sind die B... äh, die Polizisten dir eigentlich draufgekommen?«

»Reiner Zufall. Also der Kommissar...«

»Oberkommissar.«

»...also der Oberkommissar hat mir die Sache so erzählt: Eine alte Dame hat die Störungsstelle angerufen, weil angeblich ihr Apparat nicht funktionierte. In Wirklichkeit war alles in Ordnung, wahrscheinlich lag es an ihrem Hörgerät. Aber sie hat so einen Wirbel gemacht, daß ein Telekomiker noch am späten Abend die Leitung von ihrer Wohnung bis zum Hausverteiler durchgemessen hat.«

»Ich dachte, du wolltest nur Firmenanschlüsse nehmen?«

»Das war ja das Problem: Die Frau hat sich am

Telefon immer mit ›Hosenhandel‹ gemeldet. Ich dachte, das wäre die Telefonzentrale von so einem Großhändler. Aber in Wirklichkeit war das ein Doppelname – die Frau hieß ›Hosen-Handel‹.«

»Hihi!« kichert Gesine.

»Auf jeden Fall war ich ausgerechnet über die Leitung gerade online, als der Typ seine Messung gemacht hat. Und es hat ihm ziemlich zu denken gegeben, daß es in der Leitung dermaßen pfiff. Dann war seine Schicht zu Ende, und er ist erst mal schlafen gegangen. Aber am nächsten Tag hat er dann tatsächlich die Leitung bei der alten Dame abgeklemmt, sie beim Verteilerkasten aus dem Schacht gezogen und genau untersucht. Tja, auf meiner Höhe waren halt die Spuren von den Krokoklemmen.«

»Stimmt«, sagt der Oberkommissar.

»So ein Pech«, meint Martin.

»Ja, aber die alte Dame hatte auch Pech. Sie hatte danach tagelang kein Telefon, weil der Telekomiker es natürlich nicht geschafft hat, die Leitung wieder in den Schacht zu fädeln. Schließlich ist er draufgekommen, ihr eine von den freien Leitungen zu geben. Das war auch alles wunderbar, nur hatte sie plötzlich 'ne ganz andere Nummer als vorher, weil die Leute im Fernmeldeamt nicht gepeilt haben, was eigentlich los war. Dafür hat sie eine Rechnung über fündundsechzig Mark für Telefon-Neuanschluß bekommen.«

»Die arme Frau. Die ruft bestimmt nie wieder die Störungsstelle an.«

»Na ja, die Rechnung wird natürlich rückgängig gemacht, aber ein Teletrauma hat sie sicher weg.«

»Aber sag mal«, mischt sich Gesine ein, »das muß ja alles schon Wochen her sein, wenn die Frau sogar schon ’ne Rechnung bekommen hat. Wieso bist du dann erst jetzt festgenommen worden?«

Der Oberkommissar antwortet an Kuchenbretts Stelle: »Ich hatte eben vorher keinen Termin frei. Es gibt schließlich Wichtigeres im Leben eines Oberkommissars.«

»Gute Einstellung«, meint Kuchenbrett.

»Also, was tun wir jetzt?« Gesine findet, daß etwas passieren muß.

»Ihr geht wieder, wenn ihr euren Kaffee ausgetrunken habt, und ich unterhalte mich noch ein bißchen mit dem Kommissar.«

»Oberkommissar.«

»Oberkommissar.«

»Und wann kommst du nach Hause? Mußt du eventuell ins Gefängnis?« Gesine will ihren Kuschelbär wiederhaben.

»Ach was, die Dinge werden sich schon entwickeln. Wenn es länger dauert, müßt ihr mir halt meine Zahnbürste bringen. Und meinen Notebook. Ach ja, und vergeßt das erst mal mit dem Anwalt. Ich komme schon klar.«

»Na gut, dann gehen wir jetzt. Viel Spaß noch.«

»Wiedersehen, Herr Schaurig.«

Sie gehen ab.

Draußen meint Gesine: »Bestimmt kriegt Matthias mildernde Umstände, weil er diesen Fall aufgedeckt hat.«

»Na ja, im Moment ist ja noch gar nichts aufgedeckt. Wir wissen zwar, daß irgendwelche Leute Mikrochips in Tampons gestopft haben, aber diese Leute sind noch nicht überführt. Und wie sind diese Tampons überhaupt in Umlauf geraten? Es lag ja sicher nicht in der Absicht der Gangster, halb Düsseldorf mit den Dingern zu versorgen.«

»Hm, sag mal, wie kommen denn eure Tampons normalerweise in die Läden?«

»Aus irgendeinem Lager natürlich. Moment mal, du meinst...«

»Ja genau, wäre doch eine ziemlich gute Idee, Tampons in einem Tamponlager zu verstecken.«

»Weißt du was, ich rufe gleich meinen Chef an und frage ihn, wo das Lager für den Düsseldorfer Raum ist. Vielleicht kann ich da einfach mal ein bißchen rumschnüffeln.«

»Ich komme natürlich mit.«

»Ich weiß nicht, ob sie dich reinlassen. Schließlich gehörst du nicht zur Firma.«

»Du scheinst keine Ahnung zu haben, wie viele Türen sich mit einem Presseausweis öffnen lassen.«

»Optimist. Die Affäre, die A.B. da am Hals hat, schreit nicht gerade nach Presse.«

»Pessimist. Der Lagerverwalter, oder wie man den Türsteher da nennt, der wird ja noch nichts von der Geschichte wissen. Bisher ist doch wohl noch nichts an die Presse durchgesickert. Er hat also keinen Grund, mich nicht reinzulassen. Außer, er hat ’ne spezielle Anweisung gekriegt.«

»Hm, glaub’ nicht, daß mein Chef daran gedacht hat.«

»Der wäre dir sicher ewig dankbar, wenn du die Sache aufklärst.«

»Und du kriegst vielleicht deinen Matthias schneller wieder.«

»Also, auf geht’s.«

Zu Hause ruft Martin seinen Chef an und erzählt ihm, daß er vielleicht eine heiße Spur hat.

»Ich will das aber auf jeden Fall noch überprüfen, bevor wir die Polizei informieren. Nicht, daß wir uns da total blamieren.«

Sein Chef ist auch sehr dafür, daß die Firma sich nicht blamiert.

»Dazu müßte ich aber genau wissen, welchen Weg die Partien nehmen, also den kompletten Ablauf, von der Herstellung bis zum Supermarkt.«

»Nun, das Produkt wird in Deutschland hergestellt, das dürfte Ihnen bekannt sein. Damit werben wir ja: ›Made in Germany‹. Direkt ab Werk werden die Chargen dann auf unsere vier Verkaufsregionen verteilt: Nord, Mitte, Süd und Ost. Dort lagern sie bis auf Abruf. Von den Regionslagern gelangen die georderten Partien dann direkt zu den einzelnen Märkten. Das ist unsere Strategie der kurzen Wege. Just-in-time-Lieferung wird im Konkurrenzkampf ja immer mehr zum Verkaufsargument.«

»Ja, sehr schön. Und gehe ich recht in der Annahme, daß das Lager für die Region Mitte hier in Düsseldorf ist?« quizzelt Martin weiter.

»Ja, das stimmt. Rein geographisch gesehen ist das zwar eigentlich zu weit westlich, aber es hat gewisse Vorteile, wenn ein Lager in der Nähe der Verwaltungszentrale liegt.«

»Ich würde mir das hiesige Lager gern mal ansehen. Es wäre vielleicht sehr aufschlußreich.«

»Wenn Sie meinen, daß Sie dort etwas feststellen können, gerne. Ich würde sogar mitkommen, aber ich habe heute den ganzen Tag wichtige Besprechungen. Der Aufsichtsrat ist ausgesprochen beunruhigt, da muß ich Öl auf die Wogen gießen. Mit Ihrem Außendienst-Ausweis haben Sie problemlos Zugang. Ich kann auch noch mal extra anrufen, damit man Ihnen keine Schwierigkeiten macht.«

Martin läßt sich noch die genaue Adresse geben.

»Ja gut, danke. Ich werde Ihnen dann berichten.«

Sie fahren zu der Adresse am Rheinhafen, die sein Chef ihm gegeben hat. Es stellt sich heraus, daß es sich nicht um ein einzelnes Lagerhaus handelt, sondern um einen großen und recht unübersichtlichen Komplex. Hier sind Waren der verschiedensten Firmen gestapelt.

Martin zeigt dem Pförtner seinen Ausweis und fragt nach dem Lager von A.B. Der Mann deutet vage mit dem Daumen hinter sich und murmelt was von »Schuppen 71«. Er will Gesines Ausweis nicht mal sehen.

Die beiden wandern in das Lagergelände. Die einzelnen Schuppen sind mit großen Nummern beschriftet. Die Tür von Schuppen 71 steht sperrangelweit offen. Sie gehen hinein. Tampons, soweit das Auge reicht, die großen Paletten sind in sechs Lagen übereinander gestapelt. Sie wandern durch die Gänge, und Martin versucht im Kopf auszurechnen, wie lange dieser Vorrat wohl reicht.

Da kommt ihnen in rasanter Fahrt ein Gabelstapler entgegen. Martin und Gesine sind nicht sicher, ob der Fahrer zu einem Ausweichmanöver willens oder in der Lage ist, und flüchten schnell in einen schmalen Seitengang. Während der Gabelstapler draußen vorbeibrettert, sieht Martin sich um.

»Moment mal«, er deutet auf einige Paletten ganz hinten, »hier steht nicht ›A.B.‹ außen auf der Schutzfolie wie bei den andern. Aber die einzelnen Packungen sehen aus wie unsere.«

»Das sehen wir uns an!«

Es ist ziemlich schwierig, mit bloßen Händen die dicke Klarsichtfolie aufzureißen, aber mit vereinten Kräften schaffen sie es schließlich, eine Packung herauszuziehen. Martin nimmt einen Tampon und beißt hinein. Gesine sieht ihm mit einem merkwürdigen Gesichtsausdruck zu.

»Ich wußte es!« Martin spuckt den Tampon aus: »Das ist einer von den Spionagetampons mit Einlage. Gute Idee, die Dinger einfach zwischen den Normalen zu verstecken.«

»Ja, aber dann muß irgendwas schiefgelaufen sein, daß die in Umlauf gekommen sind.«

»Hm, die Paletten haben zwar eigentlich alle Nummern, und diese Nummern stehen auch auf den Lieferpapieren. Aber wahrscheinlich war das irgendeinem Lagerarbeiter kurz vor Feierabend einfach Wurst, und er hat halt die nächstbesten Paletten rausgegeben.«

»Und zufällig war der betreffende LKW-Fahrer auch einer von der wurstigen Sorte.«

»Ja genau, scheint schließlich das gleiche drin zu sein.«

»Hm, das wäre also geklärt. Aber eins würde mich noch interessieren: Dies hier war doch auch für die Spione sicher nur ein Zwischenlager. Wie wollten sie die Paletten wohl außer Landes bringen?«

»Ihr Journalisten müßt aber auch immer alles ganz genau wissen.«

»Nicht alle, manche denken sich den Rest auch selbst aus.«

»Aber zu denen gehörst du nicht.«

»Offensichtlich.«

»Keine Ahnung, wie die das hinkriegen wollten. Vielleicht eine fingierte Ausfuhr, mehr oder weniger ganz legal, zusammen mit richtigen Tampons. A.B. liefert schließlich in alle Welt.«

»Ja, klingt gut. So würde ich es auch machen. Apropos machen: Was machen wir jetzt? Gehen wir zur Polizei?«

Bei diesen Worten wird die Palette direkt neben ihnen plötzlich lebendig: »Nicht nötig«, brummt es aus ihr.

Martin und Gesine erstarren.

»Keine Sorge, ich bin ein Guter«, spricht die Palette weiter.

Es folgt einiges Rascheln und Rumoren, und die äußerste Schicht Tamponpackungen fällt herunter. Ein mittelalter Mann mit Dutzendgesicht pellt sich aus der Europalette.

»Das heißt, Sie sind von der Polizei?« folgert Gesine messerscharf.

»Fast«, antwortet der Mann.

»Und müssen wir jetzt irgendwas aussagen?« fragt Martin.

»Nicht nötig, wir haben schon fast alles, was wir brauchen.«

»Sind Sie den Kerlen schon lange auf der Spur?«

»Nein, nicht besonders. Genauer gesagt haben wir erst gestern einen Tip bekommen.«

»Das muß aber ein ziemlich guter Tip gewesen sein«, meint Gesine.

Der Mann grinst: »Tja, wir haben so unsere Verbindungen. Aber Sie sollten jetzt besser gehen.«

»Moment«, ruft Gesine, »das könnte der Beginn einer großen Karriere als Kriminalreporterin sein!«

»Einer wundervollen Freundschaft heißt das«, verbessert Martin.

»Quatsch nicht, das hatten wir doch schon. Ich meine, ich werde die Story natürlich aufschreiben. Und dann meistbietend an eine große Scheckbuchzeitschrift verscherbeln.«

»Scheckbuch ist gut«, meint Martin, »aber Zeitschrift ist schlecht.«

»Du meinst, ich soll mich für mein Schweigen bezahlen lassen?«

»Na ja, sieh es doch mal so. Eigentlich sind Kriminalgeschichten doch gar nicht dein Fachgebiet. Und die Firma A.B. würde sicher eine Menge dafür ausspucken, daß sie nicht in die Schlagzeilen kommt.«

»Wieso, ist doch 'ne gute Reklame, daß die Spione ausgerechnet diese Tampons ausgewählt haben. Sind vielleicht besonders haltbar oder so.«

»Ich glaube nicht, daß das meinen Chef überzeugt. Du solltest auf jeden Fall vorher mit ihm reden.«

»Klar, interviewen wollte ich ihn sowieso.«

Der Mann aus der Palette mischt sich ein: »Also, können Sie das vielleicht woanders ausdiskutieren? Ich wäre Ihnen wirklich sehr dankbar, wenn Sie jetzt abhauen würden.«

»Kommt jetzt der Showdown?« fragt Martin.

»Au ja, das würde ich gern sehen!« freut sich Gesine.

»Nun, wir haben Hinweise, daß sich die beiden Köpfe der ganzen Sache heute nachmittag hier treffen werden. Was dann passiert, weiß ich nicht. Ich weiß noch nicht mal, ob wir sie dann schon festnehmen.

Kommt drauf an, was ich in der Palette zu hören bekomme.«

»Macht der Job eigentlich Spaß?« fragt Gesine. »Ich meine, so herumzuschleichen und Leute zu belauschen.«

»Na ja, kommt auf das Versteck an. Ich bevorzuge eigentlich Bäckereien oder Feinkostläden. Fischräuchereien sind auch nicht schlecht. Oder Brennereien.«

»Essen Sie denn normalerweise alle Ihre Beweisstücke?« will Martin wissen.

»Nur, wenn wir genug davon haben. Aber wie komme ich jetzt bloß wieder in mein Versteck rein? Hier sind zwar noch drei Kollegen, aber die sitzen auch alle in Paletten.«

»Wir können Sie ja von außen zumauern«, schlägt Gesine hilfreich vor.

»O.k.«

Der Polizist steigt wieder in die Palette, und Gesine und Martin bauen sorgfältig die heruntergefallenen Schachteln vor ihm auf.

»Und jetzt haut ab«, grummelt es von drinnen.

»Ja, wir sind schon weg.«

Martin und Gesine verlassen das Lagerhaus, dann bleiben beide automatisch stehen und sehen sich an.

»Wäre wirklich schade, wenn uns was entgehen würde«, bekräftigt sie.

»Wir könnten uns gleich hier hinter den Müllcontainer zwischen diese leeren Kartons schmeißen«, schlägt Martin vor.

»Gut, da sind wir nahe genug dran. Dafür ist das Versteck auch nicht gerade ein Hochsicherheitstrakt.«

Sie wühlen sich in die großen leeren Pappkartons hinein und harren der Dinge, die da erst mal nicht kommen.

»Wie lange sollen wir denn warten?«

»Tja, jetzt ist es vier. Wenn die Gangster normale Geschäftszeiten haben, dann sind sie bestimmt bis fünf da. Sicher wird auch irgendwann das Tor zugemacht. Und dann kommt man nicht mehr so leicht hinein, das müßten die sich eigentlich denken.«

»O.k., also warten wir bis spätestens halb sechs. Der sprechende Tampon hat ja auch gesagt, daß die Gangster sich am Nachmittag treffen wollen. Und danach wäre es ja schon Abend.«

»Ja, nach deiner Zeitrechnung. Für richtige Hacker wäre das irgendwas zwischen Frühstück und Mittagessen.«

»Du immer mit deinen Hackern. Das sind doch alles Kriminelle.«

»Ganz falsch. Hacker sind nicht einfach nur die, die in fremde Systeme einbrechen. Im Gegenteil, das ist so eine Art Ehrentitel für Leute, die sich gut mit Computern auskennen. Jeder, der Dfü macht und sich was auf sein Computerwissen einbildet, läßt sich gern als Hacker bezeichnen.«

»Das scheint ja eine Wissenschaft zu sein, dieses Hackerwesen.«

»Wissenschaft nicht, eher ein Riesenspaß. Paß auf, heute abend zeige ich dir die Mailbox und den Chat.«

»Den was?«

»Na, wo man online mit den anderen Usern reden kann. Ach was, das kann man nicht erklären, ich zeig's dir einfach. Fällt doch eigentlich in dein Fachgebiet, komische Leute, komische Kulturen und so.«

»So komisch wie du?«

»Viel komischer.«

Die nächste halbe Stunde passiert absolut nichts.

Um fünf fährt ein Gabelstapler mit zwei Männern drauf vorbei und in das Lagerhaus hinein. Um fünf nach fünf kommt der Gabelstapler wieder heraus. Diesmal gehen die beiden Männer mit erhobenen Händen vor dem Gabelstapler her, und auf dem Fahrersitz thront lässig der Polizist in Zivil. Mit einer Hand steuert er den Stapler, mit der anderen hält er eine Pistole. Doc Holliday, der zwei Ganoven vor seinem Pferd hertreibt.

»Ist der Showdown schon vorbei?« ruft Martin.

»Tja, das war's«, kommt es vom Gabelstapler zurück.

»Na, dann können wir ja gehen«, stellt Gesine fest und befreit sich aus den Pappkartons, »bloß, daß mein Matthias immer noch bei diesem komischen Kommissar auf der Bullenstation sitzt.«

»Oberkommissar.«

XII

Fragen

Martin und Gesine fahren nach Hause. Dort schaltet Martin sofort Computer und Modem ein.

»Du willst also deine Drohung wahrmachen.«

»Klar, ich bringe dir jetzt das Chatten bei.«

»Na gut, wenn's unbedingt sein muß, gucke ich dir mal ein paar Minuten zu.«

Martin erklärt Gesine, daß er sich jetzt in eine Mailbox in München einwählt und was es mit dem Usernamen und dem Paßwort auf sich hat. Nach dem Einloggen erhält er die Mitteilung, daß neue Mail da ist.

Die Mail ist von Spy:

Hoffe, mit deinem Freund geht alles klar.
Wenn er morgen noch nicht auftaucht, mail mir.
Spy

Was soll man davon halten? Martin archiviert die Nachricht und geht in den Chat. Dort gibt er sich gleich einen neuen Chat-Namen: *Fastfood-&-Ex*. Das ist ein neues Feature, das Carl erst kürzlich eingebaut hat. Sowohl Gäste als auch User können sich jetzt im Chat einen beliebigen Namen geben.

»Du bist doch meine Ex, oder?«

»Ja, schon, aber muß das gleich jeder wissen?«

»Die Leute wissen ja deinen Namen nicht. Und sie können dich nicht sehen.«

Katastro: hallo, Exfreundin von Fastfood
Katastro: fast: ist aber nett, dass du uns eine neue
Katastro: frau anbringst.
Missy: fast: mist, noch mehr konkurrenz ;-)
Nestor: hallo, fast, wann kommst du denn mal
Nestor: wieder nach minga?

»Was meint der damit – wann kommst du wieder?« fragt Gesine.

Martin erzählt ihr, daß er in München bei dem Usertreffen war.

»Dann hast du alle diese Typen auch schon live gesehen?«

»Ja, sicher, und viele sind ganz nett.«

**** Gast betritt die Konferenz ****
**** Gast – – > Sunny ****
Fastfood-&-Ex: hallo Sunny, bist du neu hier?
Sunny: fast: ich war schon ein paarmal da.
Fastfood-&-Ex: nes: keine ahnung, im moment ist
Fastfood-&-Ex: hier zu viel los.
Sunny: oerx, ich hab beton in der nase
Michael: sun: WAS???
Sunny: Mic: na ja, ich hab vorhin hier in die decke
Sunny: gebohrt und
Fastfood-&-Ex: Sunny, du machst irgendwas
Fastfood-&-Ex: falsch
Michael: sun: in der nase?
Sunny: Mic: jalousien angemacht, da liess sich das
Sunny: nicht ganz vermeiden
Michael: sun: ach so
Katastro: sun: du hast SELBST (?) gebohrt??? mit
Katastro: schlagbohrmaschine und so??
Sunny: kat: logo, wer soll denn hier sonst bohren

Sunny: zuerst war ich mit meiner black & decker
Sunny: dabei, aber die hat
Moorhuhn: <bohrt in der nase>
Michael: <==hat erst diesen sommer kueche und
Michael: flur renoviert
Katastro: sun: ok, du bist nie im leben ein
Katastro: maedchen
Sunny: kat: dann bei dem stahlbeton aufgegeben,
Sunny: da hab ich mir ne hilti geliehen, das ging
Sunny: super
Katastro: sun: hilti (hahahahaha KEIN maedchen
Katastro: kennt alleine den begriff!!!)
Wizard: Missy: wie alt??
Kastastro: sun: und als werkzeug nur belzer und
Kastastro: dowidat, gelle
Missy: Wiz: warum?
Fastfood-&-Ex: Kata: vielleicht taeuschst du dich
Sunny: hehe wegen der hilti haben die herren jetzt
Sunny: wohl das interesse verloren
Katastro: sun: ja, ist irgendwie so, stimmt
Kastastro: tatsaechlich
Fastfood-&-Ex: sun: ich nicht
Missy: kat: was ist hilti?
Sunny: kat: jungs, die einem maedchen keine hilti
Sunny: zutrauen, finde ich sowieso bescheuert
Katastro: sun: kannst du 'nen ringschluessel von
Kastastro: 'nem maulschluessel unterscheiden?
Sunny: kat: willkommen im mittelalter. soll ich
Sunny: lieber mit 'nem sonnenschirm irgendwo
Sunny: lustwandeln
Wizard: sun: kannst du die ueberhaupt halten?
Sunny: kat: waehrend mir mangels jalousien die
Sunny: sonne ins wohnzimmer brennt oder was

Sunny: wiz: ging ziemlich gut
Katastro: sun: aber ok, wenn du so »fit« bist, dann
Kastastro: musst du ja wohl
Sunny: wiz: hat ja zwei grosse griffe
Katastro: sun: wenigstens zugeben, dass die
Kastastro: meisten ANDEREN maedchen es nicht
Kastastro: sind
Sunny: stimmt, ich ein einmalig :-) <sich auf die
Sunny: schulter klopf>
Wizard: (staun)
Wizard: sun: also wenn ich mir so gewisse
Wizard: maedchen mit 'ner bohrmaschine
Wizard: vorstelle . . .
Sunny: wiz: ich bin nicht gewisse maedchen
Sunny: <-the one and only Sunny
Sunny: kat: was fuer theorien???
Katastro: sam fox mit ner hilti, saehe sicher gar
Katastro: nicht mal schlecht aus
Wizard: (prust)
Missy: sun: was, verdammt, ist denn nun hilti?
Fastfood-&-Ex: Mis: schwereres bohrgeraet
Katastro: sun: aber, wie du vielleicht bemerkt hast,
Wizard: aha, missy ist ein maedchen – weiss nicht,
Wizard: was ne hilti ist
Katastro: sun: wusste sofort JEDER typ, was
Katastro: sun: gemeint ist!!!
Sunny: kat: klar, ich bin die ausnahme ueberhaupt
Katastro: <-versteht was von ausnahmen, ist sein
Katastro: Leben lang ausgenommen worden
*** Spy betritt die Konferenz ***
Fastfood-&-Ex: Spy: hallo, hast du meine mail
Fastfood-&-Ex: gekriegt?
Fastfood-&-Ex: sun: und wie gefällt es dir sonst?

(Spy: mach dir keine sorgen.)

»Was meint er damit? Und warum war die Zeile eben in Klammern?«

»Was er meint, weiß ich auch nicht so genau. Aber in Klammern war die Zeile, weil es eine Flüstermeldung war. Das heißt, daß die anderen das nicht lesen konnten, sondern nur ich.«

»Ah, sehr praktisch, wenn man Geheimnisse hat.«

Sunny: fast: ganz gut, ich werde wahrscheinlich
Sunny: einen account beantragen
Fastfood-&-Ex: sun: prima, ich nehme an, du
Fastfood-&-Ex: kommst aus muenchen?
Sunny: fast: ja, ich studiere Informatik
Katastro: sun: das waer nichts fuer mich, zu wenig
Katastro: frauen, har har
Fastfood-&-Ex: sun: sag mal deinen Vornamen
Sunny: fast: Sunny kommt von sonja
Katastro: sun: oder vielleicht von sonderbar?
Sunny: all: ihr braucht es ja nicht zu glauben,
Sunny: wenn ihr nicht wollt
**** Sunny verläßt die Konferenz ****
Fastfood-&-Ex: kata: und wenn sie jetzt doch echt
Fastfood-&-Ex: war?
Katastro: fast: dann hab ich sie vergrault
Katastro: laß doch deine Ex mal ran!

»Er meint, ich soll dich an die Tastatur lassen. Los, komm.«

»Ich weiß nicht, was soll ich denn sagen?«

»Na, was dir einfällt. So, jetzt.«

Martin hat den Chatnamen nochmal geändert, und zwar in *Ex-von-Fastfood*.

»Ich könnte auch ›Freundin-von-Barney‹ schreiben, aber ich weiß nicht, ob ihm das recht ist.«

»Also ist ›Barney‹ der Username von Matthias?«

»Stimmt genau. Mit ihm habe ich auch schon öfters gechattet.«

»Ihr spinnt. Du hättest doch bloß zu ihm runterzugehen brauchen. Statt dessen unterhaltet ihr euch auf unpersönliche Art in einer Hunderte von Kilometern entfernten Mailbox.«

»Das ist ja noch gar nichts. Ich habe gehört, daß bei echten Hackertreffen die Typen oft nebeneinander an zwei Rechnern sitzen und miteinander in irgendeinem Rechner auf der anderen Seite der Erde chatten.«

»Die spinnen, die Hacker.«

»Matthias vielleicht auch?«

»Na ja, ein bißchen spinnen tut er schon, aber das macht ihn ja gerade so sympathisch, so...«

Martin grinst: »Eben.«

Er überlegt einen Augenblick, ob er Gesine von Mausi erzählen soll. Aber das ist ihm dann doch zu peinlich.

*** *Mausi betritt die Konferenz* ***

Jaja, wenn man an den Teufel denkt...

Mausi: hallo, Leute, hallo, oh.
Katastro: tja Mausi, gegen eine echte Ex hast du
Katastro: keine Chance ;-)

»Was meint er damit?«

»Ach nichts, ein Insiderwitz.«

»Los, erklär es mir.«

Wenn Gesine ein Geheimnis wittert, legt sie ihre Journalistenhartnäckigkeit an den Tag.

»Ich ... nun, das ist eine lange Geschichte.«

»Und die Kurzfassung? Gib mir nur den Klappentext.«

»Also, Mausi hat sich im Chat immer als Frau ausgegeben. Und ich habe mit ihr geflirtet. Daß ich falsch lag, habe ich erst gemerkt, als ich sie in München live getroffen habe. Es war ein ziemlicher Schock. Aber ich bin ihm nicht böse.«

»O Mann, mit anderen Worten, du hast dich in Worte auf einem Bildschirm verliebt? Ohne die Person dahinter zu kennen?«

»So ungefähr.«

»Hm, so langsam erkenne ich hier tatsächlich ein kulturelles Phänomen von interessanten Ausmaßen.«

»Jetzt redest du aber geschwollen.«

»Ich dachte gerade daran, welcher Zeitschrift ich eine Reportage über das Chat-Wesen verkaufen könnte. Und in dieser Zeitschrift redet man so.«

Katastro: Ex: du hast so eine wunderschoene
Katastro: tippschrift :-)
Ex-von-Fastfood: danke
Nestor: kata: faengst du schon wieder an?
Mausi: nes: lass ihn doch :-)
Katastro: Ex: gehen wir in einen privatchat?
Ex-von-Fastfood: Was ist das denn?
Katastro: Ex: Na, ein privater Chat, nur wir zwei,
Katastro: leise Musik, gedaempftes licht, wo
Katastro: ich dich ungestoert verfuehren kann
Ex-von-Fastfood: Aber ich habe schon einen
Ex-von-Fastfood: Freund
Katastro: ich denke, du bist eine Ex
Ex-von-Fastfood: Ja, die Ex von Fastfood, aber die

Ex-von-Fastfood: Freundin von jemand anders
Katastro: verdammt, immer komme ich zu spaet!

»Der geht aber ran«, meint Gesine.

»Na ja, so online ist das auch viel einfacher. Man braucht keine Angst zu haben, daß man einen Korb kriegt.«

»Wieso, er hat doch gerade einen von mir gekriegt.«

»Ja, aber das macht nichts, weil ihr euch dabei nicht gesehen habt.«

»Hm. Also, ich glaube, ich werde hier einfach noch ein bißchen chatten. Du kannst ja so lange an einem von deinen blöden Bildern herummalen.«

»O.k., o.k., ich weiß, wann ich nicht gebraucht werde.«

Martin verzieht sich und läßt Gesine chatten. Er freut sich, daß sie ihre Meinung so plötzlich geändert hat. Vielleicht besteht ja doch noch Hoffnung, daß mit der Zeit ein paar Frauen mehr das System entdecken. Er haut sich vor den Fernseher und zappt alle Kanäle durch. Die Privaten scheinen sich abgesprochen zu haben, ihre Werbeblöcke immer gleichzeitig in die Spielfilme einzuklinken. Auf zehn von zwanzig Kanälen ist Werbung. Wahrscheinlich wollen sie damit das Zappen verhindern. Er hat zwar seine Augen-zu-Methode, aber wenn man rausfinden will, auf welchem Kanal gerade was Sinnvolles läuft, ist Werbung nicht besonders hilfreich.

Dann sind die Sender mit dem Geldverdienen durch, und Martin kann auswählen. Auf einem Kanal bepöbeln sich irgendwelche Diskutanten in übelster Weise, auf einem anderen werden gräßlich zugerichtete Leute aus einem Autowrack gezerrt und dabei möglichst horrorwirksam in die Kamera gehalten. Reality-TV. Dann gibt's noch Volkslieder und ein paar von diesen Sitz- und Stehserien. Schließlich findet Martin eine Talkshow mit dem brillenschwingenden Moderator, der noch einigermaßen erträglich ist. Nur das Talkthema bleibt Martin bis zum Schluß völlig unklar.

»Du, Martin, was kostet eigentlich ein Modem?«

»Bist du fertig mit Chatten?«

»Ja, die andern sind alle weggegangen. Sie wollten, glaube ich, zusammen ins Kino. Schade, daß ich nicht mit konnte.«

»Hast du dich ausgeloggt?«

»Ist das was Unanständiges? Jedenfalls nicht wissentlich.«

»Warte, ich logge uns erst mal aus, da laufen schließlich Gebühren durch wie warme Semmeln.«

Mit *off* verläßt Martin ordnungsgemäß die Mailbox, dann schaltet er Rechner, Monitor und Modem aus.

»Was ein Modem kostet? Das kommt darauf an, wie schnell es ist. Und was es alles kann. Ob es zum Beispiel auch Faxe senden oder sogar senden und empfangen kann.«

»Faxe? Bräuchte ich meine Artikel dann nicht mehr auszudrucken, um sie wegzufaxen?«

»Nein, und sie sehen auch noch besser aus, wenn sie beim Empfänger ankommen.«

»Klingt gut. Und was kostet so was?«

»Also mit zweihundert Mark kannst du schon dabeisein. Aber das Gerät ist dann natürlich nicht postzugelassen.«

»Etwa schon wieder was Kriminelles?«

»Äh, dir hat das Chatten also Spaß gemacht?«

»Ja, ich fand es ganz lustig. Die Leute schienen alle ganz nett zu sein und sich vor allem auch ganz gut zu verstehen.«

»Na ja, sie kennen sich eben sehr gut. Aber das wirst du dann ja noch alles selbst rausfinden. Übrigens: hast du eine Ahnung, warum so wenig Mädchen Dfü machen? In der B.O.X. sind es nur fünf Prozent oder so.«

»Ich glaube, das kann ich erklären. Fällt in mein Fachgebiet.« Gesine grinst. »Also, es ist genauso wie mit dem Baggerfahren. Die Leute erwarten einfach nicht, daß Mädchen so was können, und darum versuchen die Mädels auch nicht, es zu können. Erlernte Blödheit, könnte man sagen.«

»Das ist mir aber zu einfach. Vielleicht können sie es ja wirklich nicht.«

»Nein, es ist schon so. Fängt doch bereits in der Schule an. Heute haben die Kids alle Computerunterricht, o.k. Und wie läuft das ab? Die Jungs werden von den Lehrern dabei viel mehr gefordert und gefördert als die Mädchen. Sie werden öfter aufgerufen und kriegen die interessanteren Aufgaben. Das ist natürlich nicht so offensichtlich, sondern ganz subtil. Die Lehrer wissen oft selbst nicht, daß sie das machen. Aber kein Wunder, die sind ihrerseits ja auch schon so erzogen. Als Ergebnis drängeln sich halt die Jungs um die Geräte, und die Mädchen werden mehr oder weniger abgedrängt – buchstäblich oder zumindest im übertragenen Sinn. Den Mädchen wird durch ihre ganze Umwelt, durch Lehrer, Eltern und Mitschüler, gesagt ›Du kannst das nicht, das ist nichts für dich‹. Darum bemühen sie sich gar nicht erst, es zu lernen.

Sie haben gar keine Chance, ihr Interesse für Computer zu entdecken.«

»Schön, ich glaube sogar, daß es zu einem gewissen Teil so ist. Aber mich würde doch interessieren, ob es auch nur den kleinsten Beweis für deine These gibt. Besonders dafür, daß die Auswirkungen wirklich so enorm sind. Ich meine, wenn die Mädels wirklich wollen, dann könnten sie sich doch einfach über ihre Umwelt hinwegsetzen.«

»Würdest du Röcke tragen, weil die im Sommer so schön kühl sind? Spaß beiseite, ich glaube, ich kann dir einen ganz handfesten Beweis bieten: reine Mädchenschulen. Früher habe ich immer gedacht, Mädchenschulen wären das Allerletzte. Aber dann habe ich gehört, daß die Mehrzahl der weiblichen Gewinner bei ›Jugend forscht‹ von solchen Mädchenschulen kommt. Da können sie sich nämlich ohne Konkurrenz von irgendwelchen Jungs mit den Naturwissenschaften befassen. Sie lernen nicht, daß das ›nichts für Mädchen‹ ist.«

»Hm, stimmt, das könnte mich fast überzeugen. Und was machen wir jetzt? Modems an Mädchenschulen verteilen? Oder an Klöster?«

»Wäre bestimmt keine schlechte Idee. Die Klosterfrauen würde ich allerdings weglassen. Für sie wäre der Zivilisationsschock beim Chatten wohl etwas zu groß.«

»Ja, und sie würden die Erwartungen der User wohl auch in anderer Hinsicht enttäuschen.«

Gesine lacht und verabschiedet sich bis zum Frühstück.

»Ich hoffe, daß sich morgen was mit Matthias tut.«

»Ja, hoffen wir's.«

Am Morgen ruft Gesine als erstes bei Martins Chef an. Durch eine gelungene Mischung aus Impertinenz und Höflichkeit schafft sie es, für zwei Uhr nachmittags einen Termin zu bekommen. Dann kauft sie Brötchen, Wurst und Käse und klingelt damit bei Martin. Der ist zwar erst halb angezogen, aber kocht trotzdem freiwillig Kaffee.

Beide sind gerade dabei, die zweite Hälfte ihres ersten Brötchens zu bestreichen, da klingelt es an der Tür. Martin öffnet, und draußen steht Matthias Kuchenbrett.

»Darf man nähertreten?« grinst er. »Oder störe ich?«

Martin ruft ins Wohnzimmer: »Willst du Bürsten kaufen von einem ehemaligen Strafgefangenen?«

»Bürsten könnte ich schon brauchen!« Gesine rast zur Tür.

Stürmisch umarmt sie Matthias.

»Kommt doch erst mal rein, sonst werdet ihr gleich wieder verhaftet, wegen unsittlichen Benehmens. Matthias, willst du Frühstück?«

»Klar, im Polizeipräsidium haben sie zwar nette Zimmer, sogar mit Service, aber die Küche läßt doch sehr zu wünschen übrig.«

Martin holt schnell noch eine Tasse, Teller und Messer.

Noch aus der Küche fragt er: »Und? Wieso bist du jetzt fertig? Ist alles erledigt? Oder kriegst du noch 'n Prozeß?«

»Ich glaube nicht. Jedenfalls hat der Kommissar gemeint, ich hätte nochmal Schwein gehabt.«

»Aber erst hält er dich mehr als einen Tag lang fest. Das darf er doch gar nicht, oder?«

»Er wollte mich ja auch gestern abend schon gehen lassen. Aber ich hab' gesagt, wo ich jetzt schon mal da bin, will ich den Staat auch noch ein bißchen schädigen.«

Die beiden anderen starren ihn ungläubig an.

»Du meinst, du wolltest noch eine Nacht im Präsidium verbringen, weil es umsonst ist?«

»Na ja, und ich wollte testen, ob es jeden Morgen das gleiche Frühstück gibt.«

»Aber ich war doch hier«, wundert sich Gesine.

»Stimmt, daran habe ich auch gedacht. Aber dann dachte ich, du bist ja morgen auch noch da, und wann bekomme ich schon noch mal die Gelegenheit, im Polizeipräsidium zu schlafen.«

Gesine nimmt zur Kenntnis, daß ihr Liebster vielleicht doch noch ein bißchen verrückter ist, als sie schon wußte.

»Na gut, aber das nächstemal testen wir lieber gemeinsam ein nettes Vier-Sterne-Hotel.«

»Abgemacht. Das Frühstück hier ist übrigens wesentlich besser.«

Als alle satt und zufrieden sind, verabschieden sich Matthias und Gesine. Sie muß sich noch ein paar Fragen für Herrn Meier-Zobel überlegen, damit sie ihn nachher auch schön in die Zange nehmen kann. Matthias will seine Mails und seine Sackpost chekken, und Martin muß sich um seine wichtigsten Kunden kümmern. Er will ihnen versichern, daß mit den Tampons jetzt wieder alles in Ordnung ist, daß es jetzt wegen der Publicity einen nie dagewesenen Run auf die A.B.-Tampons geben wird und daß sie deshalb am besten gleich die doppelte Menge bestellen.

Kaum ist Matthias in seiner Wohnung angekommen, da klingelt es an der Tür. Ein handwerklich aussehender Mann mit Eimerchen und Schaufel steht davor.

»Guten Tag, ich soll hier was mauern.«

»Kommen Sie von der Hausverwaltung?«

»Nein, von der Polizei. Aber was ich mauern soll, weiß ich nicht.«

»Na, dann kommen Sie mal mit.«

Matthias führt den Maurer ins Schlafzimmer. Die Polizei hat ihre Aufzeichnungsgeräte anscheinend schon wieder abgebaut. Er schiebt den Schrank beiseite. Der Maurer staunt.

»Hier, dann mauern Sie mal.«

»Gut, ich brauche noch etwas Wasser für den Mörtel.«

»Das Badezimmer ist rechts um die Ecke.«

Matthias geht an den Computer, um seine inzwischen aufgelaufenen Mails aus den diversen Mailboxen abzuholen. Gesine hat sich in der anderen Ecke ein Plätzchen freigeschaufelt und notiert auf ihrem Karoblock gemeine Fragen. An Beischlaf ist jetzt sowieso nicht zu denken, mit dem Maurer im Schlafzimmer.

»Du solltest bei diesem Typ jedenfalls nicht erwähnen, daß du Martin kennst«, warnt Matthias, »der könnte Ärger kriegen, wenn sein Chef mitkriegt, daß er es war, der die Presse reingezogen hat.«

»Guter Junge, ich mache den Job schon etwas länger. Ich weiß, daß ich meine Informanten zu schützen habe.«

»Schon recht, ich sag' ja nix mehr. Ich misch' mich nicht bei dir ein, und du sagst mir nicht, wie ich eine Platine zu löten habe.«

»Aber vielleicht passe ich bald im Chat auf dich auf.«

»Was?«

»Ich werde einen Account beantragen.«

»Du hast doch gar kein Modem.«

»Dann kaufe ich mir eben eins.«

»Und woher kennst du das mit dem Chatten überhaupt?«

»Ich habe halt meine Informanten. Wie es sich für eine Journalistin gehört.«

Matthias schüttelt den Kopf. Gerade, wenn man denkt, daß man Frauen am besten nicht mit Computergerede verscheucht, dann fangen sie selber damit an. Ein Patentrezept scheint es nicht zu geben.

Gesine vertieft sich wieder in ihre Story. Um kurz vor zwei macht sie sich auf den Weg. Sie hat es ja nicht weit, nur acht Stockwerke mit dem Fahrstuhl.

Gesine hat erwartet, daß die Tamponzentrale irgendwie plüschig-wattig eingerichtet sein würde. Mit goldenen Tampons für besondere Verdienste an den Wänden. Von der modernen Eleganz, die sie vorfindet, ist sie angenehm überrascht. Äußerst zuvorkommend wird sie von der Empfangsdame in ein Besprechungszimmer geführt: »Herr Meier-Zobel kommt sofort. Möchten Sie vielleicht etwas zu trinken? Kaffee? Mineralwasser? Sekt? Haben Sie schon zu Mittag gegessen, oder soll ich einen leichten Imbiß kommen lassen? Sushi vielleicht?«

»Mineralwasser bitte.«

»Selbstverständlich, kommt sofort.«

Sofort kommt auch Herr Meier-Zobel: »Gnädige Frau, ich freue mich, daß Sie kommen konnten. Sehr angenehm.«

»Nun, ich habe einige Fragen an Sie. Über die Sicherheit von Tampons.«

»Bitte, lassen Sie mich zunächst etwas sagen. Ich freue mich über Ihr Interesse an unserem in der Presse meist so sträflich vernachlässigten Produkt. Aber gerade in diesem Fall wäre es mir sehr lieb, wenn Sie von einer Berichterstattung Abstand nehmen könnten.«

»Ich möchte die Leserinnen darüber informieren, wie es um die Sicherheit von A.B.-Tampons bestellt ist. Und darum bin ich hier. Ich möchte wissen, was Sie in Zukunft gegen Verwechslungen mit anderen Produkten oder auch gegen Sabotage zu unternehmen gedenken.«

»Natürlich werden wir etwas unternehmen. Darüber können Sie auch gerne schreiben. Ich bin der erste, der Sie über unsere neuen Sicherheitsmaßnahmen informiert.«

»Aber den akuten Anlaß, der zu diesen Maßnahmen geführt hat, den soll ich vergessen?«

»Da wäre ich Ihnen sehr verbunden. Sie können mir glauben, das gleiche hätte mit jedem anderen Produkt auf dem deutschen Markt passieren können.«

»Sie meinen Mikrochips in der Cornflakes-Pakkung, Handfeuerwaffen im Fernseher, Marschflugkörper in der Fertigsauna...«

»Ganz genau. Alle Produkte kommen in Frage, einschließlich die unserer verehrten Konkurrenz. Darum wäre es unfair, wenn ausgerechnet wir die Sache ausbaden müßten.«

»Wissen Sie, ich habe kein Interesse daran, irgendwelche Dinge aufzubauschen. Das ist nicht meine Art von Journalismus.«

»Die betroffenen Produkte sind ja auch schon alle aus dem Verkehr gezogen.«

»Deshalb kann ich Ihnen auch versprechen, daß die ganze Geschichte eher eine PR für Ihr Unternehmen sein wird. Ich werde die Verunreinigungen nicht dramatisieren, sie dienen nur als Aufhänger. Und dann werde ich ausführlich berichten, welche einzigartigen Sicherheitsmaßnahmen Sie jetzt getroffen haben, damit so etwas nicht mehr vorkommen kann.«

»Das klingt schon ganz anders. Wissen Sie, ich glaube, es ist besser, ich rede mit Ihnen, bevor irgend so ein Sensationsschnüffler auf die Sache stößt.«

»Das ist die richtige Einstellung«, strahlt Gesine.

XIII
Antworten

Als Gesine wieder vor Kuchenbretts Wohnung eintrifft, steht ein riesiger Karton vor der Tür. Er scheint schwer zu sein. Sehr schwer. Sie schließt die Tür auf: »Matthias?«

»Ja?«

»Hier steht was vor der Tür.«

»Ja, du nämlich. Warum kommst du nicht rein?«

»Nein, schau doch mal. Hast du was bestellt?«

Gesine sucht nach einem Absender. Aber es ist nichts zu finden. Kein Hinweis, was drin ist oder wer es geschickt hat.

Matthias ist inzwischen herausgekommen.

»Wenn es 'ne Paketbombe ist, dann löscht sie den ganzen Stadtteil aus, bei dem Gewicht. Laß uns mal sehen. Vielleicht ist ja hinten ein Zettel.«

Unter großer Anstrengung schafft er es, das Paket so zu drehen, daß Gesine die der Wand zugewandte Seite besichtigen kann.

»Hier steht was mit der Hand geschrieben: M. K.«

»Das sind meine Initialen«, keucht Matthias, »also holen wir das Baby rein.«

Mit Müh und Not schaffen sie es, den Karton über die Schwelle zu bringen. Gesine schließt die Tür.

»Gut so, dann erwischt es vielleicht nur den halben Stadtteil.«

Sie machen sich daran, den Karton zu öffnen. Der

scheint unten eine Holzeinlage zu haben. Und rundherum sind Stahlbänder gespannt.

Sie sprengen die Bänder mit einer Zange aus Kuchenbretts unerschöpflicher Werkzeugkiste und klappen den Karton oben auf.

»Es ist weiß«, stellt Gesine fest.

Schließlich haben sie das Ding ganz entblättert.

»Du bist sicher, daß du keine Waschmaschine bestellt hast?«

»Ja, und ich habe auch bei keinem Preisausschreiben mitgemacht.«

»Sieht ziemlich futuristisch aus.«

»Los, wir stecken sie mal ein.« Matthias steckt den Stecker in die Steckdose.

»Bitte schließen Sie die Wasserzufuhr und den Abfluß an«, sagt die Waschmaschine, »dann sollten Sie Waschmittel in die Behälter 1 bis 4 füllen. Aber vorher nehmen Sie besser die Fremdkörper aus dem Behälter 1 raus.«

Dann fällt vorn an der Maschine eine breite Klappe herunter, und dahinter werden vier Schubkästen mit den Nummern 1 bis 4 sichtbar. Gesine tritt erschrokken einen Schritt zurück und sieht verwundert zu, wie Matthias mutig Behälter 1 öffnet und zehn Tausendmarkscheine herausnimmt.

»Das erinnert mich an den Schokoladenhack«, murmelt er.

»An den was?«

»Ach, es gab da mal so eine Geschichte, da sind ein paar Münchner Hacker bei einer Schweizer Schokoladenfirma eingebrochen. Das System war sehr schlecht gesichert, der Systemverwalter hatte offensichtlich überhaupt keine Ahnung, wie man so was macht. Na ja, die Hacker haben sich alles angeguckt, und sich dann mit einer Bildschirmnachricht beim Sysop gemeldet. Der Typ hat einen Mordsschreck bekommen und wollte gleich den Netzstecker am Server ziehen. Sie haben ihn überredet, das sein zu lassen, und haben ihm dann genau erklärt, wo seine Sicherheitslöcher sind. Am Schluß waren sie so gut Freund, daß sie sogar Adressen ausgetauscht haben. Na ja, und zwei Wochen später kam dann in München eine Riesenkiste weiße Toblerone an, die es damals in Deutschland noch gar nicht gab.«

»Klingt nach einer typischen Hackerlegende.«

»Ist aber so wahr wie diese Waschmaschine.«

»Auf jeden Fall scheint dir auch jemand ziemlich dankbar zu sein.«

»Na ja, was tut man nicht alles, wenn man schon mal ein Loch in der Wand hat. Hör zu, von dem Geld kaufen wir dir ein supergeiles Modem und einen schönen Notebook für deine Reportagen.«

»Du brauchst gar nichts?«

»Nein, ich hab' ja dich. Und außerdem vier Computer und zwei Modems. Komm, wir gehen gleich einkaufen. Und nachher waschen wir Socken.«

»Klingt verlockend«, grinst Gesine.

Matthias hat natürlich die aktuellen Sonderangebote im Kopf. Beim Notebook will Gesine lieber auf Geschwindigkeit und Farbe verzichten, dafür soll er so klein und handlich wie möglich sein. Beim Modem setzt Matthias sich durch. Er kauft ihr ein supermodernes Mobiltelefon mit Datenschnittstelle und ein passendes Modem im Scheckkartenformat. »Damit bist du unabhängig vom Telefon.«

»Wie, unabhängig? Martin hat mir doch gerade gestern erklärt, daß die ganze Dfü über die normalen Telefonleitungen läuft.«

»Normalerweise stimmt das auch. Aber hiermit schickst du deine Daten über das D-Netz für Mobiltelefone. Stell dir vor, du bist irgendwo, wo es kein Telefon gibt. Dann kannst du deine Reportage trotzdem tutto completto sofort an die Redaktion schicken. Oder du kannst zum Beispiel auch abends in der Kneipe chatten, während du auf dein Essen wartest.«

»Und das kostet dann die Ohren, nehme ich an.«

»Na ja, etwas teurer als normales Telefon ist es schon. Aber man muß schließlich mit der Zeit gehen.«

»Und dieses Minimodem, geht das auch ganz normal mit der Telefonleitung?«

»Ja, das kannst du auch zu Hause oder im Hotel benutzen. Aber an deinem Desktop-PC funktioniert es nicht, der hat garantiert keine PCMCIA-Schnittstelle.«

»Keine was? Na ja, egal, dann will ich auf jeden Fall für zu Hause noch ein normales Modem.«

»Na gut, wir haben's ja.«

Software brauchen sie nicht extra zu kaufen, weil bei dem Notebook schon fast alles dabei ist.

»Und den Rest gibt's als Shareware. Das laden wir uns aus der B.O.X. runter«, erklärt Matthias.

»Und wieviel Geld haben wir jetzt ausgegeben?«

»Es ist noch was übrig.«

»Dann laß uns von dem Rest noch ein paar preisgünstige Modems kaufen.«

»Wozu das denn?«

Gesine erklärt es ihm.

»Dann wird die Box also demnächst von pubertierenden Teeniemädchen wimmeln. Na, wenn's sein muß.«

»Ja, und? Die Jungs fangen schließlich auch in dem Alter an.«

Wieder zu Hause, haben sie erst mal zwei Stunden damit zu tun, die Software für Gesines neuen Laptop herunterzuladen, zu installieren und die Modems zu testen. Als alles funktioniert, geht Gesine gleich online und bestellt ihren Account in der B.O.X.

»Wie willst du dich denn nennen?« fragt Matthias.

»Ich dachte, Zarah wäre ganz nett.«

»Ja, klingt gut.«

Und dann hat Matthias eine Idee. Während Gesine chattet, setzt er sich an seinen Rechner und schreibt eine Mail, die er nicht abschicken kann, weil die Empfängerin noch gar keinen Account hat.

Einige Tage später ist Gesine wieder in Hamburg, allerdings nur auf der Durchreise, um neue Klamotten zu tanken für eine Reportage in Berlin. Im Briefkasten findet sie prompt den Brief von den Betreibern der B.O.X. mit ihrem Erstpaßwort für den Account Zarah. Sie kann es kaum erwarten, ihn auszuprobieren. Das Anwählen und Einloggen funktioniert wie am Schnürchen. Kein Wunder, Fachmann Matthias hat ihr auf dem Laptop ja schon alles perfekt installiert.

You have Mail.

Schön, und wie lese ich die jetzt, ach ja, einfach *Mail* tippen. Das klappt. In Zarahs elektronischem Briefkasten sind zwei Briefe. Eine Begrüßung vom Sysop der B.O.X. und einer von Barney. Sie liest:

Liebe Gesine,
Du hast bei mir alle Jumper richtig gesetzt! Wie hast Du das nur gemacht, ganz ohne Handbuch? Du hast Signalleitungen auf meinem Prozessor angesprochen, die ich schon laengst korrodiert glaubte :-)
Aber ich, ich weiß immer noch nicht so genau, wie Dein Root-Verzeichnis aussieht. Wann gibst Du mir endlich Zugriff?
Ich moechte so gern mit Dir in eine gemeinsame Domain ziehen. Laß mich Dein Server sein! Ich mache auch die Garbage Collection und polle die Einkäufe. Ich programmiere den Herd und verarbeite den Abwasch-Stack.
Hier in Düsseldorf ist Speicherplatz gar nicht so teuer. Jeder hätte seine eigene Partition in der Wohnung. Stell Dir vor, wir könnten jeden Abend gemeinsam in den Sleep-mode gehen und vorher vielleicht noch ein oder zwei Child-Prozesse starten :-)
Laß uns unsere Platten spiegeln, damit wir einander Backup geben koennen.
Dein Matthias

Natürlich versteht Gesine nicht jedes Wort. Aber der Sinn ist ja wohl klar. Trotzdem liest sie den Brief dreimal. Dann heult sie ein bißchen. Und dann schreibt sie zurück:

Lieber Matthias,
ich glaube schon, daß wir kompatibel sind, falls das so heißt. Vielleicht ist das mit der gemeinsamen Email-Adresse doch eine gute Idee.
Gesine

Eine Woche später. Martin ist online. Er chattet mit Katastro, Michael, Nestor und Moorhuhn.

**** Barney betritt die Konferenz ****
Fastfood: hi Barney, wie geht's?
Barney: fast: ganz gut, ausser dass gesine erst
Barney: naechste woche wiederkommt.
Michael: hi Barney
Katastro: hallo Barney
Fastfood: bar: 'ne neue Reportage?
Barney: fast: ja, sie ist in berlin, ausgerechnet
Barney: wegen irgendwelcher neonazis. ist
Barney: mir gar nicht recht, mit denen ist
Barney: schliesslich
Nestor: hey Barney, wie war's denn nun im Knast?
Barney: fast: nicht zu spassen. Aber du kennst
Barney: sie ja, wenn sie meint, dass das »in ihr
Barney: fachgebiet faellt«, dann ist sie nicht
Barney: zu halten.
Fastfood: bar: hehe, das kann ich mir gut
Fastfood: vorstellen.
Barney: nes: die geschichte hat wohl schon jeder
Barney: gehoert.
Nestor: bar: klar, nun erzaehl doch mal.
Barney: nes: nett war's.
**** Gast betritt die Konferenz ****
**** Gast --> Sabine ****
Michael: schon wieder so ein nachgemachtes
Michael: weibsbild. verschwinde.
Sabine: ich bin nicht nachgemacht. ich heisse
Sabine: sabine und bin fuenfzehn.
Michael: wer's glaubt.
Sabine: soll ich dich anrufen?

Nestor: mic: dem wuerde ich meine nr. ja nicht
Nestor: geben :-)
Katastro: sab: gib mir deine nr. ich rufe dich an.
Sabine: o.k.
Katastro: sab: o.k., angekommen. also, ich rufe dich
Katastro: jetzt an. also leg auf.
Sabine: ja, gut.
**** Sabine verlaesst die Konferenz ****
**** Katastro verlaesst die Konferenz ****
Barney: fast: hehe, ich kann mir vorstellen, dass die
Barney: sogar echt ist.

Er hat Martin natürlich von der Modem-Verteilaktion erzählt.

Nestor: bar: waere aber ein ziemlicher zufall.
Fastfood: bar: hehe
Barney: nes: ich weiss aus zuverlaessiger quelle,
Barney: dass kuerzlich ein paar modems an
Barney: maedchengymnasien verteilt wurden.
Nestor: echt????
Michael: geil!
Fastfood: bar: soso ;-)
Moorhuhn: das hat mir grade noch gefehlt.

Gesine sitzt in einem Kaffee am Kudamm. Sie hat ihre komplette Ausrüstung bei sich. An den Notebook hat sie sich schon total gewöhnt, sie weiß gar nicht mehr, wie sie früher ohne das Ding auskommen konnte. Früher hatte sie nur einen normalen PC zu Hause. Unterwegs hat sie mit Diktiergerät und Zettelblock gearbeitet. Unvorstellbar. Natürlich kann sie bei Interviews nicht gleich alles auf dem Notebook mitschreiben. Da benutzt sie immer noch das Diktiergerät. Aber ihre sonstigen Eindrücke und die ganze Atmosphäre kann sie jetzt viel besser festhalten. Direkt nach so einem Termin setzt sie sich in eine ruhige Ecke und hackt alles in den Notebook. Das geht nicht nur viel schneller als mit Papier und Bleistift, sie kann es sogar hinterher noch lesen und braucht es nicht mehr abzuschreiben.

Auch das kleine Modem und sogar das Mobiltelefon hat sie dabei. Beruflich hat sie beides noch nicht benutzt, sie ist ja keine rasende Reporterin, die noch in derselben Nacht gedruckt wird. Vom Hotel aus hat sie fast jeden Tag mal kurz in die B.O.X. geguckt. Aber wie hatte Matthias doch so schön gesagt? Mit ihrer Ausrüstung könnte sie theoretisch sogar in der Kneipe chatten.

**** Konferenzteilnehmer: ****
Barney
Fastfood
Nestor
Katastro
Zarah
Wizard
****
Barney: hallo, liebste!
Fastfood: huhu, gesine!
Nestor: ah, unsere neue Lady ist da
Katastro: zarah: und du bleibst dabei, dass du
Katastro: vergeben bist?
Zarah: all: hallo, kinder, wie geht's?
Barney: zar: smack!
Fastfood: zar: prima, und dir?
Katastro: zar: wenn du mich nicht immer abweisen

Katastro: wuerdest, wuerde es mir noch viel besser
Katastro: gehen!
Nestor: zar: hm, die aktien fallen :-(
*** Gast betritt die Konferenz ***
*** Gast -->Sunny ***
Sunny: hi all
Fastfood: hi Sunny, bist du immer noch eine frau?
Sunny: fast: soll ich dir vielleicht ein foto schicken?
Fastfood: sun: fotos schicken kann ja jeder
Barney: fast: stimmt, sogar der schnarchenbroich,
Barney: har har
Wizard: bar: vielleicht ist Sunny ja
Wizard: schnarchenbroich, hehe
Sunny: all: also, das kann ich nun wirklich nicht
Sunny: auf mir sitzen lassen
Wizard: sun: dann sag uns doch mal ganz schnell
Wizard: deine masse
Sunny: wiz: masse gleich gewicht?
Wizard: sun: quatsch, deine masze, die
Wizard: ausdehnungen!
Katastro: sun: obwohl, das gewicht wuerde uns
Katastro: natuerlich auch interessieren :-)

Martin stellt sich vor, welchen Eindruck diese Abfragerei wohl bei Sunny hinterlassen muß, wenn es wirklich eine Sonja ist. Die muß doch denken, daß User das Allerletzte sind. Wäre schade drum. Also blitzt er ihr seine Telefonnummer und daß sie ihn anrufen soll.

Fastfood: sun: wenn du anrufst, dann bestaetige ich
Fastfood: allen, dass du wirklich weiblich bist
Barney: zarah: achtung, gleich kommt ein
Barney: wichtiger blitz

Heute scheint Blitz-Tag zu sein. Was Matthias ihr wohl so Wichtiges und Geheimes zu sagen hat?

Nestor: wiz: was der wohl wieder zu blitzen hat :-)
Zarah: bar: schiess los :-)

Gespannt wartet Gesine auf die Geheimmitteilung in den kennzeichnenden Klammern.

*Barney: ;*zarah willst du mich heiraten?*

Oh, verdammt, Matthias reißt die Hände hoch. Vor lauter Aufregung hat er das Kommando für die Flüstermeldung falsch eingegeben. Statt eines Doppelpunkts hat er ein Semikolon getippt. Jetzt können alle anderen mitlesen!

Nestor: groeoeoeoeoeoeoeoeoeoeoeoeoeoeoeoeoeoeol!
Michael: also zarah, das wuerde ich mir gut
Michael: ueberlegen ;-)
Katastro: sniff, damit ist sie dann ganz weg vom
Katastro: fenster ;-(
Fastfood: zar: nimm ihn, er ist in ordnung :-)
Moorhuhn: zar: auch, wenn er ein alter
Moorhuhn: knastbruder ist, hehe :-)
Fastfood: und dann hast du wenigstens immer
Fastfood: support fuer deinen computer :-)
Fastfood: sun: also ich lege jetzt auf und warte auf
Fastfood: deinen anruf.
Sunny: fast: ja, o.k.
**** Fastfood verlaesst die Konferenz ****

Der Kellner hat schon eine Weile hinter Gesine gestanden und ungläubig den Pfeifgeräuschen ihres Modems gelauscht.

Jetzt ringt er sich zu einer Feststellung durch: »Bei Ihnen piept's.«

»Ja«, sagt Gesine, »ist das nicht schön?«

Bei Martin klingelt das Telefon.

Logoff

Tja, das Buch ist nun vorbei, jetzt bist Du dran. Die Mailbox von nebenan wartet nämlich noch auf neue User, besonders auf weibliche :-)

Ganz im Ernst, ich würde mich wirklich freuen, wenn ich ein paar Leute dazu animieren könnte, sich selbst in den Cyberspace zu stürzen. Und wenn Du den Weg ins Internet gefunden hast, schreib mir doch eine Mail an 73250.652@compuserve.com. Übrigens, falls Du Dich über meine plumpe Vertraulichkeit wunderst: Im Cyberspace wird einfach jeder geduzt. Sogar president@whitehouse.com.

Vielen Dank dann auch noch an alle User für Inspiration und besonders an Plate für Begeisterung, an Weikert für technische Hinweise, an Kent, Frau-von-Kent, Kdi und Oliver für konstruktive Kritik, an Taus für alles und an Flo für nichts. Und an Nicht-Userin Vera, weil es ihr erster Roman seit 30 Jahren war.

Fredrika Gers

Cyber-Jargon für Anfänger

Hacker lieben unverständliches Zeug – aber natürlich nur, weil sie selbst zu den Wissenden gehören. Damit Du von Anfang an mitreden kannst, folgt hier eine kleine Liste der gebräuchlichsten Hackspeak-Terms.

Im weltweit gebräuchlichen Hackspeak kann man zwischen drei Arten von Ausdrücken unterscheiden: einfache Abkürzungen (z. B. *ROTFL* für »Rolling On The Floor Laughing«), phonetische Abkürzungen (z.B. *cu* für »see you«) und sogenannte Emoticons wie :-). Auf geht's:

2L8	too late	zu spät. Kommentar, wenn jemand ein BIBI an einen User schickt, der den Chat bereits verlassen hat
asap	as soon as possible	so schnell wie möglich
b4	before	bevor
BBL	be back later	komme später wieder (in den Chat)
bibi	bye bye	auf Wiedersehen
brb	be right back	bin gleich wieder da
BTW	by the way	übrigens

cu	see you	wir sehen uns
FOAD	fuck off and die	übersetze ich lieber nicht ;-)
FYI	for your information	zu deiner/eurer Information
FYA	for your amusement	zu deiner/eurer Unterhaltung
g	grin	kann statt :-) verwendet werden
gr&d	grinning, running, and dukking	User grinst, flüchtet und duckt sich (weil er gerade eine Frechheit von sich gegeben hat)
GRMBL	grumble	User grummelt vor sich hin
hi	Normale Begrüßung im Chat	
ic	I see	ich verstehe
IMHO	in my humble opinion	meiner unmaßgeblichen Meinung nach
LOL	laughing out loud	User lacht laut
MORF	male or female?	Männlein oder Weiblein? Wohl die meistgestellte Frage im Chat.
MPFC	Monty Python's Flying Circus	Eine der Lieblingsserien der Dfü-Gemeinde
OIC	oh, I see	jetzt hab ich's verstanden

rehi	Begrüßung von Leuten, die man an dem Tag schon im Chat gesehen hat. *re* kann auch in anderen Verbindungen benutzt werden. Für einen *hug* (Umarmung) bedankt man sich z. B.mit einem *rehug*.	
re	1. das gleiche wie *rehi*, 2. »Betreff«, z. B. in einer Mail.	
RL	real life	Das wahre Leben, Gegenteil von *VL*
ROTFL	rolling on the floor laughing	User rollt am Boden vor Lachen
ROFLNSTC	rolling on the floor and scaring the cat	User rollt am Boden vor Lachen und erschreckt die Katze
RTFM	read the fukking manual	Die übliche Antwort auf dumme Fragen. Der Frager soll halt im Handbuch nachsehen.
THX	thanks	danke
TNX	thanks	danke
TTFN	ta-ta for now	tschüß erst mal
VR	Virtual Reality	das Gegenteil von *RL*

:-)	Dein Gegenüber ist freundlich gesinnt oder hat seine letzte Bemerkung nicht so ernst gemeint. Dieser Smiley wird am häufigsten verwendet.
:-(	User ist traurig oder ärgerlich.
;-)	User zwinkert dir zu.
:-/	Zweifelnder Smiley.
:-|	Indifferenter Smiley.

:-> Hier läßt jemand seinem beißenden Sarkasmus freien Lauf

›:-> Teuflischer Smiley

(-: Linkshänder

%-) Der hat zu lange auf den Bildschirm gestarrt

8-) User trägt eine Sonnenbrille

:-{) User mit Schnurrbart

:-{} Userin mit Lippenstift

:-* Kuss (oder in eine Zitrone gebissen)

:'-(Tränen

+-:-) päpstlicher als der Papst.

|-I Schnarchnase

:-Q Raucher (igitt)

O:-) Vorsicht, tieffliegender Engel.

:-X Der sagt nichts mehr.